任剑涛 ——— 著

书缘

读书品人

书人阅世相

天津出版传媒集团

天津人民出版社

图书在版编目（CIP）数据

书缘：读书·品人·阅世相 / 任剑涛著. -- 天津：
天津人民出版社, 2019.9
ISBN 978-7-201-15172-4

Ⅰ.①书… Ⅱ.①任… Ⅲ.①随笔—作品集—中国—
当代 Ⅳ.①I267.1

中国版本图书馆 CIP 数据核字（2019）第 188877 号

书缘：读书·品人·阅世相
SHUYUAN

出　　版	天津人民出版社
出 版 人	刘　庆
地　　址	天津市和平区西康路35号康岳大厦
邮政编码	300051
邮购电话	（022）23332469
网　　址	http://www.tjrmcbs.com
电子信箱	reader@tjrmcbs.com
责任编辑	郑　玥
装帧设计	明轩·王烨
印　　刷	高教社(天津)印务有限公司
经　　销	新华书店
开　　本	710毫米×1000毫米　1/16
印　　张	22
插　　页	1
字　　数	300千字
版次印次	2019年9月第1版　2019年9月第1次印刷
定　　价	84.00元

目 录

读书·西学泛观

读书·转型体认

读书·国学掠影

自审·编写剖白

品人·师法方家

阅世相·淘书论教

绪　言

　　读书成了职业，就不太好玩了。

　　职业读书，谋饭碗是头等重要的大事。想到饭碗问题，就不能随心所欲地读书。读书就得分个轻重缓急，排个先后次序。对保饭碗的作用大一些，就得先读。那些兴趣虽浓，但对保饭碗比较次要的，就慢慢读，甚至排不上读书的时间。长久便将这些书束之高阁，像漫画家华君武讽刺的那样，几乎等于在墙上不断写上书名，表示自己收罗宏富，好学深思，博学多才。

　　更要命的是，保饭碗的意识支配了读书，读书是不是真有体会，这些体会是不是行诸文字，写下的文字是不是发表，刊布在什么样的报刊上面，便跟着有了功利性的想法。有时候，读了几本专业书，便做起专业创新的梦，不愿老老实实写篇读书札记、读书报告，扎扎实实地将读书坐实为独会心门的灵魂相交。为此，制造了不少高头讲章、长篇大论。其实，真心诚意地读书，就是记下字里行间耕读时的体会，认真与作者进行心灵的对话，借此提升自己的人生境界。做到这点，着实不易。

　　职业读书活动，常常与如今十分发达的传媒的同人工作相交集。因此，他们总是怂恿我将读书的体会写下来，并且交付发表。我是一个喜欢人我相互理解的人,禁不住媒体朋友的诱惑,常常将他们喜欢的书,甚至是他们喜欢,我并不太喜欢的书先读起来,并写成书评,迅速刊登在报刊上面。本来就心存保饭碗的功利读书心态,加之"重赏之下必有勇夫",想到读书写书评还有物质回报,也就对写书评这件事情做踊跃状了。

因书结缘,日积月累,写下的文字竟然可以编一本书了。这真是有点意外。编成此书,就是在这种意外心理的驱动下做出的举动。

这本书并不全是书评。书评类的文字是主干,但也收入一些写书自白、出版座谈、以书读人、因书观世的文字。书名叫作"书缘",正是概观全书文字的基本宗旨。

全书文字分为六编。如题的分类,是一个相对的归类,并不是严格的类型划分。尤其是后两编——"品人"与"阅世相",是一个"大致不过如此"的分编而已。品人,并不是对人品头论足、说长道短,而是透过读书看其人而已,或经由其人看其书罢了。阅世相,并不是要阅尽人间百态,看穿世事风流,只不过是将一些淘书故事讲给人听,将一些怎么读书办学的话说给人听。

书里文字,有主动援笔,有命题作文,有迫于人情,不一而足。但行文用词之间,尽力保有作者的一些小趣味,一些小门道,一些私意图,谁解其中意,那就看缘分吧!

大国建构之道

——读《联邦党人文集》

大国之所以成为大国,是因为它确立了大国建构之道。观察近五百年大国兴衰的历史,在世界范围内崛起的国家,出现明显的命运分流:有的迅速沉沦,皆因立国之道晦暗不明;有的长久保持强大国力,均因立国之道彰显于国家进程之中。

美国建国历史不长,因为有效确立起现代立国之道,有力地推动了国家的崛起。而其对外的扩张,道德上需要责备,但实力上不容小觑,值得人们探幽索微。美国何以能够迅速将国家做大做强呢?讲清楚这个故事,需要从历史、文化与传统,政治、经济与社会诸方面着手。不过,这样的讲法过于专业,听者也许会丧失倾听的兴致。一书在手,便可了然于心,准确了解美国迅速崛起的缘由。这恐怕是任何有兴趣倾听美国崛起故事的人都乐意去做的事情。

近期国家主席习近平访美,就着重指出"中国人民一向钦佩美国人民的进取精神和创造精神",而他自己的美国书单,第一本就是《联邦党人文集》①。可见此书价值非同小可。《联邦党人文集》何以能够发挥如此巨大的作用,足以让人将之视为理解美国的不二之选?习主席的推荐,在引发国人热读此书的同时,也促人求解,这本书在美国建国史上如此重要的理由,一言以蔽之:此书向人们展现了美国的立国之道。

《联邦党人文集》是一部解释美国宪法的著作。该书由美国三位重要政治家汉密尔顿、杰伊和麦迪逊,写于《美利坚合众国宪法》刚刚制定出来的时候。这本书的重要性由此得到保证:一者,本书并非是三位普通的宪法学者对宪法作学究式阐释,而是直接参与制定宪法的重量级政治家对宪法的解释。这就使得这本书的宪法阐释具有相当的政治分量和政治深度。同时由于三人对现代建国中宪法内涵的深刻把握,因此足以根据美国建国的宪法需要,对宪法精神进行深刻而周到的揭示。二者,这部文集写于美国宪法制定之初,全书贯穿着几个重要的著述意图:一是阐释美国的政体选择何以落在共和国上;二是针对反联邦党人强烈主张的直接民主理念,有破有立地申述共和建国的宪法精神;三是切中依宪执政、依宪治国必须遵循的基本方略,对国家结构、权力体系、行政方式和预期效果,进行简明扼要的解释,使美国人民明确刚刚制定出来的宪法,究竟对国家建构能够发挥怎样的作用,从而更加发挥出推动各州批准这部宪法的积极作用。

显然,作者们撰写这本书的宗旨非常明确:以自己对美国宪法的晓畅解释,让美国社会,尤其是美国精英阶层,理解宪法精神,辨析建国难题,形成宪法共识,认同联邦理念,从而有力地捍卫美国建国必须确立的联邦制度。借此,避免美国革命后建立的邦联制度让国家陷入分崩离析境地的危险。因此,

---

① [美]汉密尔顿、杰伊、麦迪逊:《联邦党人文集》,程逢如等译,商务印书馆,1980年。

《联邦党人文集》是一部具有挑战性、说服性与聚合性的著作。挑战性体现在，国家运行在既定的邦联制度轨道上，已经呈现出令人极度忧虑的低效率和离心力。国家的有效治理，已经无法依赖邦联制度了。美国面临一个国家发展的重大考验。

但恰在此时，主张维持小规模共同体直接民主的反联邦党人，却坚决拒斥将美国引上联邦制度的轨道。双方对美国应当建成一个什么样的国家，都有自圆其说的理由：联邦党人当然认定，唯有确信建构强有力的中央政权的联邦制，美国才有望解决已经暴露无遗的治国弊端。这些弊端，恰恰就是由邦联制度造成的：邦联是一个松散联盟，没有统一而强大的中央政府机构。邦联大会没有独立的行政和司法机关。因此在政治、经济、外交、军事上都显得软弱无能，没有中央征税机制、没有统一武装力量、没有专门执行机构、无权调节贸易争端。邦联与各州权力的有效性都得不到保证。但邦联是美国革命后确立起来的制度体制，不仅人们习以为常，而且还有像反联邦党人那样的人士对之进行政治理论的论证。这种论证，不仅基于小规模共同体最有利于维持民主政体，而且深深扎根在美国人不信任国家权力的政治心理沃土中。

《联邦党人文集》的三位作者，借助自己说服力极强的笔触，为新通过的联邦宪法辩护：现代大国必须建立共和政体，并以此突破民主的规模限制，开辟西方政治史上的崭新政体形式：这样的政体形式，在国家权力来源上承接传统的民主制，确认人民主权原则；在国家行政权的安排上，突出了国家行政首脑的重要地位与作用，引入了一种近乎君主制的要素；在国家治理的依托对象上，强调了精英群体的重要作用，保留一种接近贵族制的因素。这是一种巧妙的混合政体建构。它把国家的规模、授权的机制、权力的结构、权力的运用加以综合考虑，得到适宜的安顿，从而有助于解决现代国家建构中遭遇的权力腐败、人民堕落、国家瘫痪等难题。

历史证明，《联邦党人文集》在应对这些挑战上，是非常成功的。它在各种建国意见的冲击下，以一种高度综合、巧妙协调的方式，将不同的建国主张有效整合起来，使美国承受住了处在十字路口的严峻建国考验。《联邦党人文集》最值得肯定的价值，还在于它的说服力和聚合性。这部书之所以明显有助于美国人接受新宪法的建国原则，正是基于它的强大说服力：三位作者采取的晓之以理、动之以情的宪法阐释方式，足以打动人心。尤其是足以打动那些对宪法是否被广为接受发挥着关键作用的社会中坚阶层的人心。

这不仅是一种有效的论述策略，也是一种将成文宪法激活，使之成为人们心中的国家根本大法的论述归宿。从全书的谋篇布局来看，作者从维持联邦繁荣的目的性入手，渐次将国家有效拒斥外敌，在国家范围内发现更为有利的治理方式开诚布公地告知读者。接着阐述联邦在商业、海军、征税、薪资、国家维续、拒斥专制、防止无政府状态等方面显示出的优势，而这些优势在邦联那里是不明显的。然后对共和政体相比于民主政体所具有的优势，即维持大国规模、有效促进国民认同、发现大国善治模式进行了比较论述。这让人们在一种说理性的宪法阐释中，乐于接受新的宪法规则。事后看，他们对央地关系的宪法解释、对议会两院制的说明、对行政权机制的梳理、对司法部门的分析等，都发挥出极为重要的引导作用，对促成美国的宪法认同，其实也就是国家共识有着显著的推进作用。

《联邦党人文集》是一系列解释宪法的短文汇编，每一篇短文针对一个具体的问题，让人们在深入浅出的宪法阐释，也就是普及宪法的启蒙中，知晓宪法的精神，领会宪法所蕴含的权利宗旨与权力目的，了解国家的结构与功能，从而形成人民参与国家事务的理性观念和介入国家事务的理性能力。进而深刻理解依宪执政、依宪治国的现代国家，乃是建立在宪法法条基础上，有条不紊地运转的制度化体系。因此，每一篇短小的解释文本，一旦被汇编成一个文本,也就足以体现出宪法各个方面的丰富含义。加之三位作者有着相当明确的、审慎对待依宪建国诸问题的政治意识,因此文集能够综合联邦制与单一制优势、协调中央与地方权限、规范三种主要权力形式、激发公民理性参与积极性,就完全在情理之中。这样的阐释,不是排斥性的,而是聚合性的。一国人民面对宪法,"人人均需根据本人的良知与理解作出回答,并根据本人真实、清醒的判断行事,此乃每个人责无旁贷的义务。凡我公民均被召唤,不,均受社会义务的约束,以严肃和诚实态度履行之"。"权为民所赋",民得有如何赋权的责任心;"权为民所用",当政者得有审慎用权的制度规范。如此,国家幸甚。

固然,美国的强大,不能简单归之于一部宪法,更不能粗率归功于《联邦党人文集》对宪法的阐释。一个国家,建立起现代化国家治理体系、具备现代化国家治理能力,自然需要聚集方方面面资源,并加以精巧有效的配置,而且能主动抓住各种历史机运。但不能不看到的是,让所有成员形成强有力的宪法认同,促成一个国家的共识,是一个国家长治久安的前提条件之一。制定一部好的宪法、向公众有效解释清楚这部宪法,是形成宪法认同、促成国家共识的重要动力。美国的经验验证了这一点。《联邦党人文集》在其中发挥了功不可没的推进作用。

在深刻经验中思考政治

——读丸山真男《现代政治的思想与行动》

　　丸山真男《现代政治的思想与行动》①一书,颇多启人心智的深沉思考,业已成为日本政治学的经典作品。这本书源自丸山的人生亲证,深深扎根于现代政治理念之中,是一本在深刻经验中思考政治,平实而富有洞察力的著作。

　　《现代政治的思想与行动》是一部文集。是一部"为学者以外的读者而写的",在媒体看来"专业"或"深奥",作者自认也不是着意于"启蒙"的学术论文集。唯其如此,使其成为了一部既具有广泛社会反响,又引起了学术同行持续争议的著作。丸山的作品大致分为学术与思想两类,思想史的作品属于前者,此书属于后者。这是丸山不多的直抒胸臆的思想作品。在论者划分的丸山三个阶段的著述生涯中,早晚期从事的都是思想史的研究,中年主要从事政治理论著述。②此书可谓丸山完整论述现代政治理论的代表性作品。

---

① ［日］丸山真男:《现代政治的思想与行动》,陈力卫译,商务印书馆,2018年。
② 参见［日］丸山真男:《现代政治的思想与行为》,陈力卫译,商务印书馆,2018,柄谷行人序。

洞见日本法西斯的症结

此书的开篇主题是"现代日本政治的精神状况"。这部分鲜明呈现了丸山政治学最具现实感和创新性的理论侧面:对日本法西斯主义在受创经历后进行痛彻反省。

丸山年轻时遭遇日本法西斯主义的勃兴。恰逢此时,他展开了政治理论的思想旅程,直面惨痛经历,既是人生基调,也是理论召唤。问题的关键,自然不是丸山非要触及无法回避的问题而已,而是他对相关问题的分析独到且启人思考。这一话题是当时日本学者无法逃避的问题,但独具慧眼何其难矣。这需要论者首先沉入亲身经验之中,同时又能跳出狭隘经历进行清醒反思。以前者,丸山在日本的现代转型、国家崛起的大背景中切入日本法西斯主义问题;以后者,丸山建构了民族主义、国家主义与军国主义的关联分析框架,并经由德意日法西斯主义共性的揭示,而对日本法西斯主义的特殊性给予了令人信服的阐释,进而对日本法西斯败亡后责任的流失作出了深刻解释。这对对日本法西斯恨满胸膛却流于表象的中国人,很具有启发意义。

丸山指出,近代日本的兴起与国体论的流行有密切关系。日本近代国体的建构,与天皇制内在勾连在一起。塑造直接代表国家的天皇,成为日本政治思想与行动的主轴。"上定君权,下限民权"成为国家建构的行动宗旨。"国家成为伦理的载体,是唯一具有价值判断的决定者。"此间,个人不被承认,自由亦不存在。这样的观念深透于社会,也侵蚀腐蚀了日本。伦理与权力贯通,任何暴虐的行径就大门洞开。当接近天皇而非服务公共成为统治阶层意愿时,愚忠就势不可免。日本军队全力培养这样的忠诚感,并以此塑造军人的优越感。一种唯命是从的个人诞生了,一种完全丧失责任伦理的行为模式落定了。层层向上转移责任而反过来又层层向下转移压抑的机制,让规则意识荡然无存。"天壤无穷"理念是这样的理念的不断延展,"皇威武德"强化了征服冲动,极端国家主义便与法西斯主义携手,让日本走上了不归的侵略道路。

在丸山看来,日本的法西斯主义在大正时期就以民间右翼运动萌动,中经昭和初期军部势力的推动,最终在二战时期趋于高潮。他从共性与个性上对之展开分析。德意日法西斯主义的共性是:排除个人主义,反对议会政治中的自由主义,主张对外扩张,赞美战争,强调民族神话和国粹主义,排斥全体主义下的阶级斗争。但分析的精彩处还在于他对日本法西斯主义特殊性的剖判:一是家族国家与忠孝思想促成的绝对国家的意识形态;二是在农本思想占据极大优势下让国家主义深植乡土,国家统制与自治主义悖谬地统合起来;三是基于大亚洲主义的亚洲各民族解放的自我期许。正是由这些因素撮合的日本法西斯主义,让军部势力可以借助上述动力推动法西斯运动。

但与德国法西斯不同的是,日本法西斯运动依赖的不是社会底层、失意者和法外人群这些"渣滓",而是受教育层次很高、居于国家上层的"精英"人群。一种"上层的法西斯化"压制住了"自下而起的法西斯",塑就了一种官僚、军部与政党沆瀣一气的法西斯体制。上层政治之成为"翼赞政治"就此得到解释。由精英联手并自赋德性的日本法西斯主义,成为一种由皇道、国德装扮起来的,"欲善而常为恶"的不担责的政治形态:既屈服于所谓"事实"、处处顺从,又逃避权责、安于伪善。在无主体、随大流的情境中,日本法西斯运动的主体责任伦理便消逝于无形。这是二战后审判日本战犯时无人主动承担责任的卸罪场面出现的重要原因。可见,日本上层精英人群缺乏政治灵魂与行动判断力,导致了多么严重的政治后果。这不正是日本法西斯运动的症结所在吗?!这对那些无视个人价值、极力倡导忠孝理念的人们,不啻是严厉告诫。

透过意识形态看政治学

丸山的人生经历岂止面对日本法西斯的猖獗。二战后日本陷入"占领军民主主义"的僵局,一方面不得不服从美国的政治意志,另一方面不得不致力寻求日本的民主主义政治出路。前者导致日本毫无反抗能力地加入冷战,后者明显增强了日本人探寻民主前程的难度。这对一个必须直面战争罪责,同时又必须面对强大政治张力的政治学家来说,是有着迥异体验的现实处境。

丸山对二战后的政治学,力图超越意识形态对垒而进行冷静审视。这让他显得有些偏离自己的自由主义立场,呈现出"左"倾的色彩。丸山自己确实深受二战前流行于日本的马克思主义的影响。在此书的字里行间,马克思主义不仅以见惯不惊的术语自然流出,而且在方法上也可以被直观体认出来。更为重要的是,丸山在分析德意日法西斯主义的理论尝试中,心存一种纠偏的意欲:一方面纠正二战后西方文化与共产主义的悲剧性对抗,另一方面纠正人们对俄国革命的偏狭理解,再一方面纠正人们对苏联、斯大林的刻薄评价。这样的政治学研究,呈现出一种反潮流的理论故意。但透过丸山刻意的反潮流,人们可以看出他的分析切中情理的独具慧眼。

丸山的相关评断可以与英国社会主义理论家拉斯基联系在一起。他深受拉斯基政治理论的影响。后者是一个曾经强烈赞许苏联,跟着又对之持明确批评态度的英国社会主义学者。拉斯基无疑是同情俄国革命的,将之视为一场消灭剥削、通向平等的伟大实验。他特别赞赏苏联社会表现出的那种人人积极向上、充满欢乐、处处自信的状态。只不过他对苏联模式的世界认同前景秉持审慎立场。但以苏联为参照,拉斯基愤怒地批判了英国政治。不过在批判中,拉斯基始终坚守个人主义的信念,这种看似矛盾的取向,在丸山那里得到一个似乎有力的解释:拉斯基不过是想超越"正统"的自由主义和"正统"的共产主义,寻求一条与现实更为相宜的政治进路。拉斯基对西方价值心生绝望,故有称颂革命之举;但同时他又力避铁和血基础上的国家主宰,故有"同意的革命"之说。这样的理论尝试,对丸山具有极大的吸引力——他在方法上拒绝拉斯基,但在理论阐释上深受其影响。丸山不想让意识形态化的现代政治学束缚自己,他试图在意识形态之外发现各种政治理论与实践模式的优长短拙,进而发现一条更为通达的民主主义道路。

这让丸山身上的"左"倾色彩有形无形中增强不少。此书序言作者柄谷行人就将丸山认作社会主义者。这是误读了丸山。丸山不过是力图保持一个政治学家的反思平衡能力。他不想过于指责苏俄革命,犹如他不想提升其普适意义一样。对丸山来讲,让人记忆犹新的苏联抗击德国法西斯的可歌可泣,不应如此快速被人忘记。同理,苏联"党的独裁"除开初期稳定政权的需要之外,也没有进一步辩护的理由。正向与逆向动力相互作用的政治力学,总是让某种政治模式在有所斩获的同时付出沉重代价。况且从大处讲,苏联模式与西方基督教的暗合,也让人不能对之一概否定。"在褒贬之前,首先需要理解。"对法西斯是如此,对曾经反法西斯的苏联以及斯大林,也应如此。何况在麦卡锡主义流行的美国,法西斯的倾向颇让人忧惧。这兴许是丸山方法论自由主义的必然取向?!

人如何过政治生活

丸山认为,政治学之必要和重要,就在于人必须过政治生活。人身处政治之中,必须借助政治学以明其理。因此,政治学不是概念游戏,而是基于言论自由、揭示政治真实面目的科学研究。

丸山指出,日本政治学的欠发达,就是因为日本国家权力的唯一正统主体即天皇,处在学术分析的范围之外,因此议会就像演戏一般,政治就此无法给政治学研究提供有效素材,关乎政治权利的发生、构造及合理依据这类政治学的根本问题,根本无法被科学地研究。政治学界所做的事情,大概就是概念游戏,或径自膜拜欧洲教科书并对之作一些抽象的解释。这就窒息了政治学的科学活力,且降低了现实针对性和解释有效性。而日本的政治研究者,基于现实需要,总是致力于跟权力高层搞好关系。政治学的悲剧性命运就此注定。

丸山强调,"政治学必须处理眼前大量活生生的素材",这是古今一切具有原创性的政治学家共同开辟出的理论通路。同时,一个政治学家"在其内心引导他的必须是真理价值才行"。这样才能避免政治学研究成为闲人自娱、屈从大众或宣传煽动。政治学研究必有的现实品格需要保障,理论与实践的贯通需要敬重,拒绝做政治势力奴婢的传统需要信守,如此才能作出高品质的政治学研究。

之所以需要如此认真地对待政治学研究,不仅是一个学术品质高低的要求,更为重要的是它直接与人的境况内在勾连在一起。一方面,政治学研究自古至今都以"人"为基本主题。另一方面,政治学研究揭示了现实中人的真实面目——不是天使,有些肮脏。因此,对人性善恶的准确把握,便成为人们准确理解政治的人性指南。再一方面,只要人处在组织化行动的状态中,政治学研究就需要揭示组织领导力过强与孱弱的弊端,揭破专制与无政府的两极说辞,揭穿政治物理手段的必须与局限。丸山相信,现代政治总是围绕唤醒被统治者内心同感的"米兰达"展开,因此对纳粹德国的这类举措应怀抱警惕;即便是对自由政体来讲,人们也需要对政客们的如簧鼓舌保持警觉。

政治无处不在,但政治并不让人感到亲切,让人乐意生活于其中。政治的不干净与人性的肮脏相互伴随,因此人们总是想逃避政治。对此丸山断然认定,在追求效果且彼此敌对的政治氛围中,"如果惧怕这个考验,企图逃离所有的政治动向,那结果反倒是给自己头上招致最恶劣的政治统治"。深刻反省法西斯运动和苏东社会主义成败的丸山,是多么勉力鼓动人们积极投入政治生活。他在权力与道德、支配与服从这两个现代政治学的基本主题分辨上,促使人们免于犬儒的诱导,善于处理国家统一与个人自由的紧张关系,乐于接受指导而拒绝屈从,致力于捍卫权力的公共特性,全心寻求大政治与小政治的平衡,以"恬静的勇气和清澈的目光"打量政治,尤其是权势人物。由此保持自己的怀疑精神和决断能力,真正履行自己必不可免的政治责任——这是丸山基于一个剧变时代给政治人类最佳的提点。

"丸山政治学"的旨趣

在日本政治学界,丸山真男的影响力颇为昭著,"丸山政治学"的说法可为印证。

"丸山政治学"首先是专业政治学的术语。指的是丸山真男及其追随者形成的一个政治学流派。丸山自东京大学毕业留校任教,长期担任政治学教授,从事日本思想史、政治理论和日本政治的研究,受教者甚众,激发论辩尤多。在其活跃时期,学术与政治双线作战,影响力已超出政治学专业圈子,广及其他学术行当与公共事务。因此才让人有深厚的理由将其目为一个学派的灵魂与领袖人物:他塑造了当时日本政治学界的学风,引导了日本政治学研究的态势,提供了政治学研究共同体的话题,指示了日本在二战后政治发展的方向。日本同行评价他"开辟日本政治思想史这一学术领域",是"'战后民主主义'思想的核心人物"。(参见苅部直等编《日本思想史入门》"丸山真男"条。)可见其跨越学界与政界的重大影响。丸山真男的相关研究也赢得了国际同行的广泛认可。他受邀讲学于欧美著名大学,哈佛等名校授予他名誉博士学位,对其学术贡献给予充分肯定。

"丸山政治学"在学派上有什么特点?因何让人们侧目呢?除开直截了当地从现实政治生活中离析政治学理论论题外,"丸山政治学"以思想史的深厚功力展示了自己的学术实力,足以让人们敬重三分。最为关键的是,"丸山政治学"将近代以来日本经历的两次结构化转型作为运思的重中之重,向人们富有理论力度和切中现实社会地揭橥了现代日本的内发型兴起机制,并有力揭示了二战时期日本法西斯主义兴衰的机理。这是一班书斋政治学家做不到的事情。日本,如同中国一样,长期以引介欧美政治学理论与方法见长。如何将欧美现代政治学学理与日本政治及其现代转变贯通起来思考政治学问题,仅有极少数传统修养与现代学理俱佳、理论兴致与现实关怀同在的人,才能做到。而丸山真男正是其中杰出的一员。这是"丸山政治学"的旨趣所在,也是人们赞赏丸山真男政治学研究的原因。

丸山一代政治学家亲历二战,这段有着切肤之痛的人生经验,对其展开政治学运思,具有决定性影响。客观经验对处在其中的所有人都是相同的。但一般人视若未见,熟视无睹的结果就是经验不过就是经历。只有非常之人才会在相关经验中发现深刻的思想学术问题并加以强有力的阐释。两者之间的差别在于,同样的经验是否经由反思而深刻化。丸山不曾放过自己青年时代的惨痛经历,将经验化为理论研究的主题,进行不同于常识的深层解剖,以现代政治学的学理洞穿芸芸众生不曾深思的政治现象,因此给人们思考政治以深刻的启迪。

相比而言,丸山对日本现代政治思想史和日本思想"古层"的探究,重在揭示日本现代兴起的内在历史渊源。而《现代政治的思想与行动》则从丸山的直接经历出发,去描述和探究日本发动二战,以及战败后日本的政治转变问题,经验与理论相融、描述与分析相间、经历与反思交汇,真是一部淋漓尽致体现"丸山政治学"旨趣的著作。丸山的学理表述,被认为处在一种显见的矛盾之中:他全力投入日本具有独特性,尤其是内生的现代进程中进行探究,但借助的主要还是西方政治学的学理。这似乎有些悖谬。其实,对后发转型国家来讲,滞后的现代进程只能借助先行现代国家的理论总结与归纳,这在政治学研究上并无什么悖理之处。唯有顽强切入自己的政治经验和政治传统并加以学理升华,真正原创的现代政治学才会浮现出来。这无疑给丸山看似矛盾的顾此失彼——留意日本经验而失于普遍理论、着意理论归纳但裁剪日本经验——之政治理论论说以有力支持。

早期现代建国的政治神学

——读《国王的两个身体》

康托洛维茨《国王的两个身体——中世纪政治神学研究》①中文版一俟出版,就成为热议的对象:一是因为这本书的学术重要性,它对中文读书界弥补现代早期国家建构的知识缺陷具有明显的帮助作用。二是因为中文版前言的作者刘小枫教授对现代政治再次发出的挑战。如果将康托洛维茨的书作为现代早期政治神学的知识作品对待的话,那么刘小枫教授的前言明显是对康氏著作微言大义的超常发挥。有鉴于此,这本书可以被当作两本书来读,绝对超值!

成为经典的理由

先看康托洛维茨书的原有内容,不表刘小枫教授的前言。两书一读,先看原作者的表述,后看中文版的解读,合情合理。

---

① [德]康托洛维茨:《国王的两个身体——中世纪政治神学研究》,徐震宇译,华东师范大学出版社,2018年。

康氏此书已经进入经典之列。这不仅是因为它经历了半个世纪的风吹雨打,已然挺立学界,而且愈来愈为学界推崇。更重要的原因是,这本书从形式到内容,确实堪称经典之名。

从形式上,康氏此书主题鲜明、结构严谨、方法多样、阐述精到,确实不同凡响。一部旨在阐述中世纪政治神学,也就是与宗教神学混杂在一起的半神半人的政治神学作品本不多见,而且专门集中阐述国王两个身体的政治神学著作,就更是稀少。以之走俏,不出读者意料。本书在结构上从英国的法庭判例报告出发,深入大历史的细微处,显得扎实可靠不说,而且层层推进,将人们引入莎士比亚戏剧中的两个身体话题,然后逐一描述和分析"以基督为中心的王权""以法律为中心的王权""以政治体为中心的王权",并以连续体与合众体的论述,凸显了拟制的国王政治之体不死的中心论题,最后通过中世纪与现代边沿上的重要人物但丁分析了"以人为中心的王权"。从而将国王的坏朽之身与不朽之身展现的两个身体之复杂含义全幅呈现出来,令人击节赞叹。在具体的描述与分析中,康氏将历史学、政治学、神学、哲学、诗学自如地加以运用,精彩纷呈。同时将图像学、主题学、身体政治学这些人们常常不经意的方法注入其中,不仅收图文并茂的效果,更有更为接近事实的说服功效。全书的阐述之精到,在其具体内容上有更为翔实地体现。

从内容上看,康氏此书全面展示了中世纪晚期,或者说现代早期气象万千的国家建构与政治神学相与随行的变化局面。中世纪对现代成型的影响力,显著超过古代历史。这是一个政治史事实。这既是因为中世纪长期将古代遮蔽起来,而将上帝凸显为政治的一切正当性源头,也是因为现代国家直接脱胎于中世纪,不可避免地会打上中世纪的很多印记。但中世纪如何影响现代政治,在"黑暗中世纪"的说法流行的情况下,中世纪的政治贡献常常被淹没于谴责的声浪中。康氏从国王两个身体的中世纪政治神学的精深探究中,揭示了围绕基督呈现出来的自然之体与政治之体的关联结构,以及后起的围绕法律展示的教会法与罗马法之两个身体论述,然后围绕政治体论述教会奥秘之体与国家奥秘之体的关联,以连续性呈现了拟制王冠与尊荣的不朽性质,落笔于但丁,勾画出以人为中心的王权性质。这些论述纵贯数百年,但读起来给人一气呵成的感觉,绝非一般相关主题的论著所可比拟。

一本书从形式到内容都呈现出精品的气象,并不一定就能成为经典。因为一部经典最重要的体现,是它能够开启思想界的多元争鸣局面,从而成为思想史演进的一个界标。康氏此书,不仅与刘小枫教授所说的西方思想界社会史学与政治史学之争相关,也切近翻译出版该书的国度究竟如何理解现代有关。它确实具有多样的启发性,对不同意识形态的争端,有一种催化作用。

现代国家的神性引导

从表象上看,现代国家给人一幅神气活现的印象。它不仅结构庞杂、权力巨大、资源丰沛、力量无穷,而且道德自足、伦理圆满、强劲延续、自我夸耀。不思考国家何以如此也就罢了,稍加思考,人们心中就会疑窦丛生:现代国家这种神气是如何得来的?天赋的?积累的?真实的?虚幻的?种种疑问,促使人们心生一探究竟的好奇心。对此,催生了两种类型的解释理论:一是康氏此书所阐述的政治神学,二是马克斯·韦伯所论述的社会史学。前者着重阐述的是中世纪如何为现代建国奠基,又如何在政治嬗变中逐渐脱离神学而走向世俗化社会。后者着重论述的是"理性祛除巫魅"以后的政治与经济运作模式,尤其注重揭示世俗世界的政经结构。从学术的运道上看,前者一直比较落寞,后者则长期占领主流位置。

正是因为前者的落寞,反而让它显现出可贵的学术价值。因为缺少这些描述分析,人们对现代的认识是极不完整的。念及于此,刘小枫教授的"扬康抑韦"似乎就有些道理了。尽管在理解现代上面,追寻起源与刻画类型具有不可偏废的共同价值。

必须直接从中世纪着手,现代国家在起源上才能获得理解。这是康氏此书成为经典的历史依据所在。但只是在话题上绝不足以支持康氏此书是为经典的断言。康氏此书的经典性,在于深入系统地揭示了基督宗教与世俗国家纠缠不清的关系,以及这一关系展示的高度复杂面相。经由这一揭示,人们对现代国家兴起的历史理解,骤然间变得丰富和深刻很多。

康氏此书给人三个重要启迪:

一是在现代国家兴起中的基督教神学因素构成国家论述的灵感来源。这是一条政教关系交叠运行的线索。这也是康氏此书的论述中轴。无论是以基督为中心、法律为中心,还是以政治体为中心展开的王权论述,都脱不开中世纪基督教神学的相关论述。以基督为中心的王权为之提供了"永恒性的光环";以法律为中心的王权提供了低于和高于法律的王权形态,提供了重要的、关乎现代国家运作中枢神经系统的国库理念。以政治体为中心的王权提供了国家的"奥秘之体",让国王脱出为国的生命危险,成为国家安全与运行的保证。终于在延续性的基点上,凸显了一个"共体不死"的拟制化国家——它呈现为以王冠与尊荣展示的"国王永远不死"理念,让国王这个政治之体的头与由成员构成的身体的关系紧密勾连。缺少了基督教的相关论述,包括中世纪晚期在内的现代早期就不知从何建构国家言说。

二是现代国家兴起中的神化国家,尤其是神化国王是推进民族国家建构的核心命题。这是一条现代国家如何"神气活现"的线索。现代国家的初步形态是绝对主义君主专制国。它与古代希腊的城邦国家、古代罗马的世界帝国、中世纪的基督教世界社会有着重大区别。这样的国家是如何形成的呢？按照康氏的描述与分析，那是一步一步从基督教的政治神学论述，走向世俗化的政治神学建构，从而为君主国家的兴起储备了政治理论资源。神化国王的三个阶段清晰可见：最初直接模仿基督的两个身体，呈现国王自然身体与政治之体的异同；后来直接从教会法与罗马法中汲取养料，展现了国王自然身体的坏朽与政治之体不死的内在连接；最后呈现了国王从古代的战争亲征到现代早期的免除生命危险之两个身体的内在镶嵌性质，突出了现代早期爱国主义的不平等特性。国王自然身体的死亡，已经跟国王政治之体的不死形成了理解国家的关键因素。

三是现代国家呈现出从中世纪脱胎到现代早期初步成型，最终成为具有自我生命力的现代国家的强烈变动性。这是一条历史的动态演进线索。"王权的观念，经历了以基督为中心、以正义和法律的观念为中心，以政治集合体或制度性尊荣等合众之体为中心各个阶段，由神学家、法学家和政治哲学家次第发展起来，其间有重叠交错和互相借用，最后，还是要由诗人建立一幅纯粹人性的主权图景。"这一变动性，是现代国家最终脱出中世纪的历史过程之体现。这也是康氏此书给人的最大启发：必须在变动中理解人类政治生活的状况，而不能在静止的状态下看待政治生活的实际。

需要逆转现代吗？

康氏此书的价值由上可见一斑。从康氏此书可以引申出一些什么样的结论，一者以此显示它启人思考的经典价值，二者就此深入理解当下人类的政治处境，这就是仁智各见的问题了。

中文版的前言很长，表现出刘小枫教授一贯的宏大视野、古今纵贯、旁征博引和明晰论断。千字书评,显然无法评断五万余字长文。简而言之,他强调了康氏此书四个必须高度重视的特点:一是此书呈现了与韦伯"祛魅"的社会史学迥然不同的政治史学面目;二是此书击中了现代共和政体作为"无头政治"的根本缺陷;三是只有借助政治神学才能登堂入室,理解现代政治与传统政治的深刻联系;四是国王永远不死的理念指出了矫正现代政治缺失的光明出路。总而言之,由于民主政体取代君主政体,使得低俗趣味"能够对地球上一切高贵的东西发动殊死战争",康氏此书切中时弊、指引现代政治出路的价值昭然若揭。

刘小枫教授的评论,有击中现代政治要害之处。尤其是他强调不能割断现代政治与传统政治的深刻渊源关系,确实启人心智。长期流行的中世纪是"黑暗世纪",让人们仅仅看到中世纪宗教裁判所对人类精神自由的严重压制,由此心生横空出世的"现代"理念。这自然是需要矫正的偏颇观念。矫正的最好办法之一,就是借助厚重的历史著作,让人们清楚看到一个深深扎根在中世纪观念与制度土壤中的、其来有自的"现代"。并且清楚意识到中世纪对人类现代政治生活的必不可少,甚至是显著依赖。

刘小枫教授指出康氏此书展现的政治史学面目不同于韦伯呈现的社会史学面貌,也切中肯綮。他们确实沿循的是两条治学道路,一条执意指出现代与中世纪和古代的联系,一条执着现代之为现代的类型特征。至于非经由政治神学不足以进入现代政治堂奥,也具有历史理由。试图为大众民主政治增添高贵元素,也不能说动机存在问题。关键是,现代民主政体确实存在明显的缺陷,需要花费巨大功夫加以改进。

但刘小枫教授的这四个强势断定仍然让人心存疑虑:一者,康氏的政治史学与韦伯的社会史学真是那么对立吗?未必。两者存在两个意义上的互补关系:一是康氏指向过去的政治史学,帮助人类理解现代政治的源流关系;

而韦伯指向现代的社会史学,帮助人们理解当下的政治处境。二是康氏的论述从一个侧面印证了韦伯祛魅的断言,从以基督为中心到以人为中心的王权演进,恰恰是一个祛魅的过程。至于祛魅是不是就完全脱魅,当然可以在今天西方的"复魅运动"中重新理解。

二者,现代政治是无头政治、低俗政治的断言,似乎有些断定过勇。事实上,康氏揭示的四个阶段的王权演变,倒是提醒人们,国王的政治之体不过是从基督的不死之体转移过来的,因此也仅仅是"奥秘身体"的一个阶段结构,而不是一个终极结构。到但丁处,人类对基督的取代,已经预示着立宪民主国家建构自己两个身体的前景。只不过这一问题不在康氏的关注范围内。这也因此给刘小枫教授的当下发挥提供了便利。

三者,是不是一定只有借助政治神学的进路,才能理解现代政治的奥秘或高贵之处呢?至少得承认一种两可之说:就现代政治也就是民主政体而言,必须在历史起源上弄清楚它与君主政体,甚至神权政治的紧密联系,否则确实很难"历史地"理解现代政治的兴起与兴盛。但就现代政治之成为现代政治来讲,不能仅仅指出它的历史起源就罢了,甚至偷懒地在其中寻找现实政治出路的药方。现代民主政体具有自身的特殊结构,需要研究者将其作为一种政治类型进行自成系统的研究。发生学与类型学的探究绝对是并行不悖的。

四者,现代立宪民主政体是不是完全断送了君主政体的高贵性,变得彻头彻尾、透里透外的低俗化呢?答案是否定的。现代政治解放个人,让人人必须成为像国王那样的个人共体,这其实是在理想政治层次的大范围内提升了人类政治生活的品质。这种开放的高贵性,远比寄托于国王由王冠和尊荣呈现的限定性高贵性,要来得重要和切实。在这里,宣告"上帝死了"的尼采,伸张的是一种人的强力意志,而非神的意志。至于那些目空一切的虚无主义者,并不是现代民主政体的精神载体,因此也就无法循此否定民主政体。需知,离开现代的民主政体逻辑,试图以中世纪的君主政体加以改良,这是将古今演进的政治体倒错对待,乃是一种反历史演进、反政治思维的产物。

但这些都不影响读者认真阅读和对待康氏《国王的两个身体》这本书。

共和主义与中国当代思想

——在应奇等主编的"当代实践哲学译丛"研讨会上的发言

应奇主编的"当代实践哲学译丛"①编辑了"公民共和主义"方面具有代表性的论著。这是一部值得重视的文集,对中国语境中共和主义的深入讨论将发挥积极作用。对之全面的讨论在这样的会议上是不可能的。我仅仅想就中国语境下的共和主义作一个表态性的发言。

共和主义在中国的发展有目共睹。共和主义的发展有四个背景因素值得人们关注。首先是对所谓"同质化"的自由主义的抵抗,这在应奇和刘训练两位的博士论文中可以看出来。而且应奇在陈述自己编辑共和主义文集的意图时,也明确表达了这种意向。另外,我和高全喜进行过交流,我们都认为由于中国学者对自由主义基本理念的深入梳理不够,导致了对自由主义思想理解的片面性。而在表达自由主义的政治理念时过于申述自由主义的共同性,忽视了自由主义各种表述的差异性。这就给关注那些丰富了自由主义思

---

① "当代实践哲学译丛"由应奇主编,东方出版社自2006年陆续出版。

想的其他意识形态体系的学者一种不平则鸣的思想-学术动力。

其次,冷战时期对消极自由的过分强调,使得共和主义有纠正自由主义之偏的思想学术空间。新共和主义的很多主张源头似乎都在这里。那种将积极自由与消极自由作对峙性阐述的主张,让人们有了一个在两者之间寻求另类自由的价值空间。当深受西方政治思想话语影响的中国学者,讨论自由的构成这样的话题的时候,不可避免地会接引共和主义批判自由主义在特殊语境下申述的两相对峙的自由主张。

再次,当今中国体现政治共同体成员之共同利益的政治制度没有给出,甚至给出这一制度安排的、起码的共同理念也还没有达成,因此对于西方国家安顿现代政治制度发生过影响的各种主义话语,自然地就具有了争先恐后进入政治设计的“纷乱性”。一方面,免于现行政治制度施加的政治压力的欲求,使得人们对于消极自由还有一种顺理成章的亲和感。另一方面,如何建构起中国现代的政治制度基本架构的问题,随着改革开放的深入,又摆在了我们的面前。我们不得不应对共和主义的积极公民所具有的重要作用。这个时候,似乎过分强调自由主义的消极自由理念,就没有此前那么强烈的现实针对性了。这也许就是我们试图区分古典共和主义思想、共和主义政体与新共和主义的差别的观念基础。我们还是想在共和主义那里借用一些有利于现代宪政民主制度建构的思想资源的。

最后,讨论共和主义和自由主义的时候,不能只是强调两者之间的联系,还必须首先区分两者的界限。前面有学者已经强调,古典共和主义的许多思想因素已经被融入自由主义的主张之中,尤其是共和主义的制度主张“成就”了自由主义的价值理念。但是在新共和主义那里,对于自由主义的纠偏似乎是思想的出发点——这既体现在他们对于自由主义被区分为积极自由与消极自由的拒斥上面,也体现在他们对于自由主义缺乏公共善的批评上面，当然还体现在他们对于自由主义的消极公民的纠正上面。这些批评与指责的正当性我们得予以肯定，但是有效性必须予以检视。比如，据我个人的阅读，共和主义所提出的第三种自由能不能成立，就是非常成问题的。其实第三种自由在结构上与消极自由有多大的差异，就是一个需要讨论的问题。

同时，据我个人的理解，共和主义形成了一种集体取向的方法论思维模式。这一取向的现实政治制度走向内含着危险的因素，这些因素，当年汉娜·阿伦特就非常警惕。而对于在中国语境中论述共和主义的人们来讲，无疑就更是需要高度警觉的。模糊了共和主义与自由主义的界限，实际上也就无法准确理解它们各自的思想基点和思维逻辑。当然对于古典共和主义的理论取向和实践取向的差异也需要区分。对于新共和主义相对于古典共和主义的思想基点与制度安排所具有的区别，就更是要加以留意了。

政治学与语言的缠绕

——从亚里士多德《政治学》谈起

    稍微具有一点政治学常识的人,只要一谈论政治,都会引用亚里士多德《政治学》①一书中的名言"人是天生的政治动物"。政治学知识积累稍多一些且对东西方政治生活方式差异有些了解的人会反驳说,亚里士多德这话只是针对城邦公民而言的,并不包括外邦人和奴隶。因此天生的政治动物并不是针对所有人而言的。其实,亚里士多德在这句名言后面跟着就讲了另一段同等重要的话。他说:"很显然,和蜜蜂以及所有其他群居动物比较起来,人更是一种政治动物。"这就超出了城邦范围来看待人的政治天性了。这种政治天性,在亚里士多德看来,主要是因为"人是唯一具有语言的动物",人会使用语言来表达利弊和公正与否。超出城邦范围,亚里士多德对人的政治天性的界定,就将政治与语言紧紧地联系在一起了。

    人是群居动物,这是城邦意义上人的政治天性的体现。人必须借助语言

---

① [古希腊]亚里士多德:《政治学》,吴寿彭译,商务印书馆,1965年。

表达趋利避害、判断处境公正与否的意志，这是群居生活能够调适的前提条件。只有借助语言，人在群居中才能维护个体自身和所在群体的生存，并抵御外敌的侵害——因为群体成员之间只有在语言中才能促成共同体认知；只有借助语言，人们也才能在群居中表达自己是否受到公正待遇的政治意愿，并以公正为基础建构高度稳定的政治体——因为只有正义感及其成员间的共识才具有维护政治共同体的强大力量。政治生活借助语言方才可能。进而言之，政治学借助语言方能诉说政治生活并规划政治未来。这种紧密关系，为语言的政治性与政治的语言性的紧密镶嵌提供了深厚理由。

政治生活运用的常常是习惯性语言。但这种语言具有一种无须理论分析便让成员清楚明白的指令性。在专制政治权威那里，一切语言都带有对自身威严的维护与对成员发挥支配作用的强制性。在民主的政治生活中，政治中的语言尽管仍然带有某种权威导向，但权威不再意味着掌控权力一方要发号施令，而是成为掌握权力与保留权利的双方较为平等妥协的结果。在多元文化的社会中，即便是带有明显强迫性的语言政策，尤其是推行国家统一语言的政策，也会受到少数族群的挑战，而作出相宜的调整。

政治学中的语言，运用的常常是人工语言。这里所谓的人工语言，不是从人机关系角度讲的，而是在约定性意义上讲的。这类约定语言可以分为两类。一类是20世纪中叶之前，以表达政治真理、张扬政治学家特殊才干为目的的语言模式；一类是20世纪中叶以后，在哲学领域发生语言学转向时的、以擅长语言分析而致力于揭露语言上的混乱的模式。前一类是人所熟知的政治学语言模式，后一类是20世纪后半叶以降的政治学主流语言。但需要指出的是，即使在后一类语言模式于20世纪中叶强有力挑战前一类语言模式的时候，也有不少政治学家表示难以认同，拒绝放弃表达真理与张扬政治学家特殊才干的语言模式。到了20世纪后半期，似乎后一类语言模式具有所向披靡的力道,但规范政治哲学的复兴,又让前一类语言模式卷土重来。由此可见,政治学与语言的缠绕简直就是一团乱麻,很难清理出政治学圈外人士一目了然的清晰线索。

20世纪50年代,西方国家的一帮政治哲学大腕之间发生了激烈的争吵。其中一个很重要的原因,是一批受到哲学的语言学转向之深刻影响的政治学家,拒绝传统政治学的研究进路,也拒斥传统的政治学表述方式。他们声称,蔚为大观的主流政治哲学所主张的基本观点,其实得不到印证——政治哲学家并不见得能够制定和推翻政治原则,不见得他们作出的断定就能影响政治家的决策,也并不见得就有资格对立法方案、改革政制、管理国家提出有益的意见。这几个断定对传统的政治哲学家、政治理论家来说,有釜底抽薪的作用。因为他们将这几类工作视为自己的天职。

倒也是,政治哲学家从来就没有揭示类似科学真理那样的能力。所谓先验的综合政治原则不过是政治哲学家的说教而已。借助他们尊崇的非经验主义推理,完全无法证明高尚美德的正确性。反而让人们远离实际的政治生活,陷入虚无缥缈的状态,满足于抽象谈论实体、国家、个人、社会、公众意志和公共利益。当他们强调这些抽象原则时,就阻止了人们对他们提出的要说明理由和进行解释的要求。"不言而喻""毋庸置疑"成为他们应对政治讨论的通常借口。对原则的一再强调,就变成原则自身的同义反复。不过恰恰这些所谓的原则、原理,是需要证明的东西。

一旦人们习惯于将政治原则或原理视为天经地义无须证明的东西,就一定会将人们引入歧途。比如在公有制政治处境中争论私有制价值,就得不到合理的答案。因为前者拒绝任何争议地认定了私有制的掠夺性。反之亦然。因此,一切政治原则或原理都不应免除进一步证明的要求,对语言不加批判的使用显然是引起误解和混乱的重要原因——先验的、综合的语言并不优于经验的、分析的语言。于是,政治哲学的目的就在于揭露和阐明语言上的混乱,在于将一切政治原则都放到质问的平台上,那些完全表达私人意欲的东西不能再冒充为公众所普遍接受的东西。

这是对旨在宣示真理的传统政治哲学的宣战。志在进行政治原则的语言分析的政治学家,就是要颠覆志在建构不易规则的规范政治哲学家的知识殿堂。但问题在于,在实际的政治生活中,当人们致力辨认政治语言混乱的时候,总是基于一种好坏判断的基点,才能去讨论某一政治原则究竟是不是值得确信。假如只是重视可辩护性与说服力,很可能就无法达成政治的原则共识。一旦将政治哲学仅仅视为语言分析,就可能陷入另一种混乱之中——政治讨论变成了全无标准且无好坏的剧烈政治裂变。

分析政治哲学家前门送走了抽象规范,规范政治哲学家后门就开怀拥抱了这些规则。超越特定时空限制的政治抽象原则,对政治学来说并不是多余的负担,而是必须担负的理论责任。因为在激烈反对政治哲学就是语言分析的政治哲学家看来,起码有两个理由可以自我辩护,一是所有政治行动都受较好的或较坏的思想支配,二是政治哲学并不是占有真理而是寻求真理。这等于将前者的两个宣告作废:既然政治行动免除不了思想支配,那么诸神之争的政治价值宣示就必不可免;既然政治哲学是寻求真理而不是占有真理,那么其本身就是一个思想批判之旅,不会陷入不受批判的政治思想原则之绝对主义泥淖。由此可以理解,20世纪70年代西方政治思想界何以会迎来一个规范政治哲学的复兴之潮。

作一个有点错位的类比,亚里士多德所说的人类在政治生活中使用语言来表达善恶、公正与否,包含了两个意思:一是指出了语言的直接表达功能,二是暗示了语言相关表达背后的预设条件。前一方面正是分析的政治哲学所要进行的语言澄清工作,后一方面则是规范的政治哲学所要完成的价值宣导任务。这些表达,都离不开语言这个人类的栖居之所。承认两者的内在相倚性,对分析政治哲学家与规范政治哲学家都不存在什么害羞之处。

仪式政治的古今之变

——对《仪式、政治与权力》①的引申阅读

  仪式政治与政治仪式是两个高度关联的概念，但绝对不是一回事。大致加以区分，政治仪式是指政治生活的一种方式，主要依靠心理、情感、认知的象征性活动实现权力认同、政治团结与权威建构。仪式政治所指较为广泛，它主要用于指称一种政治形态，是一种将政治完全仪式化、神性化的政治形式。实质政治，也就是围绕权力争夺、权利维护等展开的政治斗争因之被全面地遮蔽起来。在这种政治生活场域中的芸芸众生，大多被权力握有者或颠覆者车轮战一般的繁复且带有神秘性的仪式所诱导，似乎忘记了自身的政治利益所在，而被仪式政治煽动的情绪所控制，成为仪式政治的忠诚跟随者与狂热行动者。

  比较而言，政治仪式在古今政治生活中都无一例外地存在并发挥着作用，而仪式政治从总体上讲是一种古代政治形式。作为古代政治，尤其是古代早期主流形式的仪式政治，主要借助的是宗教力量。古史学家、人类学家为

---

① ［美］大卫·科泽:《仪式、政治与权力》，王海洲译，江苏人民出版社，2015年。

我们揭示了一个基本的历史事实,那就是在文明社会降临以前以及早期文明发育阶段,所有政治体实行的大致都是仪式政治。那是因为在轴心时代"人"的觉醒出现以前,政治必须依靠神秘力量的支撑,才足以维持其镇制政治体成员的威力,政治体因此获得维系自身的精神资源、物质力量和现实效果。在古希腊早期政治生活中,家庭宗教在其中扮演着决定性的角色——家火制度既是小规模政治体延续的精神根脉,也是家庭生活秩序与政治权力依托的神性力量。①在中国,夏商周三代政权对祭祀的高度重视,也明显表明在仰仗宗教神性力量维持并强化其统治地位。商代官僚系统卜史巫祝的宗教性质显而易见,是中国仪式政治达到古代高峰的体现。即便在周代经历"绝地天通"的巨大宗教变局后,中国古代国家权力仍将祭天与祭祖连贯起来,以显示民众非认同现实权力不可的独一无二的权威性质。②

在古代政治中,神权制度与神圣仪式内在地联系起来,仪式政治的宗教性特质是非常明显的。在古希腊罗马政治中,早期的家庭宗教对小型政治体的极端重要性,已经为古典学家所揭示。晚期希腊家庭宗教的崩溃,导致家火仪式政治整合功能丧失,成为引发希腊早期政治秩序瓦解,革命风行,最终由罗马取而代之的悲剧性结果。在罗马,上帝与恺撒之争,让更具有宗教仪式神圣性支持的教权占据了与世俗王权之争的优势。表面上强大的王权不得不让渡精神生活支配权给教会行使。尽管在政治的形式结构上形成了"上帝的事情归上帝,恺撒的事情归恺撒"的二元政治,但世俗王权必须借助上帝的权威才能正当化其行动的定势就此被确定下来。整个中世纪世俗王

---

① 参见［法］库朗热:《古代城邦——古希腊罗马祭祀、权利和政治研究》,谭立铸译,华东师范大学出版社,2006年,第15~27页。

② 参见尤锐:《展望永恒帝国——战国时代的中国政治思想》,孙英刚译,上海古籍出版社,2013年,第21~35页。

权借助宗教或宗教性仪式达到这样的统治效果，是人们熟稔于心的历史事实。"双剑论"之作为欧洲中世纪政治思想的核心命题，就更是体现出宗教之作为仪式政治的关键要素。

在中国整个古代历史上，祭天与法祖都一直紧密勾连在一起。如果说法祖的一面主要体现为礼制，那么祭天的一面就主要体现为仪式。在"明分使群"的中国古代政治生活中，"制礼义以分之"，制礼以明确政治层级制度，制义（仪）以成就礼制。礼是轨，仪是物。"国家大事，君主之主要责任，不外乎制'物'以定'轨'。"①由皇帝祭天大典、颁发诏书采取的"奉天承运"格式化表述可知，中国古代仪式政治具有鲜明的宗教含义。尽管这样的仪式政治是想以奉天法祖神圣化皇权，但抹掉它的宗教色彩就会变得不可理喻。

从严格的角度讲，仪式政治仅仅指这种依托于宗教活动支持的政治形态。但有论者将之泛化，用来描述和分析政治中所采取的各种象征性活动。这会导致两种不同的后果：前者将很难考察现代政治中仪式政治的残留、转化甚至是复活。后者将很难考察古今政治仪式在政治运作中的地位与功能之悬殊差异，整个古代将仪式提升为政治生活的核心高度，而现代政治生活中仪式的辅助性作用则显而易见。

由于三个原因，在现代情景中仪式政治不再成为一种政治类型，而退化为一种政治动员方式（哪怕是一种极为有效又必须高度重视的政治动员方式）。仪式因此在政治生活中的地位与作用发生极大改变，已是不争之论。一是因为实质政治的地位鲜明凸显出来，取代了以象征，尤其是宗教象征为特质的仪式政治。古希腊罗马在长时段中因家庭宗教强大的政治功能而定位于仪式政治。神权政治时代的欧洲，宗教化的政治仪式将政治定格在仪式政

---

① 杜正胜：《古代社会与国家》，允晨文化，1992年，第735页。

治的位置上。有及于此,人们甚至认为中世纪是没有人的政治,只有神权之治的时代。但由于"双剑论"的持续争端,引发教权与王权的分立,晚近阶段宗教对世俗政治的制约好景不再,各种社会要素纷纷释放出自己制约政治发展的能量。首先是经济力量凸显,发挥出引导政治发展的决定性作用。其次是权力与权利的博弈成为政治生活的主调,利益集团浮出台面,利益集团之间的你争我夺成为政治生活的常态。最后将现代政治分权制衡的结构呈现出来,让政治生活成为限制权力与分享权力的生活样式。仪式政治为政治涂抹上的神圣色彩极大淡化,基本退到了公共生活的幕后。就此而言,仪式政治的古今之变乃是这种政治形态自身演变与新兴的实质政治形态两种力量共同催化的结果。

二是因为高度的组织化社会,让不同类型与层次的组织仪式相互冲撞,仪式的利益针对让仪式的神圣性质下降到一个次要的位置。仪式之为仪式,是由于它具有的神圣性。这种神圣性在长期的政治生活中体现为宗教性。即便在世俗化的进程中,宗教的神圣性蜕变为政治的权威性,但仪式的神圣色彩还是仪式具有政治整合功能的重要支撑条件。在中国古代,真正具有政治功用的仪式,常常为国家权力所垄断。这也是仪式所携带的政治信号为人们所敬重的一个重要原因。在欧洲古代与中世纪,政治仪式常常由教会介入,因此宗教的圣洁性转移给这类仪式以庄重、肃穆、权威的政治功效。现代社会不再是宗教与政治权力带有绝对支配性的社会。根据亚当·斯密简洁明了的分析,现代社会乃是一个高度分工与合作的社会。①社会分化程度愈来愈高,进入不同社会分工领域的人们,也就秉持该领域的价值信念、工作准则与评价标准。社会被塑造为一个分工基础上的精细合作机制,于是社会也就很

---

① 参见[美]默瑞·N.罗斯巴德:《亚当·斯密以前的经济思想》,张凤林等译,商务印书馆,2012年,第689页。

难秉行某种高度凝合的价值理念、制度习性和生活模式。一种近乎各自为政的分化式组织的多姿多彩仪式，让不同组织体系中的人们各有其提高凝聚力的仪式。仪式也就在组织间缺少互容空间的情况下，成为不同组织模式的社会低聚合性活动。古代时期那种由宗教与政治力量整合成的仪式政治所具有的社会高聚合性景象从此不再。

三是因为仪式的过于频繁，让交叠存在的不同组织的复合型成员产生仪式疲劳，导致仪式的功能明显衰变。现代社会的高度组织化，让区隔为组织成员及成员间的仪式活动也显得重重叠叠。由于社会成员分属于林林总总的组织，譬如一个社会成员必须加入一个谋生组织，此外则可以因为业缘、地缘与趣缘加入不同组织，而在组织的内部仪式成为组织凝聚的必要手段的情况下，组成成员不得不在不同组织身份的驱动下参与各种仪式。这就让现代社会呈现出过于频繁的组织仪式定势，成员们不再像古代社会那样期盼时间周期较长的神圣仪式，而是疲于应付各种难以唤起内心热情的组织仪式。久而久之，仪式的动员效能便明显衰变。仪式政治时代那种经由仪式高效动员社会、促成成员效忠、实现权威认同的效果，也就缺乏保证了。那种期望借助仪式政治让登高一招的政治人物赢得死忠的状况，也就殊难出现在现实政治生活中了。

可以说，仪式政治是被古代政治的衰变与现代政治的兴盛两种力量所共同终结的。这是仪式政治古今之变的必然结局。职是之故，那种试图恢复仪式政治的尝试，就变得有些滑稽好笑——不仅是因为逆历史而动，而且是因为不理解变迁大势，不知道因时而动、与时俱进、损益可知的历史哲学常识；是因为恢复仪式政治的诸条件荡然无存，相应的努力不过是堂吉诃德对风车的挑战，精神可嘉，但颓然无功。

仪式政治作为一种"古代"政治类型，在"现代"政治中被终结掉了。不过需要一问的是，一种承续仪式政治的政治新形态会不会在现代处境中借故还魂呢？回答是肯定的。如果把仪式政治的宗教结构转换为社会结构，将仪式政治的形态化运行转变为效能化运用，促使仪式政治成为一种精心组织的世俗政治形式，那么仪式政治也就具有了现代复兴的可能性。但需要注意的是，仪式政治的这种复苏，条件性是很强的：一是只有现代政治的运作本质不再在仪式政治中呈现，利益集团、权力纠葛、经济利益才不可移易地构成现代政治种种仪式的核心。因此仪式政治的古代结构不可能重光，而只能激活仪式政治的局部功能。就此而言，仪式政治大多蜕变为政治仪式。二是仪式政治的权力动用者与权利跟随者的支配性影响模式风光不再。不管由多么精心设计的政治仪式进行的社会政治动员，甚至是组织成员动员，一呼百应、应者云集、山呼海啸的景象很难出现不说，克治疑虑、防止叛逆、预防离心离德，已成为现代政治仪式组织者需要从积极效应与消极效应两端着手深入考虑的相关问题。

可以说，仪式政治的现代全面复兴是绝对不可期的。因为现代政治已经将实质政治与仪式政治严格区分开来了。诚如深入研究仪式政治的大卫·科泽所指出的，现代政治指向利益集团、经济力量和权力关系等本质关系。以象征性主导的仪式政治自然就退居主流政治生活的幕后。"对西方主流意识形态来说，仪式在政治生活中就算不是闲杂人等，也至多是个龙套演员。"[1]尽管科泽试图打破这一断言，提升仪式研究的重要性，但是他也承认自己的研究是在仪式的一般社会历史功用视角展开的，而不是在古今之变的角度作出的探究。因此他的研究注重的是诸如仪式通常具有的凝聚性、多异性与模糊性特征，并围绕这些特征对仪式及其功能展开论述。这种无视仪式政治

---

① ［美］大卫·科泽：《仪式、政治与权力》，王海洲译，江苏人民出版社，2015年，第16页。

古今之变的研究,自然具有它的价值:让人们注意到政治仪式,甚至是一般仪式所包含的、应当引起人们重视的价值。但这样的进路也让人们无法理解仪式政治古今之变所具有的历史分界线意义,甚至让人们对心怀叵测的仪式政治重建丧失警惕性。就此而言,强调仪式政治古今之变的意义就不言而喻了。

既然仪式政治的终结很难全面激活,而仪式在古今社会政治生活中又必不可少,那么将政治形态意义上的仪式政治安置在政治仪式的辅助性位置上就是恰如其分的做法。在现代社会高度分工、仪式关注度下降、仪式功效衰变的情况下何以还要注重仪式呢? 简而言之,原因有三:一是现代的社会政治生活并不只是服从工具理性的生活样式,人们还是希望有种种可信的价值理性引导人生前行,并由此提升生活的精神品质。不以具象而以象征为特质的仪式,正好可以发挥相应作用。二是现代的社会政治生活总是处在现有秩序与理想秩序的矛盾冲突状态之中,迟疑、徘徊、彷徨、孤单、恐惧等情绪常常攫住人们的心灵,引发心灵的震荡,需要在公众仪式中发现心理治疗的药方,由此找到前行的动力。三是人们的生活总是处在安于现实与不满现实的剧烈拉锯状态,政治动员也就总是处在保守与革命的撕裂局面,维护与颠覆现实秩序的不同政治仪式,就会适时出现,让人们或主动或被动地选择。因此政治仪式不仅从来就没有离开现代人的生活现场,而且与人们的日常生活紧密牵扯在一起。

仪式政治终结之后的政治仪式自具其必要性与重要性。但在现代处境中举行的政治仪式,乃是处在立宪民主政体中,从属于实质政治的辅助性政治形式。即便在非民主的社会政治体中,由于现代民主占据了政治理想的高位,非民主的实质政治体系也无法脱离民主理念而突兀呈现其巫魅的仪式政治面目。在这一前提条件下,政治仪式的理性性质显然强于其宗教

41

性质。即使具有悠久传统的仪式政治给政治仪式打上了鲜明的宗教特色,也无法扭转现代处境中政治仪式的宗教色彩显著淡化的趋势。不过政治仪式仍然携带着某种神圣性的象征意味,这是它还能感染参与其中的公众一个决定性的原因,也是政治家和准政治家仍然高度看中政治仪式的社会功用的缘由。

现代处境中的政治仪式,核心仍然主要是统治者设计与使用仪式,激发公众情感,获得公众认同,唤起内心热情,支持相关政策。不过现代性特征凸显的政治仪式,不再仰仗过多的模糊性象征来实现前述目标。对现代社会,尤其是规范的现代国家而言,"成文法和其他文件被当作组织特性的象征"①,传统仪式、风俗习惯很难像历史上那样轻易煽起人们的情绪。因此围绕法治体系设计与使用政治仪式,就成为现代政治仪式的主流方式。与之相关,随着政治周期成为现代政治的节律,政治仪式的某种替换机制显得愈来愈重要。新旧政治仪式,成为一个国家发展态势与当下情形的直接体现。就此而言,政治仪式在现代社会中发挥的作用不仅没有衰变,而且理所应当应受到重视。"政治仪式对于所有社会来说都很重要,因为任何地方的政治机关关系的呈现和变更,都需要借助象征性的表达方式。"②

当代中国正处于疾速变化的关键阶段。国家在短时间内获得了巨量的物质财富,国家崛起或民族复兴的政治主调不可阻挡地被确立起来。这一方面让政治仪式发挥作用的空间骤然增大,促使国家权力高度看中政治仪式的社会效用。另一方面也让素有仪式政治传统的中国在设计与使用政治仪式的方式上迅速转型,以求建立适应现代迅速发展的政治仪式,发挥仪式的

---

① [美]大卫·科泽:《仪式、政治与权力》,王海洲译,江苏人民出版社,2015年,第25页。
② [美]大卫·科泽:《仪式、政治与权力》,王海洲译,江苏人民出版社,2015年,第207页。

重要社会整合作用。从前一方面看，人们可以看到政治仪式在中国现实生活中确实不同往日地受到了重视。诸如在各种具有纪念意义的重要时日，都会举办大规模、高层次的政治仪式。而即便是举办运动会、博览会，国家也会倾注大量资源，设计与举办令国人瞩目、让世界关注的盛大仪式。2008年的北京奥运会、2010年的上海世博会、国庆典礼、阅兵式、天安门广场的升旗仪式等，都为公众所熟悉，而且确确实实激荡起了公众的爱国热情与国家认同。

从后一方面看，中国传统的仪式政治被灵活地转变为现代的政治仪式，并成为国家聚集政治认同资源的有效方式。当代举办的祭黄帝大典、祭孔子典礼，就让国家权力收到既承续传统又主导现代的政治认同效果。但在传统中不曾出现的一些现代仪式，也逐渐为人们所熟悉：比如官员上任需要面对宪法宣誓的仪式，就是中国进入现代政治仪式设计与使用的标志性事件。一个对宪法表示忠诚的官员群体，呈现的正是中国不再认同魅力型领袖的法治化状态。在这类仪式中，中国之走出传统宗教性的领袖崇拜，走向现代平等的法治境地，可以为人们所明确感知。

中国从悠久传统中转出、转向现代，走向复兴的转变态势，也在各种政治仪式中体现出来：历史性仪式如祭天祭祖祭先贤的仪式，着意并不在发思古之幽情，主要是要展现中国当代承继历史传统、呈现勃然生机的现实；曾经以抗议帝国主义、修正主义国家欺凌中国的国家大型集会，逐渐演变为展示国家实力、呈现国家发展强大势头的集会。这类集会的象征性仪式，也就从人们愤怒高举的拳头，变成了高科技产品和参与仪式的人们欢快的笑容。

仪式政治的古今之变自然不是一帆风顺的。一者因为现代政治并未成为所有国家的主导政治，仪式政治并未完全丧失它的政治地盘，它在一定时间与空间范围内的卷土重来，完全应在人们的意料之中。环顾当今世界，总是有权力操控者试图借助某些仪式，将自己打扮为魅力无穷的宗教性领袖，便是明证。二者因为政治仪式有一种让人们暂时遗忘实质政治，而陷入象征世界的功效，因此政治仪式总是会发挥出一种认同权力、忽视权利的扩展功用。在仪式处境中的大众，常常会陷入究竟是捍卫权利还是认同权力的茫然失措，因此会冒被权力专断者引向政治狂热的风险。三者政治仪式总是一个争夺认同的战场，处在手中牢牢掌控权力者设计与使用的仪式中的人们，当然容易趋向认同现实权力。但处在争夺权力，尤其是借助革命手段争夺权力的场域中，人们就会被掌权者和夺权者推向一个认同与反认同的非此即彼的境地。人们因此会卷入无法自我控制的仪式风暴之中且不能自拔。这简直就是仪式灾难了。可见，仪式政治的古今之变，必然会存在回流、交错、前行的不同可能。这就需要人们对仪式政治的来龙去脉了然于心。

全球政治动向:民粹朝阳,精英黄昏?

——解读民粹主义

民粹主义(Populism)①已经成为当今世界最引人瞩目的政治潮流。

这是由民粹主义政治的显著回流向世人展示的政治事实。从英国以全民公决的方式脱欧,意大利也以公投的方式处理修改宪法失败,到法国右派动员社会族群力量而获得广泛支持,默克尔移民政策受到国内各方的空前挑战,再到美国当选总统特朗普渲染的反精英主张,人们处处感受到民粹政治的惊涛骇浪。如果说西方国家浮现的只是大众抗击精英的民粹主义最新动向,那么南美一直被民粹主义鼓荡的政治风潮则一直未消停过。如今更是花样翻新,构成南美政治不可撼动的政治主流。即便是有些置身事外、冷眼旁观的中国,最近几年的政治演变,也多少让人嗅出一些民粹主义政治的味道。人们不得不正视民粹主义政治的最新世界浪潮了:民粹主义如朝阳般升起,而精英政治如黄昏般衰颓。

民粹主义政治的世界性回流,并没有帮助人们更清晰地认识民粹主义。

---

① 关于民粹主义的介绍性书籍,可参见[英]保罗·塔格特:《民粹主义》,袁明旭译,吉林人民出版社,2005年。

不同于其他现代政治意识形态的清晰性、一贯性、系统性、独立性,民粹主义在政治理论上一直没有得到深入系统、富有连贯性的阐释。从政治意识形态的角度观察,民粹主义不过是依附于种种形式的政治意识形态的不定思潮而已。依附的定势,一直是大众对精英的抗拒。如果这样的抗拒仅仅停留在社会怨恨的层次上,那么民粹主义政治很难唱响政治凯歌;一旦相关抗拒演变为社会的一时风潮,那么民粹主义政治就会凯歌猛进,让世人震惊。时下的世界政治,似乎正处在由民粹主义掀起的惊涛骇浪之中。人们将这一波席卷而来的民粹主义政治风暴,视为资本主义发展模式的产物、贫富分化的结果、精英蔑视大众的反弹、全球化逆转的必然。这些评论,其实未能切中要害:它不仅无法解释西方国家民粹主义政治风暴中左左右右的不同取向,也无法说明社会主义国家民粹主义政治挥之不去的现象。换言之,这样的评论没有直击民粹主义政治不断卷土重来的深层原因——民粹主义政治是深植于人类政治生活土壤中的重大现象,并不是当下澎湃的政治形式。

回顾人类政治史,在古代社会,精英与大众的对峙就一直存在于民主与非民主的种种政体运行中。所谓主权在民、治权在贤的区分,就是希腊民主政治中精英与大众各司其职的巧妙安排。这是一种划分古典精英主义与民粹主义界限的思路。在中国,选官体制重在治理中高层社会,基层几乎任由其按照自然秩序运作。这也是一种古典形态的平衡精英与大众的机制。其长程历史中显现的不同时段的不同侧重,构成精英与民粹政治交替的古典画面。

在现代社会,大众民主的政体主流,呈现出大众授权、精英治国的分流机制。从总体上讲,这一政体形式降低了大众与精英的紧张关系。只要立宪民主政体的机制稳定,精英主义和民粹主义就成为相互消毒的两个端点。假如想确定民粹主义政治的危害,只需要判断它是否走到了挑战立宪民主政体的地步即可。只要立宪民主政体的根基未被动摇,民粹主义就不过是在发挥纠偏精英主义政治的作用而已;如果民粹主义超出了政治动员目标,发挥出了颠覆立宪民主政体的作用,那就必须断然加以制止。

民粹主义是利是害,关键要看民粹主义在什么范围、何种政体以及政治文化的关联中被界定和发生作用。在民主政治机制中,民粹主义仅仅是与精英主义相对而言的政治取向。众所周知,精英主义重视精英阶层的社会政治秩序设计、运作和权力行使。而民粹主义反对精英专权,坚定地站在社会底层的立场,为底层政治鼓与呼。但精英操权长久,常常会忘记大众利益;旧精英集团得意忘形, 新精英集团便会以民众意志为由进行纠错。立宪民主政体,因此总是处在精英掌权、大众纠偏的周期性变局中。西方国家的这一波民粹主义政治浪潮,到目前都还停留在抗拒行之既久的精英政治范围。就此而言,人们没有理由宣告立宪民主政治陷入乱局而不可自拔,甚至宣称立宪民主政治无可救治、寿终正寝,需要另一种政体创制取而代之。这是对目前西方国家民粹主义政治来袭的过度阐释。

自然,民粹主义政治并不是没有害处的政治形式。假如底层民众对精英的抗拒走到了颠覆立宪民主政体的地步, 而借助民粹理念走上政治中心舞台的政客又无法遏制自己煽动起来的民粹激情, 那么民粹主义政治就会引发政治失控的危局:经济发展的国家与市场均衡机制被打破,政治运行的精英与大众互动纠错被断送,社会治理的维护与变革平衡状态被葬送。整个社会就会被激发起来的大众愤懑情绪所控制, 政治秩序将面临彻底混乱的高度危险。南美的民粹主义政治一直行走在这种危机深化的进路上。而今天欧美国家的民粹复辟,尚未走到这么危险的地步。

民粹主义是否会造成政治危局, 端赖启用民粹主义政治模式的国家处在什么样的政治局面。从现代民粹主义政治史的角度看,民粹主义与争取现代建国的运动紧密相连。这中间,最让人触目惊心的民粹主义政治运动,是俄罗斯现代转型关键时刻的民粹主义理念阐释与政治尝试。与俄罗斯类似的国家遭遇建国难题,长期无法落在现代民主国家的政治制度平台上,民粹主义便成为一种支配国家运行的主流政治意识形态。南美的民粹主义政治因此显出无以撼动的特点。但这样的民粹主义政治会引发灾难性的后果:社会怨恨、经济崩溃、国家紊乱、方向迷乱。当年俄罗斯民粹主义的流行,就是因为提前陷入了敌视资本主义的偏执状态。国家根本不知道资本主义为何物,民粹主义便已经将国家引向了无依托的、超越资本主义的歧途。结果,俄罗斯的建国屡经折腾,但还是以一个曾经给人无限幻想的强国覆灭的结果被载入历史。至于长期支配性作用于南美国家的民粹主义,无须多言,只要看看近期的委内瑞拉,就足以了解这种灾难性结局。在缺少精英主义民主消毒功能的民粹主义建国进路上,没有出现一个真正实现现代化的国家。

从民粹主义与左右翼政治意识形态摇摆性结合的角度看,民粹主义既体现出跟两类意识形态结合的灵活性与游移性,也体现出激发左右翼政治能量的意识形态效能。只是从后一方面,才体现出民粹主义作为一种现代政治意识形态独立类型的特点。如果说民粹主义与左右意识形态都适于结合并不令人称奇的话,那么它具体与左右意识形态的结合情景就耐人寻味了。在立宪民主政体中,左翼意识形态总是习惯于利用民粹主义抬高社会底层的道德水准,并执意将社会一切优秀的道德品质集中到底层阶级或阶层身上,并由此来塑造自己所属的权力集团的道德化面目。右翼意识形态则善于利用民粹主义笃定的集团道德品性,将之视为精英集团绝无可能具备的社会德性,并以此为据,将自己统治国家的资格扎下根来。但无论是左翼还是右翼民粹主义,只要立宪民主政体运行有效,它与任何其他意识形态的搭配,大都不会引发灾难性的社会政治后果。

在非民主、反民主或专制政体中,民粹主义常常与种族主义、民族主义、国家主义相结合。这种结合,向左走,会引发反对国家的极端激进社会主义狂潮。当年希特勒的政治动员方式,是最典型的极"左"民粹主义做派。向右走,则会激发分裂社会的种族主义激情,当今欧美民粹主义的右翼特征,由此体现。似乎相反的左右走向,并不是完全相反、不可调和的。它们之间常常会出现两极跳跃,瞬间让民粹主义的左右面目变得模糊不清、难以辨认。希特勒以国家社会主义激发工人政治激情,让一战后处在严重失落状态的底层士兵、失业工人、流浪汉的政治权欲被激荡起来,成为国家社会主义政治的中坚力量。但希特勒攫取国家权力以后,便以种族主义作为大众动员的主要手段,一下子将德国推向极右翼的种族政治漩涡。缺乏立宪民主政体平台,民粹主义向左与向右,都极有可能将国家推入万劫不复的深渊,并给人类带来深重的灾难。

需要将立宪民主政体内对冲的精英主义与民粹主义两种政治动员类型和行动方式有效约束起来:不仅要防止两种政治形式走向极端的可能,而且必须将两者置于对冲的位置使之不能走向极端。同时高度警惕操弄民意的民粹主义政治家的动向,保证随时启动限制专权者的制度功能。但更为关键的是,要有效防止非民主或反民主专制政体中民粹主义的政治狂热。这样的政治类型,不仅对实施民粹政治的国家自身具有极大的破坏作用,而且对立宪民主政体也发挥着负面示范作用。由于这种民粹政治缺乏立宪民主基本制度的制衡,因此它是败坏现代国家政治秩序的元凶。

同时必须严格检验民粹主义政治的实效。环顾当今世界,民粹主义政治的回流,并不意味着底层民众摇身一变成为政治舞台的中心人物。它的还魂,不过是作为精英政治代际更替的动力机制短暂出场而已。本来,在民主政治的运行过程中,精英的集团与代际交替,应当是不同集团或代际的精英借助制度安排机制完成的理性更替。不过这样的代际交替常常不如人意。在民主选举中,精英交替常常出现两种情况,一种是精英们默认这样的交替属于制度机制内的理性动员,因此将其限定在精英的圈子范围里,而不去动员对政治行动较为疏远,甚至是冷漠的社会底层公众,更不去搅动他们的安宁生活,使之成为激情澎湃的政治动物,将整个国家的政治搅成一锅粥。民粹主义的偶发激活,成为矫正精英民主错失的必需,但不至于颠覆正常的民主运作机制。这是立宪民主政体具有的规训民粹主义能力的表现。

另一种是试图掌握国家权力的精英,可能由于尚未进入精英圈子,因此无法按照常规制度程序在精英政治中分得一杯羹。于是,他们诉诸社会底层,让自己获得精英机制外的政治资源,以此跻身精英政治队伍,并且掌握国家重器。这种民粹政治的动员方式,可能导致民主政治的颠簸、蜕变,甚至是衰败。但只要民粹主义不至于颠覆立宪民主政治秩序,精英主义政治就一定会与之发生对冲。经过一段时间,立宪民主政治就会回到它的正轨。今日欧美国家的民粹主义回流,可以归为此类。这类民粹主义政治,确实不为民主社会中的人们所熟悉,实在超出了人们熟络的程序化民主政治惯性。但贯穿美国历史始终的、敌视精英主义政治的民粹主义政治运动,并未因此颠覆美国的立宪民主政体。仅着眼于此,人们对近期欧美民粹政治朝阳般升腾的极度忧心,便有些杞人忧天了。

而在非民主、反民主的专制政体中,掌控国家高层权力的政治领袖,为了慑服国内精英,使其服从他的政治权威,乐此不疲地搅动整个社会,让底层逻辑成为支配整个政治社会的高阶逻辑。这是一种完全无序可循的民粹主义政治操弄。它与民主政治条件下已经获得政治精英身份、准备争夺政治精英角色展开政治较量时,对民粹主义的利用,完全是两码事。立宪民主状态下的民粹主义,不过是精英政治自我矫正式的动员理念和行为方式。因此民粹主义与精英主义的对冲,构成优化立宪民主政体运行倚重的条件。旨在借助民粹主义打击政治对手,塑造一个不受制约的超级权力、国家英雄、道德楷模、旷古神人,并且将自己打造为国家秩序的化身,有效防范外敌的金刚不败,这种民粹主义的政治操弄,才极具危险性,才是当今世界更加需要警惕的政治现象。这种民粹主义政治,常常出现在落后国家的革命与后革命时期,也经常出现于转型国家进退不得的艰难时期。在这种民粹主义政治情景中,以底层民众意愿和利益为号召的政治,常常成为国家由富返贫、社会动荡、政治失序、国家衰败的导因。如果不考虑举证公平性的话,仍然可以将委内瑞拉视作这类民粹主义国家的典型。

如果说在民主政治运行的进程中,民粹主义的周期性回流是不可避免的事情,那么精英主义政治具有的精英合谋滥用权力、盘算利益、讹诈国家的内在缺陷,就是这种回流的强大驱动力量。源自对精英操权的深恶痛绝、对民众自治的强烈信念建立起来的民粹主义政治,将会一直与精英政治交替出现在人类的政治生活中。进而言之,如果断定民粹主义政治具有不可小觑的危害性的话,那么对精英主义政治的类似危害也绝对不能掉以轻心。保持两者的平衡状态,就成为评判一种正常的政治秩序一个绝顶重要的指标。这就是人们在极度担忧特朗普的民粹取向会将美国带向何处的时候,必须转念想一想此前精英政治如何让民众感到深深的失望和痛恨。无论是精英主义还是民粹主义,只要它不成其为彻底压垮对方的无限度政治形式,并且处在对冲以维护立宪民主的局面中,人们就完全不必对两者的交互出场大呼小叫、大惊小怪。

倒是在非民主、反民主的专制政治中,由于民粹主义一直是作为政治压制工具来被利用的,它需要人们以超级的努力去矫正自我道德化的民粹性政治压制。缺乏立宪民主的有力限定,民粹主义常常成为专制主义者自我美化的工具、打击对手的武器、诱导民众的鸦片、颠覆制度的护身。此时的民粹主义,不再是一种与精英主义对冲的流动性政治意识形态,而是一种旨在巩固已经到手的权力的凝固性政治观念:它既让政治对手难以动弹,也让自认为做主的民众陷入政治幻觉之中,但唯独放任独裁者以反对精英、阻止资本、消灭剥削、实现平等等崇高的理由擅自操弄国家权力。委内瑞拉已故元首的作为,对此作了最好的诠释。当民粹主义成为全面支配社会公众与国家精神的僵化理念的时候,就很难在民粹主义政治机制内部找到化解其僵局的动力。国家为此不得不付出长期的停滞与动荡代价,并且在修复民粹主义的政治破坏性方面偿付更为高昂的时间与资源代价。

一般而言,民粹主义政治的工具效能与价值阐释是相当不对称的。价值阐释的缺失,让民粹主义常常成为空洞的道德口号。这使它无法具备规范价值的力量,只能卷起一时的政治风暴,并迅疾被其他政治意识形态所取代。左左右右的民粹主义,都逃不掉这一悲惨的宿命。工具化的定位,让民粹主义只能被精英集团或精英分子颠来倒去地利用,民粹主义仰赖的民众倒是常常消退得无影无踪。越是以民粹主义为号召的政治运动,越是无法满足民众的利益诉求、参与热情和德行愿望。左翼与右翼的民粹主义,就此成为不惮修饰的赤裸裸的权力哲学。

超出民族国家范围,具有全球性号召力的民粹主义,因此也就常常成为一个国家的民粹主义政治家关门主义、利益自私、不问公正、擅政弄权的托词。今日欧美的民粹主义回流,从一个侧面证实了这一点。

逆全球化的民粹主义如朝阳升腾,有人即刻宣布这是全球化终结的标志。这一结论是不可信的。与其说民粹主义的全球浮现终结了全球化,不如说促使人们认识到全球化调适的必要性与重要性。在这一波民粹主义的全球浪潮面前,人们应当镇定地发现,区分民粹主义的两类政体依托及其不同表现依然是重要的,但进一步区分压制性民粹主义与对冲性民粹主义,已经成为了解民粹主义的又一个进路。仅仅依据民粹主义的新一波浪潮,人们远没理由得出民粹主义当道、精英主义终结的宏大结论。

政治需要有距离的审视,才能得出启人心智的结论,否则就是时事政治的盲从者而已。为此,继续耐心观察目前的民粹主义政治进展,是一种政治审慎的必须。

社会理论与国策咨询

——读吉登斯著作看社会理论的内在紧张

中国今天正面临一个建构现代社会理论的关键时刻：随着从传统到现代的急遽转轨，中国社会的传统结构是怎样的，需要一个总体的说明；而转变中的中国又会建构成一个什么样的社会，更需要一个具有高度理论性和现实针对性的社会理论建构。如何将社会理论的理论逻辑与现实需求的应用逻辑结合起来，成为中国社会理论界必须接受的挑战。英国著名社会理论家吉登斯的社会理论建构，[①]恰好在某种意义上给我们以极具针对性的启发。

吉登斯是一个力图将社会理论的理论逻辑与政治需求逻辑对接起来的思想家。他的社会构成论思想使他在当代社会理论的发展谱系中占有一席之地。但他不是一个纯粹书斋的社会理论家。在书斋与政治之间，吉登斯寻求一条将社会理论的逻辑运思与现实政治对接起来的通道。

---

① 吉登斯作品的中译本很多，此处主要涉及王铭铭组织翻译、由生活·读书·新知三联书店1998年出版的吉登斯著作集，包括《现代性与自我认同》《民族国家与暴力》《社会的构成》，以及郑戈译《第三条道路——社会民主主义的复兴》，北京大学出版社，2000年。

本来这是两条运思路径。当思想家试图将其结合的时候,便有两条路径可循:要么双线并立,要么整合为一。吉登斯走的是第一条路线。他的结构化理论试图超越既有的社会理论建构,而他的第三条道路设计则谋求超越社会主义与资本主义的对立。可见他具有极为高远的理论雄心。从社会理论的角度看,他的社会构成论,试图将各种社会理论解释现代社会的理论综合起来。在吉登斯之前,主张客观主义的结构主义与功能主义社会理论,与主张主观主义的解释学社会理论,分别建立起寻求支配社会理论研究的排斥性、霸权性社会理论体系。吉登斯认为这样的社会理论建构并不能完成社会理论解释现代社会的理论任务。因此他致力于超越两者的对峙。为此他建立起解释行动与结构关系的结构化理论。这里的"结构"概念不同于结构主义的结构概念,而是指社会系统再生产过程中反复涉及的规则与资源关系并支配行动的转换性矩阵。吉登斯为了阐释这个概念包含的丰富含义,创造了一系列具有特殊内涵的社会理论概念,诸如元概念(意义、权力与规范)、元结构(表意结构、支配结构与合法性结构),这些"结构"不是实在的社会构成性状态,而是一种虚拟秩序,通过人们的"反思性监控"得到生产与再生产。行动与结构相互依存,又在特定的社会情景中相互影响而得到生产与再生产。他借此试图解释清楚人类致力于创造历史的构成性状态。他对于解放政治与生活政治模式的替代性理解,就可以视为这种解释的答案。

"第三条道路"是吉登斯针对他所在的英国左翼执政党——工党的现实政治需要而设计的一套政治系统。英国工党号称信守社会主义的政治原则。但在20世纪最后十年左右的时间里,社会主义面临一个重构的命运:不说苏东社会主义模式的破产给欧洲社会主义运动带来的冲击,即使是号称推行社会主义的英国工党与美国民主党,也遭遇到理论上的障碍。后者如何对接20世纪80年代英美流行的私有化浪潮及其社会政治经济后果,调整自己显得僵化的政治经济主张，已经成为政治主张上自恰与政治实践上具有号召力的前提。

作为英国工党的理论家、更作为英国工党领袖托尼·布莱尔的精神导师的吉登斯，试图在政治实践中寻求一条超越于左右之争的第三条道路，以便真正实现社会民主。如果说吉登斯的结构化理论试图超越主观与客观两种社会理论路径的话，那么他的第三条道路设计就是为了超越经典意义的社会主义与资本主义道路，既兼得两种建立在现代性基础上的基本社会制度的好处，又避免两者的坏处：资本给我们带来财富，传统的社会主义在这一方面已经无法排斥它了。因此社会主义不再是资本主义的另类选择。同时，在一个从解放政治向生活政治推进的过程中，后物质主义的价值业已提将出来，创造财富与控制不平等必须协调，于是社会主义伦理价值显示出某种冲击力，社会主义修正它关于社会民主的观念就显得非常必要。在极右与极"左"之间寻求社会民主的可靠未来，就成为吉登斯为英国"新工党"开出的政治药方。

吉登斯的双线理论陈述展示了两种理论风貌。但正好将社会理论与国策咨询两者对接起来。现代社会理论从来不是单纯的理论逻辑游戏。社会理论的理论性格就是以分析、批评、介入和重构现实社会为目的。因此社会理论家不能对现实社会的社会理论需求熟视无睹。吉登斯以结构化理论凸显了一条从解放政治到生活政治的现代社会演变轨迹，从中推演出处于这样的社会变化过程中左翼政党谋求社会民主的新策略，两者之间的关联性论述显然有迹可循。

但必须看到的是，社会理论的理论逻辑与现实社会政治的逻辑之间具有一种显而易见的紧张关系。这种紧张首先体现为社会理论逻辑建构的严谨性与国策对应的策略性之间的不协调，前者要求社会理论家服从知识的递进逻辑,后者则可以因循现实适度调整。其次体现为社会理论的虚拟性质与国策咨询的当下需要之间的紧张,前者对于社会,尤其是谋求国家权力的政党的当下需要是不太留意的,而后者专注于理论性很弱但对策性很强的当下需要。最后体现为社会理论的批判性、超越性与对策性研究的调和性取向之间的错位。前者以不满足于既有的理论范式为批判和超越的条件,后者则以屈从于现实需要为思考的指向。取决于这种紧张,一个成熟的社会理论家务必要对这种紧张保持高度的理论警觉,并将理论逻辑与应用逻辑进行适度的切割,进而以严谨的社会理论逻辑谨慎地解析现实社会政治问题,保证自己不被急迫的现实政治需要所支配;同时以对于现实社会政治生活的关怀热情来建构社会理论,避免社会理论成为单纯智慧娱乐的工具。但这种理想地连接两者的意图却很难实现——吉登斯社会理论与对策研究之间的理论水准相当悬殊,这告诫我们,警惕地对待理论逻辑与对策思路的差异具有不可小觑的重要意义。

读书

转型体认

法政宏大叙事的铺陈
——写在《历史法学》十卷出版之际

　　许章润主编的《历史法学》①十卷,立意的确立和命题的拓展,都令人注目。以"历史"限定"法学",大家的关注点自然落在法学上面。其实,从历史视角切入法学问题,岂是法学一个学科所可以宥限。主事者章润教授对"历史法学"的立意,早就已经把他打入到了"另类法学"的范围。如果把法学区分为两个类型,一是安分守己的法学,二是不安分守己的法学,那么前者遵循的便是从法理学往下走的部门法研究路数。研究者没有必要把法理学和部门法对立起来,发抒心中某种愤慨和企盼,因此对某种学科群体特别在意。章润教授富有雄心,想掀起的是一场"历史法学"运动,尽管目前我还没看到这个运动的勃兴之状。这十卷,基本上还是一个落寞的事业。但是我觉得他的立意,已经呈现出超出法学群体论述法学问题的旨趣。一般而言,只有落寞的事业才能有文化的积淀。太热闹的东西,往往一晃而过。正是在落寞中,章润教授带领的"历史法学"研究群体,潜心从事的,只能是不安分守己的法学。

---

　　① 《历史法学》集刊由许章润主编,法律出版社自2008年起陆续出版。

"历史法学"研究群体可以说充满了雄心，也满溢出骄傲。充满了雄心，必然使"历史法学"研究群体，不是以"法学"名义发言，而是以"历史"名义发言。于是，"历史法学"可以将什么论题都包揽进来。这样的法学是一个筐，什么东西都可以往里装。其雄心毋庸多言。因此一个托名"历史法学"的研究，不需要去追究其罗马法、日耳曼法渊源。我相信，章润早把这个概念扩大到萨维尼本人都目瞪口呆的程度。骄傲，也就体现在其中。那远非立于部门法的专业法学家们所可以解颐的，唯有章润领导的这个群体内部，激荡出一种相互理解、支持和欣赏的气氛。

粗览《历史法学》十卷，我感到非常惭愧。我绝对没有章润的这种雄心，既讨论优良政体，又广及天下国家。历史法学需要有这样的雄心。从某种意义上讲，目前中国的法学舞台足够法学家们"舞蹈"了。因为官方给法学提供了很大的舞台，以至于让法学家足以代替政治学家讲话。像我这样的政治学者出来言说同样的问题，空间是很小的。所以我特别欢迎不安分守己的法学家出来，替我们这些政治学者讲一些讲不了的话。这就注定了不安分守己的法学，需要注重各个学科的相互理解和融通的问题。于是，法学就此走出了狭隘的社会科学天地，体现出不安分守己的学科特质。一种兼得宏大叙事（grand narrative）与细微叙事（little narrative）的喜人研究局面，就此展现在人们的面前：超越法学的专业界域，以"历史法学"的理论形式铺陈法政宏大叙事；以法学的专业视角，审视相关问题的细微内涵。从而避免汉语学术界长期的学术"双失"局面——既无力建构宏大话语，又无法论述得细致入微。比较而言，章润团队的贡献，主要在前者。

不得不承认，汉语学术界宏大叙事的兴趣不高、水平有限。因此学术界处理的宏大话题，几乎都由权力方面供给。而学术界常常围绕官方起舞。当政领袖给定什么命题，学术界就跟着一股脑地研究什么问题。这造成学术界难以自我排遣的尴尬：一面自怨自艾，对自己所讲的官话、套话很是不满；一面又沾沾自喜于自己能够与权力共舞，甚合权力节拍。章润倡导的历史法学，给我们展现了一个可能的解套路径，即努力超出权力的宥限，自主建构中国法学理论的宏大话语。因此落寞是必然的。但落寞中凸显了学术界自主研究的希望，呈现了法政宏大叙事的理论轮廓。

就此而言，我有点不同意让章润"历史法学"的今后十卷，完全转向所谓中国关怀。这里需要区分"中国关怀"与"中国论题"两者间的不同："中国关怀"是指谈论一切问题的落点都在中国上面，但不一定据守于具体的中国问题，更不必据守在中国的理论传统中，只要有助于人们理解中国的理论与实践进路，都可以有效表达中国关怀。而"中国论题"是一种将什么话题都冠以"中国的"限定词以从事研究的方式。"中国论题"有时候根本无法表达"中国关怀"，因为眼光仅仅盯住中国，完全不看有益于人们思考中国问题的"他者"经验，不仅不能理解中国，相反遮蔽了中国。今天的汉语学术界，一般都误将"中国论题"当作"中国关怀"。这是一种莫大的误解。让章润团队陷入这种狭隘的"中国论题"陷阱，那不仅会伤害他们的"中国关怀"，也不一定解析得清楚勉强择定的"中国论题"。就章润"历史法学"团队目前的状态来看，"中国关怀"已经是强得不能再强了。

我非常反对表达"中国关怀"惯常采用的那种"中国的"什么什么的僵化表达方式。这样的表达方式严重降低了中国学术的理论层次。当年马基雅维利写《君主论》，后来之成为现代政治学的开山名篇，就是因为他选择论述问题的视角是普世关怀的，从而保证了他论述现代政治问题的普遍适应性。他并没有打算写一本《意大利君主论》，无论是意大利哪个时期的君主论，或者是佛罗伦萨视角的意大利君主论。他的理论关怀无疑是意大利的，但理论进路则是普遍化的，因此具有远远超出意大利范围的现代世界适应性。今天中国之所以无法提供具有世界典范性的理论研究作品，就是因为一开始研究者就将自己限定在狭隘的"中国的"范围，因此其理论品质就难以提升。所以我期望章润团队继续维持其不安分守己法学的路数，保持这样的雄心、小众、落寞，以期为汉语学术的宏大叙事做出独特贡献。

论者推动章润团队转向中国论题，是想他们直接发挥推动中国的法治转轨、成就中国的现代国家建构的作用。我觉得这样的建议需要慎重考虑。因为所有以中国限定的论题之理论建构，都是可疑的。在某种意义上讲，现代的结构已经呈现在人们眼前，规范的现代结构无可超越，不需要哪一个国家的理论界再从事什么全新的创造性建构，以期创制一个截然不同于既成现代规范结构的崭新现代结构。今天为人们津津乐道的"中国特色"的现代，其实仅仅是具体面貌上的特征，而不是结构上的全新创制。我劝大家别抱这种奢望：创制一个全新的、绝不依傍西方的现代。但在现代的理论解释上，我们是可以进行创新尝试的：通过章润团队"历史法学"的研究，有可能获得超越"自然法学"的理论成果。不过这是理论解释的结果，而不是现代实践的全新状态。如果这一点不搞清楚的话，所有宏大话语建构的尝试就会变得好笑。

学术解释的创造性尝试会涉及一个学者的代际差异问题。上了一定年纪的法政学者，对政治生活的体验会比较深入一些，对政治的复杂性会看得更清楚一些，因此在理论上的审慎性会更强一些，并且在理论与实践的关联性上会掌握得更好一些。年轻学者观察和解释现实的能力会受到经历与阅历的限制，因此常常通过玩弄概念来裁剪现实，以为这样就很好地解释了现实政治难题，甚至是为现实政治困境设计了理想化的出路。年轻学者常常对解剖现实法政难题信心十足，但却经常陷入一种自己都不知道的反讽状态：明明对政治的理解非常幼稚，但却以为自己解决了重大难题，并因此生发一种雄视天下的傲娇感。需知法政难题是人类的千古难题,事涉权力与权利的平衡、个人与群体的兼顾、利益与负担的分配等问题。这些问题,古往今来,都未能得到满意的解决,遑论最优的处置。致力于解决这些问题,既给人类提出了对之进行解释的种种理论难题,也让人类的法政实践面临严峻的挑战。因此法政理论的解释,先天就不属于青年学人。但这并不意味着法政学术完全排斥青年学人。

青年学人从事法政学术研究,主要的作为空间在法政理想的表达,而不在法政实践的方案设计、制度创制与举措对策。这是开创法政规范理论的柏拉图立定的一条研究进路:相对年轻的时候,只能陈述理念化的"理想国",中老年的时候,才会务实地坐定于依法治国的"法律篇"。因此年轻的法政学人完全不必为自己概念化的学术研究感到愧疚。相比而言,我们这些逐渐退出历史舞台的中老年法政学者,免除了生存紧张,但关注法政现实的注意力过于集中,以至于在法政理论的研究上,法政问题太多,而法政学术太少。青年法政学人,为生存难题所困扰,在谋生之余展开的法政学术研究,虽然对法政问题关注不多,穿透力不够,但学术的清理能力相对是足够的。基于此,章润带领的、以青年法政学人为主的研究团队,在"历史法学"研究上显出的那种不安分守己的雄心,应该被精心呵护,倘若被磨损掉,就十分可惜了。中老年学人看待法政问题的穿透能力倘若能与青年学人的法政学术领悟能力紧密扣合起来,持之以恒,一定会在法政宏大理论的铺陈上有引人瞩目的突破。

因此,"历史法学"团队还是要勉力维持目前的风格。我不打算建议章润团队转向所谓的中国问题,尤其是转向所谓中国特有的问题与论题。这样的转向,会伤害法政学术的高远理论立意。中国的法政学者,千万不要期望自己成为帝王师,登高一招、应者云集,对策一出、河清海晏。做帝王师,是以帝王思维为前提的。进而言之,做帝王师,是以帝王制度为条件的。这对中国的现代发展,都不是什么好事儿。法政学者应当秉持一种高于帝王的超级立法家、超级政治家的态度,以便规训政治家和司法者。只要落在他们的下风,一切对策性的建议,都会成为后起人们的笑谈。宋儒所强调的"为天地立心,为生民立命,为往圣继绝学,为万世开太平",说的就是儒者、思想家必须占据绝对高位的核心问题。没有超越权力、超越时间的情怀,要想指点江山,是绝无可能的。这里的情怀和情怀党有本质的区别,指向的是扎扎实实影响国家和人类命运的宏大叙事功夫,而不是单纯表达情怀而已。

我不喜欢在学术志业的论道中听到怨妇声音,诸如没有经费,没有课题,没有人才,没有反响,这样的说辞严重贬低了铺陈宏大叙事的基本价值。在政治家和超级政治家、立法家和超级立法家之间,后者得有某种不食人间烟火的气质。否则你就落于政治家、立法家的下风了,你哪有能力去指点江山、激扬文字?面对权力,我们可以诚恳地告诉当道者,我们不会造你的反;但我们会更诚恳地告诉当道者,这样做可能是错的,必须纠正,否则你会遭到历史惩罚。基于此,当有人问我们对当下局面的优化发挥了什么积极作用的时候,我们可以说自己完全没有发挥出什么作用,因为我们手中并无发挥实际作用的权力。但当权者对我们的话语作出的反映,就是我们发挥作用的投射。这需要我们顽强无比地坚持既定的话语进路,不能随便采用一种与权力相宜的话语策略。

办杂志,除开立意,就是选题。同仁们觉得章润团队处在一个高处不胜寒的位置上,无法与中国当前理论需要紧密结合,因此建议向下走,贴近现实,让选题更具有中国特点。因此像酷吏、刁民这类选题自然就成为今后需要重视的话题。我觉得这样的走势令人担忧。"历史法学"的前十卷涉及的是法学历史主义、人的联合、立法者、家国天下这类宏大话题,十卷以下,倘若处理的是酷吏、刁民这类论题,则落差太大。这些问题不是不值得研究,甚至很值得研究,但不是"历史法学"铺陈宏大叙事要研究的话题。我还是希望"历史法学"团队维持高端定位,致力于建构汉语学术的宏大叙事。今天中国的宏大话语,最大的危机就是任何论道都没有超出民族经验,无意把理论论题作普遍化的处理。要将民族经验转换、升级为普世理论是很具有挑战性的。客观地讲,自踏入现代门槛至今,汉语学术界对现代理论有什么贡献没有?没有。原因之一,就是因为汉语学术界自限眼界,紧盯的只是中华民族自我一己的现代处境和转型话题,没有兴趣也没有能力将民族的处境放在宏大的现代世界中观察、分析,因此只能呈现"中国的"细微叙事景观。为了走出这种困境,今天汉语学术界必须转变自限眼界的取向,致力于建构宏大话语,把中国特殊经验转变为普世化理论建构。汉语学术界中人假如写作《君主论》,千万不要写成《中国的君主论》,这是理论能力低下的表现。需知,欧美学术界之所以在理论上雄踞现代知识的巅峰,与他们将地方经验转变为普遍化理论的能力,具有密切关系。一个只会描述自己民族处境,而无力将其内含的理论内容深挖出来,并作出系统深入的普世理论提炼,展现给全世界的同道,这个民族的理论思维水平一定是糟糕的。

没有地方(local)经验,不可能真正领悟全球(global)发展态势;没有全球眼界,也不可能深刻理解自己的地方处境。基于这样的关系定位,一切宏大叙事,都需要展现一种关联思考某个论题的地方性与全球性内含的能力,否则,就不足以透视一个问题。今天中国的物质总量有了极大增长,因此很容易把这一成就视为夸大地自我表扬的资本。对于学术界来讲,这种思路很容易呈现为直接将中国复兴的物质奠基,视为国家的全面复兴。最近便有学者倡导"中国的信仰就是中国本身",这样的命题太令人担忧了。晚清民初的中国人尚且知道"万国之上尚有人类在",今天的国人连这个大道理也都糊涂了?!

对当下的学术界来讲，有没有能力把中国五千年转轨的痛苦经历换算为普遍理论问题，关系到学术界是否有能力阐释现代化世界史上最为惊心动魄的巨大变迁的问题。这是一座理论富矿，其深层理论问题亟待开发。仅就目前状况来看，中国学术界也好，国际学术界也好，均未产出与中国当下变迁相称的理论成果。对中国当代变迁的细微叙事，出现了一些颇有启发作用的成果。但从宏大叙事上看，当代中国变迁尚未得到具有深度的阐释，更没有出现改写现代化理论的重大成果。这是需要相应的宏大叙事加以改变的状态。试想，在欧洲的现代化历史上，德国人为什么能搞出一套独特的现代化论说？就是因为德国学术界将自己国家独特的现代体验转换为普遍理论问题，并进行了独出机杼的理论解释，因此让一个落后的现代国家演奏了欧洲思想界的第一提琴。欧洲大陆本是规范现代化的二传手，二传手的首席是法国人。借助于拿破仑的铁蹄，现代化传播到了德国。德国现代化的转变，伴随着铁和血，其痛苦可想而知。在拿破仑的征服中，弥漫德国社会的中世纪日耳曼人的骄傲，荡然无存。历史的荣耀不再，现实的痛苦正在眼前。但德国人不是沉溺在民族的痛苦经历中，以向世界叙说这种痛苦来排遣心中郁闷。相反，德国人致力于从普遍理论的角度，阐释德国现代转变中蕴含的种种理论问题，德国古典哲学崛起了，历史法学派浮现了，浪漫主义兴盛了，一套一套理论建构出来了，德国人在痛苦的现代转变中登顶世界思想巅峰。

中国人在紧张的现代转变中，一向自怨自艾，既无愿望也无能力将自己民族的悲壮处境理论化。对此，我们首先埋怨的，不是学术界的理论立意与论题选择，而是中国政治生活的高度紧张。但看看德国，我们的这种埋怨似乎就显得好笑了。中国的学术界，起自晚清，讫于当下，表达现代转变痛苦经历居多，但学术界没有能力把痛苦经历理论化。基于怨恨的直白表达，完全遮蔽了中国现代转变的理论问题。一旦中国的现代化取得了一些成就,赞扬这一成就的学人就提出了以中国为信仰的命题,不满现状的学者则指出中国最为重要的进步在走出帝制,嘲笑的学人则认定已经取得的成就不在制度层面而中国随时可能再次走进帝制。在全球现代化的进程中,尤其是在全球现代化的理论研究进展中,中国学术界几乎提不出一个独创性的理论命题,更无法取得国际学术界公认的理论建树。就此而言,章润团队的宏大叙事取向是极为重要的,需要坚持,需要拓展。千万别见好就收,转而沉入所谓独特的中国论题。坚持营造一种建构宏大叙事的理论氛围,就一定可以期待相关宏大叙事的突破。不要十卷一出,就告一段落,随便转型,随意确定论题。中国现代化的理论之失,就在于理论兴趣转移太快,以至于很难将一个理论富矿中真正有价值的矿藏开采出来。这一局面,已经到了非改变不可的地步。

所以我觉得章润团队还要继续拓展。这一团队是两代人的合作团队,协调起来不容易。但必须坚持协调,取得共识,从而保证宏大叙事建构的后继有人。从目前看,这一团队的研究趣味越来越有点屈从的感觉。章润自己的文章写得很好。《家国天下》这篇文字,有情有义。但一说到"家国天下",就总是有点让步于新儒家问题意识的感觉,尽管章润的阐述有可能是新的。我希望一个立意推动中国规范现代化的研究团队,不要堕入国家主义的陷阱。我希望,"历史法学"研究的问题自主性再强化一点,从理论理性到实践理性,真正确立起宏大叙事的团队论题、学派命题,进而做出引人瞩目的理论贡献。

我们相互勉励吧。独特的宏大叙事建构,是中国学术界应当确立的研究目标。虽不能至,但心向往之!

法政人的共识与法政理论创制
——在"法政思想文丛"①座谈会上的发言

对今天的中国来说,经济发展走过了三十多年的急骤历程。回首这一发展历程,我们需要思考一个问题,那就是我们国家未来的路怎么走?国家发展究竟需要什么来支撑?整个国家,包括思想界、国家领导层、关心国家走向的社会人士,都应站在这样一个高度,沉潜反思。其实,这样的思考,已经由社会学、经济学、法学各自提供了理论思考成果。但在中国发展何去何从的十字路口,更应该由法学和政治学相携出场,为中国未来进行设计。为此,法政人——无论是理论界的,还是出版界的,抑或是实务操作者,需要形成三个共识。

第一,法政人要为中国提供现代转型长时段怎么办的答案。由于改革开放完全是在当下急促的功利心态下展开的,面对国家长时段发展的战略问题,不仅国家困惑,学人和出版界人士也很困惑。因此,在面对这样紧迫的理论任务时,不管传统还是现代,中国还是世界,我们都需要具备一个宏大的理

---

① "法政思想文丛"由高全喜主编,法律出版社自2008年起陆续出版。

论视野,为国家的进一步发展提供远期方案。这是必须要完成的一个重大理论事务,它是对国家未来发展具有决定性意义的理论任务。

第二,我们需要放宽理论视野,在古今中西四维中择善而从,促成理论的创新和实践的突破。人们常常拒斥古今中西的划分。其实,古今中西只不过是为了表达中国当下处境复杂性而借用的概念。从法政视角看,我们谈论问题,绝对不是单单从古代视角看问题,或者只在现代西方范围内看问题;又或者仅仅在理论上看问题,抑或只是在实践要求上看问题;甚或单单只是在历史视角上看问题,又或者只着眼于现实看问题。对于重大理论问题的分析,需要聚集古今中西资源进行聚焦性的思考。

第三,法政人,包括法政学者和法政出版人,应当合力为中国建构现代法政机制竭心尽力。当代中国发展最需要解决的问题,就是国家法政机制的重建。对于这一问题,无论我们解决得成功不成功,都是必须直面的问题。谁也不能保证设计好国家的法政机制。因此,无论这样的设计是"顶层"的、"中层"的、"基层"的,或者是"局部"的、"全局"的,只要有利于建构国家现代法政机制,都是应当受到激励的。但这样的设计不是基于国师心态。一心只想做国师,相应的两个应该守护的逻辑就会被牺牲掉:一是纯粹的知识逻辑、理论逻辑会被牺牲掉,二是改善法政实践状态的指引作用也会被牺牲掉。就前者言,因为法政人一门心思寻求对策,就必须臣服于权力,就不能完全以知识逻辑左右研究,书斋的功夫因此做不到家;就后者论,在将这种屈从性的思考结果加以应用的时候,便会进一步落入权力的圈套,而无法维持自古至今超级法学家、政治学家,对权力操作者或政治实践者的优越地位和训导作用。

国家处在宪政转轨的艰难困苦状态,这与启动改革的时候仅仅着眼于经济上的短期功利目标,未能考虑国家中长期的战略布局,具有密切关系。

因此,今天大家都意识到了国家发展方案顶层设计的必要性与重要性。问题是,这类设计很难有效进行下去。因为这样的设计,对于掌控权势的人,只是发出号召而已;对于未曾掌握权势的人而言,则有些摸不清门道;对于理论家而言,有的只是申述一些既定的现代政治原则,有的则拘泥于既有的政治教条而不能自拔。为此必须确定两个问题的答案:一是顶层设计有没有必要,二是顶层设计有没有效用。对前者来讲,国家的法政顶层设计,其必要性不言而喻。对后者来讲,不管哪种顶层设计,它们之间的相互碰撞,必定会催生一套有效的顶层设计方案。因此顶层设计的重要性也自不待言。

国家发展的法政顶层方案设计,需要法政学人与法政实践者的共同努力。如果说后者的努力状态是法政学人无法把握的事情的话,那么法政学人自己从事的学术性国家顶层设计,就是自己无可规避的理论任务。当然,关乎国家法政机制顶层设计的理论问题是很复杂的。但如果处理好了两个根本性的问题,这样的理论建构势必可以发挥积极的现实作用。一是处理好现代法政学理与传统文化遗产的关系问题,二是要准确认定法政学人的时代使命。

法政学科与传统文化的关系,是需要进行极其细致而又具有宏观关怀的学理清理的复杂关系。其间最重要的清理,需要法政学人树立现代性的知识视野,首先清算由革命意识形态所支持的那一套历史、哲学、文化、政治理念,终结革命意识形态显形和潜在地维持着的、种种将传统与现代对峙的观念,将那些支持革命和维持革命理论的文化理念彻底送进历史博物馆。就此建构起全新的中国历史解释理论,并用以支持会通古今中西的现代法政学理创制。

在中国现代法政理论的创制中,知识的建构必须围绕中国经验性的发展需求。这一理念,在清理传统文化遗产的时候,并没有得到有力地推动和彰显。此前，无论是自由主义者、保守主义者，还是激进主义者，对传统文化的总体评价存在着一个可以通约的地方，那就是对传统文化怀抱激烈的反对态度，固执地要求传统文化为中国不成功的现代转轨负上全责。尤为反讽的是，一些坚定支持中国建构现代宪政民主法治的法政机制的学者，现代性立场非常坚定，对那些固守改革开放前斯大林主义立场的极"左"保守派主张非常厌恶，可是他们却与他们所不屑的人士一样，对于传统缺乏起码的认同和尊敬。他们在主观上是乐意清算革命的负面资产的，但在客观上却与革命意识形态共享着反传统的乐趣。

在这个意义上，对传统文化进行全盘重新的整理，就变得非常必要和急迫。今天中国建构现代法政机制遭遇到的最严重的阻力，仍然是19世纪末期以来的国家全面激进化的状态。因此，怎么化解革命，形成化解革命的优先性思维，已经成为法政人必须首要重视的事情。无论是国家当权者，还是极"左"、极右学人，老鼓吹革命是不行的。切切实实理性地寻找中国法政现代转变的出路，对接历史遗产，对接经验生活的需求，对接现代政治社会建构方案，才是法政人必须共同面对的理论任务。

努力寻求现代法政机制与传统法政遗产的对接，不是一个发思古之幽情、寻乐子的事情。从理论上对接传统文化遗产，既显示了我们身从何来、处于何处、走向何地的答案，又显示了处置现代法政转变的既定思维的历史启发性和现实效用感，更显示了我们知晓理性弃取法政机制的历史延续性和渐进改良性。因此，重新解释传统文化，就变得特别必要。解释传统文化，当然一方面要有总体思维，另一方面则要有专业思维。这一总体思维，首先要校正对传统文化冷若冰霜、严加拒斥的态度。其次要意识到传统文化遗产整理的紧迫性。对坊间流行的、传统文化的非政治、纯粹的知识形态处置方式，必须要有一个矫正。尤其在1990年之后，所谓抛弃思想、转向学术以后，人们基本上把清理传统文化视为一个知识清理过程。这对人们从政治学视角评价传统文化的当代启示作用,已经产生了极大的消极影响,成为理性评估传统文化价值的知识障碍。这样的思维,仍然未能告别关乎传统文化的"博物馆遗存"的反传统思维定式。

从政治学视角来讲,我们要激活传统文化资源当中所富有的现代性要素,以有效对接现代法政机制的建构需要。需要看到的是,从现代学术视角清理传统文化遗产的工作,中国哲学、中国历史、中国文学的相应建构,其成就已经远远超过中国法政学术了。法政学术的中国化非常艰难。法政人在传统文化的价值激活、知识整理、现代建构等方面,一方面刻意回避现实尖锐问题的挑战,另一方面又故作高雅、寻章摘句,以为自己的死学问顾盼自豪。这当然与法政学术在当代中国还处于与权力错位的状态攸关。法政学术研究与现实处境之间的紧张关系是众所周知的。但法政学人并不因此就具有了回避解答现实的法政重大问题的理由。

法政学人迎难而上,设计中国法政现代转轨的顶层方案,其间的几个基本支撑点需要加以强调:一是经验的需要就是思想—学术研究的需要。这不是号召法政学人回到传统文本中,以埋首故纸堆为务,而是要能以当下的经验生活为基本坐标,激活传统文化的精神活力。

二是在所谓西方-中国、传统-现代的知识基本架构之外,形成一种政治学的问题意识。而不是从琐碎的学术分工角度,认定法政学人你是做西方研究的、我是做中国研究的,你是做现实分析的、我是做理论建构的。这种划分在中国法政学界非常流行,但非常荒唐。最后人们陷入一个完全撇开宏大问题,沉入无比细微问题的研究境地的可悲状态。于是,即使在西学领域,人们也开始认定你只能做希腊研究,我只能做罗马研究,除开一本书、一个人、一个问题弄得比较清楚之外,什么也不知道。试图真正有效展开法政中国重大问题的研究,必须落在古今中西四维上,才能真正建构适应当代中国亟须,且具有重大理论突破意义的大体系。

如果法政学人既面向传统文化又面向现代知识体系,还应接现实问题的需要,他们就有可能创制出真正具有理论原创意义、现实推行效能的法政理论体系。否则,中国的法政学术始终走不出要么在故纸堆中寻章摘句,要么在国外文献中不断翻译的尴尬境地。这,也许就是"中国的"法政学术建构获得突破的希望所在。

学术研究与政治实践之间

——在《政治宪法与未来宪制》座谈会上的发言

高全喜的《政治宪法与未来宪制》《自由政治与共和政体》①的2017年境外版的出版发行，是一件可喜可贺的事情。因为这两本书是再编本，从内容上已经进行过讨论，因此境外版的出版发行，让读者有理由从书里看到书外，讨论一些更为宽泛的话题。其中之一，就是政治学、法学的学术研究与实际的政治实践之间的关系，究竟应当如何的问题。

在陈端洪的发言中，与会者可以发现他已经将政治实践及其理论需要放在优先的位置。每一个人总有他自己的想法，这是再正常不过的事情了。但端洪基于此，批评全喜的学术研究这几年没有进步，我看其中就有些值得讨论的问题。全喜简短的开篇词给我情感上一个很大的冲击，他说："三十功名尘与土，现在总有感觉人生进入末年，心情不舒畅，风雨如晦鸡鸣不已。感觉看到自己的书并没有高兴之感，只是感觉是不是下一次再开会就进入纪念会了。"这些话颇有些令人伤感。伤感之余，让人醒悟。

---

① 高全喜：《政治宪法与未来宪制》《自由政治与共和政体》，香港城市大学出版社，2017年。

对刚才端洪发言激发的两个主题来讲，我觉得这是端洪的双重身份引发的。他应产生了一个相对于一般学者来说更高的期望。但我认为他的要求对我们来说是非常过分的。这也是自晚清政权以来，所有政权对学者的高要求——不仅学问要做得好，而且还能开出政治良方。我不是说这类要求不合理，可是学者做不到。除非权力体系实行旋转门制度，全喜讲了好几年的政治宪法学，许章润不愿意搞鸡零狗碎，有一大套的类政治宪法学，可是他们完全没有机会去实践。所以端洪自己要清楚，一旦一个人拥有了学者与从政者的双重身份，他看学者的态度就会大不一样。当初我是朋友中很少的、支持你去香港挂职的人，而且建议你尝试向权力开价，可惜最终你只接受权力对你的开价。这一点你要记住，这不是讽刺你，而是提个醒。

我历来主张，人们不能说自由主义者永远是一个批评者，这简直败坏了现代自由主义的政治品格。因此我支持你介入权力。但我也不认同全喜所说的，自由主义在理论上有了政治视角，就实现了政治成熟，这其实还是理论成熟而已。自由主义的政治成熟，应该体现为坚持立宪思想和制度走向，应该直接介入政治生活。在这一点上，我倒不认同章润对你的严厉批评。端洪你有理由介入权力体系，但是你的困惑表现在哪里？你一俟进去之后，就把学术卖掉了。我不是说你在政治上卖掉了自己，我没有批评你的意思。原本你已经出版了两本重量级的政治宪法学著作，其中提出的重要问题曾经引起官学两界的反响。如今你已经对这些问题感到索然无味了。这证明你已经让自己的理论逻辑屈服于权力逻辑。所以端洪你注定是一个悲惨人物。你将跟民国以来所有从政的人物一样，以悲壮结局收场。只不过目前你的官阶位置还比较低，还不足以上演政治悲剧。民国那一代自由知识分子给的权力位置，大多是国家高位，但结局一个比一个悲惨。我觉得，端洪从政学关联视角提出问题，确实触及了大家必须共同面对的问题。年轻的飞龙半只脚踏进权力中去了,但怎样能够坚持现代政治理想而又同时向权力有效进言,是个大问题。这不仅仅是对脚踏两只船的学者一个严肃的人格考验,也是对其学理自身品质的可靠性的严肃检验。

在这一点上,我从来拒绝沾染过权力的人对学者进行单方面指责。我曾经有过这样的经历,在位阶不低的干部培训课上,有学员指责我,你只是一个劲批评,但只批评不拿方案,只破坏不搞建设,那怎么行? 我说我就是不给你拿方案,我是一个权力之外的学者,只能纸上谈兵,谈得好坏,都只能交给理论逻辑检验。我没有亲历权力,不管是决策还是执行,凭什么给你拿方案。我就只管批评,官员必须拿方案、管建设。这是中国分离化的分工体系注定了的事情。一个人不问中国有没有打开旋转门,却一个劲儿责怪知识分子不拿方案,这样的话,责备者就已经陷入了责人不责己、责学者不责官的窘境。

所以我觉得端洪处在尖锐的矛盾之中,这是端洪和飞龙正在体会中的尖锐矛盾,这也是从晚清、民国到今天,中国知识分子所面对的基本矛盾。有朋友认为我口才好过文章,我不太认同这样的判断:第一,我是毛主席的红小兵,怎么不会写那种煽情式的文章? 在只有文学保有某种抒情特权的时代,大家都是"文青",岂有不会抒情写意的修辞技巧之理? 但我们言说的是政治学,得自觉抵制这些写作习性。第二,我写东西有一种自觉的门槛意识,不是说故作高深、故弄玄虚,但起码拒绝刻意迎合读者。不是我要改变读者,而是读者要面对专业的政治学知识显出谦恭。我写的《公共的政治哲学》,可能百分之九十的人是看不进去的,但我不以为意。因为我竭心尽力了,努力写出话题的应有内涵,可以心安理得了。

将端洪的学术关怀先抽出来说,学术研究的矛盾可能就在这里。专业之为专业的要求,就不应屈从非专业的要求。全喜是想两头讨好。这也是晚清以来中国知识分子的通病,本来研究专业问题就研究专业问题,但又想妇孺皆知、老少咸宜，赢得震天界的声名。这是五四运动以来胡适一派带给自由知识分子的学术进路问题。在保守主义、激进主义、自由主义的建构里，自由主义的自我设计看起来是最好笑的。比较起来，新左派行不行先不论，但人家搞出一批大部头，摆出来至少是很好看的。广义的自由派有什么大部头的深入研究著作？似乎没有。但自由派知识分子好像从来就没有危机感。在这点上，我跟章润的想法有些不一样，不要说自由主义不诚实，从政治思想史上看，洛克那时候还可以说是尝试，但到了罗尔斯就必须拿出系统化的理论。如果没有这样的理论能力，就既无法跟作为国家意识形态的政党政治学抗衡，也无法跟民间的保守派和新左派媲美。今天"左"、右派都有人骂大陆新儒家是在跳大神，可是大陆新儒家最近几年出的东西，荒唐不荒唐不要紧，几十大卷铺天盖地，要专业有专业，要普及有普及。我们不得不认真想想自由派是否出了同样的学术作品。

从事专业学术的艰苦，表现在既要深入讨论问题，又要推进知识发展；在修辞上既要专业承认，又要社会公众接受，并不是什么大问题。但是在现代中国政治思想史上，自严复以来，自由派面对的压力，就是不仅旋转门没有打开，更关键的是知识的双重压力一直未能解除。自由知识分子从来没有像"老左派""新左派"那样，群体中有明确的分工，先锋冲杀、理论人物造势、大爷坐庄，结果将"左派"做得声威大振。有必要看到，由于读者缺少足以让其踏入某个知识领域的门槛，因此这种强大的社会读者群历来发挥的是拉低专业著述水平的作用，让具有个性的专业写作埋没于大众读者的低级趣味之中。试问，哪有德国人怪黑格尔写作晦涩难懂的，人们有胆量责怪黑格尔吗？可是中国读书界践踏自己同胞个性化写作的勇气十足，给这类作者施加了改变其著述个性的强大压力。我一直想很严肃地讨论这个问题，但我知道因此会得罪人。既然端洪出来当靶子了，我就顺便说说。

自由派知识分子如何承担激进主义和保守主义的压力,确实是个问题。在学理表述上,我是不同意全喜、章润的写作路子的。他们俩是"文青"出身,写作讲究修辞效果,不管专业学术的高门槛,努力让白丁都能读懂。这自然无可厚非,甚至值得赞赏。但我对这种老少咸宜的修辞术是有意见的。有人认为,自由主义在理论上遭到了蔑视,就是因为自由主义的理论表述高高在上,离普通读者距离遥远。这有点开玩笑。话分两头来讲,从理论原创上讲,西方的自由主义谁敢蔑视呢? 来自于人文学科、主要社会科学领域的学者对自由主义的系统深入阐释,谁敢蔑视呢? 相反得到了广泛的社会尊敬。德国韦伯系的自由主义社会理论,谁敢蔑视呢? 政治学方面的自由主义理论当然是更系统的不得了,甚至发挥出引领社会科学发展的功能。整个法学理论界都是以自由取向为主的。在学术界,反自由取向绝对是支流。从理论普及上讲,自由主义一直紧贴社会变迁的现实,以通俗人文理念普及社会科学,让社会公众很容易与自由、人权、民主、法治等理论亲合起来。正是前者的高高在上,让人们对自由主义引领现代发展充满理论自信;正是后者的通俗易懂,让人们对自由主义的主张了然于心,形成了自由主义政治实践的深厚社会土壤。

中国的广义自由派知识分子所做的贡献,确实让人感到惭愧。激进主义与保守主义认为,自由主义没有做出啥理论贡献,实践也已经归于失败。得坦率承认,全喜这两部作品已经是五年前的东西了,只不过是现在再版而已。端洪去香港前是准国家主义者和准自由主义者合为一体的,现在变成了一个标准的国家主义者。最近三年面对中国社会问题,自由派学者缺少积极反应,甚至一些学者认为这些根本不是问题。这个反应有些古怪。来自于中国的现实社会政治问题,自由派学者不管不顾,或者说不能有所顾忌,但另外一个存在相对宽松气氛的问题,也就是自由主义与中国文化的关系问题,也甚少被深度切入。在这点上,我同意端洪的判断,虽然全喜这两部书的论题很多,呈现出理性上的相对认同,但不谈政体背景,不谈国家背景,仅仅把正义的种种原则纳入进来,有些过于狡猾了。对执政者的言说态度,真是一种你爱听不听,我既不向你宣战,也不向你直言,仅就常识讲常识。这显然与现实脱钩了。

作为书斋学者的全喜,已经完完全全丧失了感动端洪的任何可能。不是说全喜的研究没有进步,而是因为端洪在学者思路之外增添了官员思维,官员要求学者的研究大包大揽,而学者无法做到这一点,招致不满便无可避免。端洪与飞龙现在的政治位阶升高了,又保有原来的理论品味,眼界自然迅速升高,因此会对一般书斋学者的研究瞧不上眼。但问题是,当一个学者的思维中带入了权力欲求,其理论品味没有降低,权力品级有所提高,他自己的研究也无法满足其升高的研究要求了。我以后写一个什么东西不敢找端洪、飞龙来座谈,找你们座谈肯定会将我训一通,说空洞学理之外没有可行方案拿得出手。其实,如果打开旋转门,像端洪这样的学者肯定不会比职业官员做得差。在这个意义上说,一个学者能坚守到全喜这份儿上就不错了,这对鼓舞权力理性前行已经是巨大的支持了。

一个学者的为学,可以有三种定位。只要你作出了相应的选择,你的品位、要求、状态就必然分流而为了。第一,是纯学者的定位。相信我和全喜、章润只能做这样的学者了。即使做学者,我也很难做大开大合、具有强烈冲击力的学者。我是很愧疚的,也是很胆怯的,我一再检讨说,作为一个很胆小的人,常常很难把握住自己看到的重大理论问题,因为那会遭遇政治风险。有关人士看我不顺眼,其实在理论上我什么道道也没有说出来,关乎正义的什么字也都没有签过,章润这几年颇有冲击力的新年许愿我甚至都不敢做。我只能做一点政治理论的文本游戏,倘若能按照我的研究初心来作这样的书斋研究,我就心满意足了,在此中得到自我安慰有何不可?!

第二,是对策学者的定位。一个学者一旦专心致志地作对策研究,就会彻底扭转其学术思路。因为学者的思维是权利思维,对策的思维是权力思维。因应于权力需要的对策研究,会对一个学者的思路产生支配性的作用,他一定会有意无意地去迎合权力的需要,既蛊惑权力,也自我鼓舞。结果身上的学者气就会愈来愈少,官气就会愈来愈足,有时候甚至以为自己就是代表权力整顿学界的判官,装模作样,处处训人。对我来说,我是散兵游勇、江湖野人,我写的东西官员爱读不读,并不对我的研究发生左右的效用。同行常问,你的写作,读者是谁?我说我从来没有考虑过这个问题。在中国学界心仪的美国学界,一起笔写作,就要清清楚楚考虑明白文章的读者,否则文章就会如泥牛入海。我扪心自问,干吗要考虑读者是谁呢?我的文章,谁爱读不读,我是一个学术研究的无政府主义者,对这一问题不闻不问。

但是对策研究中左右研究者的权力思维就大不一样,研究者A一定要影响掌权者B,倘若A完全没有影响到B,A的研究就被认为是失败的。现在端洪明显受对策思维的左右,对那些无力、无意对策的研究作品无法感到满足。想想,我对对策研究的对策思维觉得很奇怪,对策肯定是从下往上对,譬如从处级对厅级,又从厅级对部级,再从部级对副国级,最后由副国级对正国级。一个对策研究的成果,要应对这么多层级领导的理论品位和方案设计要求,对策者几乎注定会失败。我自己也有过对策研究,甚至是现场对策的经验,但结论是越对策越失败。中国目前的体制可能会有的种种对策,不管是学者个人靠天生睿智,还是智库靠群策群力,都很难准确应对不同领导的对策要求。由于权力不是多元化的,甚至权力的集中化程度越来越高,对策的权力导向趣味越来越强,对策学者显现高明的空间会越来越受到挤压。

第三,是两头兼顾但两头不靠的学者定位。面临学术危险最大的是第三种学者,第一种学者自娱自乐,第二种学者对策不上自然出局。出局者要么回到学界栖身,要么顽强跻身政界,二者择一,将两头兼顾的美妙想法深藏心中。但第三种学者是那些对策不受欣赏,研学不被同行接受,但却顽强保持两种努力的学者。这种学者,在政界的前途必然不被看好,因为做高级咨客的通路很难畅通;同时,他们又完全无法回到纯学术研究上来,两头兼顾的努力,实际上已经败坏了他们的学术品味,他们心中虽然在顽强地捍卫自己的学术品味与学术声名,但岂不知学者之思阻塞了他的政治通路,而对策之思阻断了他的学术可能。

我相信在座的很多青年学者都有学术研究与政治实践两头兼顾的冲动。我们已经物壮则老,这样的冲动只会显著弱化。当然,我不鼓励70后、80后的学者走我们这样的路。原因是人生在世,红尘滚滚。一个学者殊难安于书斋。这是一种宿命。如果我自己的研究生想去从政,或者一边栖身于学界,一边眼望权力,我也会鼓励他去尝试。他自己尝试过了,自己就会选择适合于自己的前路。这是代际差异促成的一种明智。忆往昔,像章润满怀深情地怀念的政治学前辈钱端升,因为对政治太过热衷,写过两篇颂扬专制的文章,但这种既想搏学术名声,又想得权力青睐的尝试,终归是失败的。以至于晚年钱端升编辑自选集的时候,都不收这两篇曾经发挥了很大影响的雄文。一个哈佛大学政治学专业毕业的博士,回中国来鼓吹专制,就是因为不能一心向学,对政治半懂不懂,为了博得权力垂青,便采取了投机权力的颂扬专制的立场。这是一出悲剧。钱端升在清华不安心教书,跑到天津去当《益世报》的主笔,社会影响肯定是大多了。但从历史上看,他的这些行动,肯定不如清华教授为当代政治学奠基的价值大。后来国家权力易手,钱端升自觉不自觉再次卷入政治,不仅参与起草宪法,而且做了北京政法学院的院长,但出路并不是太好。由于他的三心二意,他所写的《德国的政府》《法国的政府》,都是一些描述性的作品,理论价值不高。现在再版这两本书,主要是基于中国现代政治思想史保存资料的理由吧?!

对从事政治学、法学研究的学者来讲,长远地看,应当努力做第一种人,如果旋转门打开了,可以做第二种人。不管在什么情况下,做了第三种人都比较悲惨。作为学者,当然一定要争取出高品质的研究著作。在座的各位青年学者,都是极聪明的人士,你们跟高老师、许老师、端洪老师打交道已久,受启发不少。我来北京工作比较晚,跟各位打交道比较少。但愿意相互提醒,中国走到这一步不容易。目前,中国处在转型的十字路口,无论作出什么选择,都非常艰难。只要大家侧身于政治学界与法学界,就要认真思考、审慎行动,至少在这个历史关头,不要成为反现代的学者。这样,无论在盖棺论定的时候成为哪一种学者,都算对得起自己的学术努力,对得起自己的人生。

改革与中国的新生

——为《新京报》党的十八届三中全会百版专刊所写的导言

历史定格在1993年。

此前一年,改革开放总设计师邓小平在南方视察的时候,以其伟大政治家的恢宏气度,指点陷入迷途的中国改革,毅然决然地指出,中国改革必须坚定不移地向前推动,后退没有出路,坚毅前行才是办法。此后差不多一年的时间,执政党内部统一了改革思想,消弭了政治分歧,认清了改革处境,确立了改革方略。

1993年11月,党的十四届三中全会召开,审议并通过了《中共中央关于建立社会主义市场经济体制若干问题的决定》。这一决定,以千钧之力,夯实了自1978年党的十一届三中全会启动的中国改革开放进程,彻底扭转了一段时期怀疑与否定改革的政治犹疑与举棋不定,开启了此后中国20年持续发展的有利局面。

历史大踏步迈入2013年。

此前一年,党召开了承前启后的十八大。会前会后,中国集聚的改革开放能量，几乎达到了峰值。这样的能量聚集，既是中国GDP排名从改革开放前世界150位跃进到当下第2位的必然，也是由中国面临改革开放步入深水区，光明前景与现实困境交织所促成，更是人心思变、民心思进、党心重整、国家进步等客观情势的驱使。人们对党的十八大产生的新一届领导集体怀抱崇高的敬意与强烈的期待：人们深信，在十八届一中全会和二中全会完成党政领导班子换届以后，一次全面回应全中国乃至全世界改革开放新期待的三中全会，将顺势出场，以浓墨重彩书写中国改革开放新篇章。

在改革开放时期，人们对党中央每一次三中全会的期待，其来有自，理由充分：由于三中全会总是布局改革开放的会议，由于前七届三中全会的宏大气魄展现的改革新貌，由于这一届三中全会的蓄势待发，由于中国改革开放步入深水区之后采取任何举措的惊心动魄，种种难以细说的理由，都激发了人们对党的十八届三中全会的超强政治想象力。

党和国家的领导人，顺应民心、民意，全力营造呼应改革开放热望的社会氛围，庄严允诺颇富顶层意义的全面改革。社会的响应，更非一般的积极与热情，不同的智囊机构纷纷提供全方位、大力度、攻坚性的改革方案。人们期待，党的十八届三中全会能够弥合左右分歧、汇聚改革资源、回应社会诉求、纠正发展偏失、重启深度改革、凸显公正价值、解决制度瓶颈、开启持续发展、驱动美好未来。

美好的愿望，往往来自艰难的现实。不能不承认，改革开放的处境，已经远远赶不上初创改革的二十世纪八十年代。重造改革开放的社会氛围，已经是当务之急。加之，自2008年以来，欧美的金融经济危机，造成中国经济外部增长条件的衰变；内需的乏力、结构的失调、举措的局促，粗放增长的方式难以为继。面对权钱交易、腐败严重，分配不公、社会失衡，左右为难、改革维艰，何去何从、举旗难定，中国究竟能不能继续坚定不移地走改革开放道路，推动农村中国走向城市中国、农民中国迈向市民中国、农业中国进入工商业中国,成为人们的心头疑虑。

恰当此时,党的十八届三中全会召开,一直以筹划改革、推出极富力度的改革开放举措令人印象极为深刻的三中全会,自然而然受到人们的倾情关注:

——有理由期待,党的十八届三中全会是一次意义堪比党的十一届三中全会的大会。拨乱反正、改革开放的历史大幕,是由党的十一届三中全会徐徐拉开的。作别"文革"的动乱,进入现代化发展,是这一届全会彪炳史册的贡献。党的十八届三中全会承继七次三中全会的改革战略布局,不仅得改革开放的宏观布局精髓,而且得七次全会从不同角度设计的改革开放举措的重大收获,相信能够在承继既有的改革开放成就的基础上,扎实改善社会主义市场经济引导的中国特色社会主义总体格局。

——有根据相信,党的十八届三中全会是一次重新高扬改革旗帜的大会。改革开放,推动中国疾速迈向现代,重大的成就与发展的考验相互映照,让世人瞩目。随着改革开放步入深水区,对改革的期待,时有超过改革负担的程度;对改革的疑惧,也不时浮现在台面。一方面,改革似乎在与革命赛跑;另一方面,改革似乎与停滞携手。经济本身好像已经呈现出某种周期性特征,GDP净增速度明显放慢。经济发展的预期与社会福利的诉求,有点陷入双双不可强求的尴尬境地。

但在一定的政策调整之后,中国经济年内的增长比较令人鼓舞,也为启动改革储备了利好条件。坐实市场经济体制、推动全国市场机制、发挥市场资源配置功能、助推市场活力、理顺政府市场关系、持续激发社会活力,已经成为以改革刷新国家面目的有力号召。

——有依据表明,党的十八届三中全会是一次全面谋划改革开放的会议。此前中国的改革开放，基本上处在"摸着石头过河"的状态。这当然是千年巨变的中国，在国家新生之初的必要审慎。但缺乏改革开放的总体愿景、没有设计出改革的顶层方案、未能拿出持续激发改革热情和凝聚改革共识的制度，总是让改革开放处在一个一步三叹、迟疑向前的尝试状态。这一次全会，以"总体部署""力度空前"定位，确立了新型工业化、信息化、城镇化和农业现代化的崭新目标，致力于加快转变经济发展方式，把增强经济发展的内生动力，实现经济持续健康发展作为战略追求。倘若落实，必将推动中国进入一个全面、自觉的现代化进程，并且一改难决国家命运的尝试性改革困局。

35年前，党的十一届三中全会将中国带出了动荡的局势，启动了落后于世界进程的国家迈向现代境地的伟大历程。改革，自此与中国的发展、国家的新生相伴而生。

35年后的今天，党的十八届三中全会力拨犹疑，力推全面改革，种种拟议中的重大改革举措，必将把国家推向一个不可逆转的现代轨道，促使中国真正走向现代发展的顺畅境地。

国家的现代新生，始于革命，成于改革。

为社会松绑

——读《中华人民共和国国民经济和社会发展第十二个五年规划纲要》① 看社会建设

社会的兴起与社会管理的创新,成为时下的热门话题。但当社会力量崛起的时候,如何可以获得规范化的动力,从而避免社会走向崩溃,则是社会兴起之后,社会建设的另一个严峻问题。相关的是,对社会进行管理,不是政府部门一哄而上展现管理积极性的过程,而是由相关政府部门以法管理社会的过程:依循法治化的原则,尊重社会、催生社会、培育社会、引导社会,进而促使社会走上自主、自治与自律的良性轨道,形成国家—社会健康互动的长治久安局面。

按照中国政府机构的职能划分,民政部是处置当代中国社会兴起之际相关复杂事务的专门部门。作为处置社会事务的国家行政机关,民政部门对社会的组织化、自治化和秩序化负有直接责任。毋庸讳言,民政部门在中国社

---

① 《中华人民共和国国民经济和社会发展第十二个五年规划纲要》,人民出版社,2011年。

会兴起的近三十年间,对于社会的强制性管控,一直是其行使职责的基调:这不仅表现在社会组织的登记远远滞后于社会的发展,也体现为民政部门对社会进行有效疏导的手段短缺,更体现为民政部门对组织化社会的政治警惕性。

本来,随着市场经济的推行,社会的多元化、流动化与组织化问题,早就突兀地呈现在人们的面前。实行市场经济之前那种由国家通吃社会的局面,不再能够维持。但是在围绕GDP展开的有限改革的进程中,民政部门管理社会的行政职能并没有些微的政治松动,因此民政部门对社会的管理远远落后于社会自身的发展。一个与政府明显疏离的社会就此形成。社会就此存在于政府的视野之外,直到种种严重的社会问题暴露在公众与政府面前的时候,人们才觉悟到有必要通过法治的方式、政策的手段、行政的举措,强化对社会的建设与管理。

执政党为这一局面提供了相对宽松的政治解决环境。因此,也就腾开了行政部门施展社会管理的政治空间。于是,民政部门与民间社会的互动关系、管理需要与手段储备等问题,也就成为现实的问题,促使民政部门必须积极地回应和解决。2011年全国人民代表大会通过了《中华人民共和国国民经济和社会发展第十二个五年规划纲要》,为国家行政机关(民政部)确立了社会组织登记管理体制的改革方向,明确了管理的新型体制:统一登记、各司其职、协调配合、分级负责、依法监管。民政部门围绕这样的管理体制,积极行动起来,为扭转此前被动尾随剧烈变迁的社会后面强行约束社会的尴尬局面,采取了有效的改革举措,国家终于开始为此前被五花大绑的社会松绑,进而为国家权力理性承诺社会自主、自治与自律,建构国家—社会二元互动的合理关系提供了条件。

在这里,政府行政机构管理社会最为关键也最为积极的变化就是统一登记。因为在这一政策举措中间,存在一个国家治理理念的关键变化:国家不再维持以往那种强行约束和控制社会的统治方式,转而以登记制的方式对社会进行管理。此前,所有社会组织的登记与管理,实行的都是国家行政权力管控与单位制约束的双重强制性管理方式。就国家行政机构的登记而言,已经显出多一个社会组织不如少一个社会组织的压制社会成长的倾向,从而在国家权力层面保证其对社会的绝对优势。因为一个分散化的社会是无法与国家权力理性互动的,面对分散社会行使的、国家权力的绝对权威性,成为集权体制的必须;与此同时,当单位成为相关社会组织挂靠的机构时,又使社会组织丧失了社会性,成为依附性的准行政组织或准党群组织。这些组织虽然在民政部门正式登记为社会组织,但其实根本无法代表相关社会成员的利益,也无法准确表达相关成员的社会意愿,更没有任何有效的组织形式,社会的散沙状态没有任何改变;而政府也无法借助它们的互动来获得国家治理的有用信息,因此处在一个治理社会的盲瞽状态。

统一登记社会组织,促使政府按照法律的规定,对社会组织进行程序化的登记与管理。由于登记制的内在制度特性,必然促进民政部门确立行之有效的社会管理机制——"登记机关、综合监管部门和业务领域主管部门,分别按照自己的职能对社会组织进行管理、监督,是什么事就由谁管,出什么问题就由谁来查处。"(李立国语)政府管理社会的机构职能,也就此得到合理的规定与执行。当需要政府其他相关部门的配合进行社会管理的时候,政府有关部门,甚至党群机构的相关职能被启动才变得可能。并且由于实行了政府行政部门的统一登记,依法管理也就成为顺理成章的事情。

确立了社会管理的新体制,就可以相对有效地推动兴起中的社会进入一个组织化的轨道。社会的自组织状态具有了正当性与合法性依据,也就可以实现社会的自主、自治与自律,既避免社会的混乱与崩溃,又成为国家权力治理社会的合理基础。但需要强调的是,国家权力管理社会的新体制,依赖于国家权力据以管理社会的权力理性运行机制,以及社会接受国家管理的理性组织程度的双向约束。

就前者言,目前中国的国家权力管理社会,还存在亟须填补的政治与法律空白——政治空白是如何有效承诺人民主权原则之下的公民自主、自治与自律,是一种脱离特定政治组织控制国家的强大意志的天赋权利。这就需要对国家基本法的相关规定加以政治逻辑上的理顺。法律空白是中国尚缺乏一部国家权力足以以法管理社会的高位阶法律文件(如"社会组织法"),国家权力管理社会所依据的是低位阶的行政法规(如目前政府部门管理社会组织的三个行政法规)。在政治与法律供给不足的情况下,国家权力的自我约束、国家权力勇于尝试改革的工作动机,以及国家权力部门对社会的理性认知与互动关系的确认,在在关乎国家权力管理社会的正当性与合理性。就前者言,民政部门积极尝试在现行法律框架下,进行行政管理手段的优化(如"两个一体化"的直接登记改革),是值得赞赏的做法。同时,民政部对地方政府管理社会的积极探索所采取的支持态度(如跟广东和深圳签订部省合作协定,支持社会组织登记的改革创新),也为政府主管部门探寻如何有效支持社会兴盛并合理管理社会提供了典范。

就后者,即就社会走向自我管理与接受政府管理的新机制而言,政府在对此前采取严格捆绑式管理的社会进行松绑的时候,不能采取抽身而逃的消极态度,对社会组织事务不管不问。法治化的管理模式是必须认取的管理机制。但由于中国政府长期对社会进行高强度约束或管控,因此当政府试图塑造一个抽身而出的自主、自治与自律的社会机制的时候,必须设计"全身而退"、凸显自足社会的精巧方案。民政部必须为之储备足够的资源与管理手段。所谓储备足够的资源,就是要聚集足够的推动社会自治的物质资源、组织资源与管理举措。政府得学会有效购买公民的利益组织与公益组织的社会服务，在国家权力与社会公众之间搭建有效互动桥梁。从而避免因为资源的短缺，在政府抽身的时候留下更巨大的社会真空，引发社会对政府更为强烈的不满，造成社会与政府的对抗心理。而政府为之聚集资源，绝对不是榨取本属于社会的资源，来为政府显示整治社会的能力"埋单"。政府应当以让利的姿态和有效的法律手段，为社会输送自主、自治与自律的物质条件。所谓足够的管理手段，就是要求政府（民政）部门在单纯使用法律手段或行政手段之外，学会采用更为稳妥和有效的谈判手段、妥协方式，俾使胜负理性与社会的理性和谐互动，从而使国家权力免于躁动，进而使社会免于骚乱。达到这样的状态，才表明政府为社会成功松绑。否则，政府塑造社会，进而管理社会，就会被认为是逃避责任，从而陷入被社会纷纷指责的窘境。

在一个国家长期压扁社会的情况下，政府为社会松绑，首先体现为扶持社会成长的宽松法律与政策的制定与执行。就此而言，民政部体现了积极有为的心态与支持改革的倾向。但另一方面，为社会松绑不是放任社会自行作为，任由社会陷入无政府状态，对社会显在或潜在的崩溃征兆熟视无睹。国家权力存在的必要理由，就是对社会发挥"守夜人"的作用。这是国家足以消解无政府主义的社会影响力的有力根据。因此为了维护社会的基本秩序，政府管理社会的起码职能是不能丢弃的。当地方政府努力降低社会组织登记的门槛，展现出支持社会自主、自治与自律的积极态度的时候，中央政府必须在宏观管理的层面，既提供强有力的支持，又予以积极有为的管控。民政部确立的齐抓共管的依法管理和监督体系思路，如能坐实为一套行之有效的管理体制，那么将对社会的兴起、兴盛发挥积极的引导作用。

中国社会被刚性约束已久。因此怎样采取恰如其分的新型社会管理体制，对于社会自身治疗被国家长期伤害了的机体病症，具有决定性作用。国家权力应当逐渐放下对社会组织的高度政治警惕性，从公益组织降低门槛甚至放手登记入手，渐进地放松公民利益组织的登记，最后对所有类型的公民组织放开登记，全面以法律的管理手段治理社会。目前阶段打破刚性的政治设限，对社会组织分门别类地处置，在政治上可以让党政权力部门放心的社会组织优先进入登记制管理范围，而在政治上让党政部门忧惧的社会组织则暂缓登记。这样的社会松绑，实际上也是给政府练习管理真正独立自主的社会一个宝贵的聚集经验的缓冲机会。政府并不具有天纵智慧，一下子就足以从容应付此前不曾真正自主、当下完全自主的社会。而社会组织也需要在组织化的渐进进程中，积累社会自主、自治与自律的经验教训，相应也才可以实现公民脱开政府庇护之后的自治目标。

从社会结构的层次上看，为社会松绑宜于从基层社会开始。纯粹分析意义上的社会上层之作为社会自主自治自律的改革起点，会造成自主自治与自律的社会和国家权力分庭抗礼的局面。这一局面在法治化的制度框架中，无甚惊怪之处，但在转型国家中，则可能成为国家倾覆与社会混乱的根源。基层社会的自主、自治与自律，基本上可以被限定在社会的范围内，而不上升到国家权力的层次上，因此既可以让曾经自满自足的国家权力逐渐习惯疏离自己的自足社会，而不至于在惊怪之中扼杀兴起中的组织化社会；与此相仿的是，社会也可以在国家权力放心地松绑的过程中，逐渐聚集起自主、自治与自律的经验，在与国家权力的理性博弈中学会划分清楚国家与社会的边界，积累社会自我治理的宝贵经验。民政部确立的城市居委会的改革进路、大力推动的农村村委会的选举，都属于城市基层组织与农村基层建制的社会建设内容，也都属于国家权力机构的社会管理对象。不过也需要强调的是，从基层社会逐渐上推到上层社会，形成整个社会的组织自由登记和政府的依法管理，才是完整意义上的社会之诞生的标志。任何限定范围与层次的社会管理,都是扼制社会、做大国家权力,诱导国家重回通吃的旧格局,而且也易将国家推向被社会颠覆的危险境地。

回顾中国历史,自晚明以来,就行走在与现代转变相反对的轨道上。晚明厉行的专制集权,"莫谈国事"的社会禁忌,将中国社会的生机窒息了。有清一代,由于少数族群对多数族群实行统治的天然局限,统治者处在一种害怕多数造反的惊吓状态之中而不能自拔,因此更是对社会进行了全方位的刚性控制。晚清以来革命的高歌猛进,将政权转移的政治革命随意扩展为重塑国民性的社会革命,结果造成国家全方位压制社会的结局。缺乏有序社会维系的国家机制,总是危险的国家状态:因为国家权力的自我警觉性与危机感,使其深陷在不安全的惊慌心理之中,对整个社会和普通民众小心提防,防范他们争夺国家权力。其实,普通民众并不是人人、时时、事事都将自己的关注落在国家权力上面。他们秉行的主要是生活哲学原则。因此在国家-社会的弹性空间中,国家完全不必对社会过度紧张,社会也不会对国家权力深怀敌意,国家与社会是完全可以积极互动、相安无事、各行其职、双赢互利的。在这种理性安顿国家权力与社会自治的政体中,权力之中的人士与社会各界的群众,都可以免于高度的紧张,生活在安心、舒心与放心的环境之中。这是为社会松绑的最深沉理由。就此而言,民政部责任大焉。

中国改革时代私人信仰的私密化陷阱

——从李向平的相关论述①说开去

讨论中国改革时代的私人信仰陷阱问题，首先需要确定其时代背景。所谓改革时代的私人信仰陷阱，应是指在改革时代呈现出来的状态，但并不仅仅是改革时代塑造的结果。中国的私人信仰陷阱，可以说其来有自，源远流长。

就这一论题而言，可以离析出三个具体问题来理解。

第一，"中国改革时代私人信仰的私密化"论题所包含的几个概念的界定问题。自20世纪90年代以来，汉语学界的信仰概念，含义非常宽泛但却没有明确界定。比如我们在这个概念下不讨论宗教的"神圣"含义，而代之以讨论"神圣性"含义。前者是一个内涵清晰的概念，唯有宗教才具有神圣的固定指向；后者则是一个内涵模糊的概念——所有世俗的东西，包括信念、迷信，都有"神圣性"的含义。把世俗的"神圣性"含义提升为宗教的"神圣"指向，是人

---

① 参见李向平：《中国信仰社会学论稿》，甘肃民族出版社，2013年，以及氏著：《"信仰缺失"，还是"社会缺席"？——兼论社会治理与信仰方式私人化的关系》，《华东师范大学学报》（哲学社会科学版），2015年第5期。

们认识宗教与非宗教保有某种共同性的必需。但二者之间的确定界限不容混淆。宗教是在人与神之间呈现神圣状态的,而非宗教则是在人与人之间展现某种神圣性的。在汉语语境中讨论神圣问题,长期处于不清不楚的状态,为了不至于将必要的界限抹掉,有必要把信仰、信念和迷信的不同性质界定清楚,不要把信念和迷信提升到神圣层面,必须承认只有信仰才有神圣含义。

信念与迷信的神圣性是世俗理念中包含的神圣性,和宗教的神圣是两回事。与之相关的是区分宗教和宗教性两个概念。各种宗教的信众大多是为了解决自己的现实精神寄托问题,而不是虔信某种宗教教义。哪怕是今天兴盛的基督教家庭教会,也不外如此。人们习惯于用某一种宗教来满足世俗生活缺失的精神寄托要求,但并不一定就是宗教信徒,因为其并不把人归结于神,让人性匍匐在神性之下,最多只能算是准宗教信徒。以此计算当代中国的宗教信众数目,就有点为难了:官方认定的教徒仅有八千多万,学者的推算大有不同,从一个多亿到三个亿不等。从严格的角度讲,这些信众的信仰之宗教性特点,一般都超过了信仰的宗教特点。

有一个佛教的法师出了一本书,坊间似乎比较流行,书名叫《宗教不宜混滥论》,我很同意这一主张。国人可以什么都信,改变崇信的宗教神格,也不是什么严重的问题。比如一个人在信佛教的时候拜佛,信道教的时候拜老子,到了孔庙他又拜孔子,没有神圣归一的虔诚感。涉及改宗这么具有严峻挑战性的问题,国人似乎完全不当一回事。当年蒋介石为了娶到宋美龄,就这么改宗了,似乎并没有经历灵魂上的震荡。但在严格的宗教传统中,改宗是一件极为严肃的事情,是灵魂深处的一场革命。可见,即便是对宗教信仰,也得区分信徒虔信对象的固定性和神圣感,不能以一种姑妄为之的随意态度审度。这就限制了人们将世俗性的准宗教信仰提升为宗教信仰的冲动,也限制了人们将不同宗教信仰等量齐观的做法。

在近期的儒教申论中，论者倾向于将儒家的精神性与基督教的神圣性视为同一个东西。姑且不论儒家是不是儒教的问题，把儒家的精神性与基督教的神圣性混为一谈，恐怕不仅不能让人们知晓儒的特性，也不能让人们明白基督教的特质。一些论者总是以儒家也有精神性关怀来证明它也有神性关怀，然后就跟西方的宗教等同视之了。这样的解释进路大可不必：从更严格的角度讲，神圣性的东西，一定是以宗教背景为据的。没有人神关系的框架，也就没有什么神圣性的东西。至于精神性，只要人们在世俗物化生活之外有某种深层关怀，便具有精神性特征。可见精神性显然不等于神圣性。

谈论中国改革时代的私人信仰问题，不要从神人关系的信仰问题，下落为人对组织纲领信从的信念层次，比如我们对主流意识形态的坚定信念，论者常常将二者混为一谈，认定关乎主流意识形态的信念就是一种信仰。让人不得不强调的是，即使再信从主流意识形态，那也不过是一种信念而已，它依靠的是个人道德信念，以及对其归属的组织纲领和组织纪律的服从，并以此维持整个组织的运转。那是一种显见的世俗化精神。信念有宗教性成分，但绝对不是宗教，它以世俗化为特质。

如今人们常常提及，个别高阶官员私下都信"大师"，这个叫迷信。由于他们精神上太空虚，但又不信任何宗教，因此乞灵于各种"大师"。这些高官有权有势，再以权钱勾结，变得有权有钱，但心灵空虚。在丧失信念、缺乏信仰的情况下，他的精神一定要有一个寄托。于是低级迷信适时出场，空盆来蛇、卜算前程等把戏为其所深信不疑。这样的迷信，显然没有达到宗教层次，即使是迷信也只是低级迷信，因为它仅仅发挥着填补精神空虚的致幻作用。

将宗教信仰、道德信念与低级迷信划分清楚之后，就可以相对深入地讨论中国改革时代私人信仰的陷阱问题。从中国的悠久历史来讲，周以来"绝地天通"造成的结果,就是建制化宗教变成了私密化宗教,这不是一般意义的私人化宗教。私密化与私人化的区别,在于后者可以暴露于公共世界,而前者则是秘不示人的。众所周知,中国民间宗教的秘密性很强。即使是基督教在当今中国,私密性也类同于古代,家庭宗教的迅速传播可以佐证。因此私密化的宗教自身缺乏起码的公共关怀,这就让对公共制度高度关注的现代宗教完全缺席。宗教信仰彻底成为信徒间的彼此关注,缺失的公共关怀有无办法保证信仰自由并不为信徒留意。因之丧失的信仰自由危及其宗教活动,信众也无以应对。中国的信徒很少思虑公共规则适当与否的问题,就此可以获得理解。整个一部中国历史,没有腾出精力去解决"罗马问题",也就是"上帝的事情归上帝,恺撒的事情归恺撒"的问题,政治权力对宗教信仰的干预力度一直不同程度的存在。

第二,由于公私领域的绝对隔绝,中国出现了两个完全的私密化:一是公共政治建构中的公共权力私密化,二是宗教信仰的彻底私密化,双方相互支撑,维持着一个私密化世界。但令人惊奇的是,这种局面常常腾空翻转到另一个极端:那就是私化权力的绝对公共形式化,以及私密信仰的绝对公立化的双重异化。当一个人在精神上、灵魂上、世俗上都处于失落状态的时候,他会急于寻找一个东西作为个人的精神寄托,以免堕落得太彻底。好多人士在激昂情绪的推动下迅速转身,成为某种宗教的信徒,原来啥都不信的红尘滚滚人物即刻成为沉潜其中的宗教式信徒。而这类好似宗教信徒一样的信众,其实缺乏深刻的神圣性因素支持,大多数时候便走样为一种世俗权威崇拜。追究近因,这与"文革"时期把人们的信仰彻底摧毁了具有密切关系。处在张皇状态急于寻找精神支持的人们,是很容易陷入今天信这个,明天转而信那个的游离状态的,实际上什么也信不起来。在缺乏信仰严肃性的情况下,信与不信就成为情绪化的选择,一阵子激动,就信当下可信之物。有人乐意追问这些人的信念或信仰的转向原因,其实是把他们抬高了,因为他们根本就没有信念或信仰。

由于国人的私密化信仰,面对"公共"才能建构起来的"私人"也就丧失了存在的必要性。而没有公共内涵的私密化人格的建构,必然引导人们仅仅关注彼此的私密事务,引发一个人人探知他人隐私的普遍窥私癖病症。如果将privacy和private对应起来使用,前者之隐私缺乏公共的映衬,后者之私人则与公共相形而在。然而一旦脱离了公共约束,人们以窥私癖支配其行为,那结果就很恐怖了:如中国基层社会曾经流行的捉奸在床,便是以一种反对私通的高昂道德激情作为动力的,这就将一切公共约束抛之脑后。这样会造成一个什么结果呢? 会造就一个彻底私密化的社会总体建构,进而导致国人对公共事务的彻底灰心,而将全副身心都放到对私密事务的窥视上面。进一步的结果必然是,国人对公共事务在精神上不重视,在制度上不追求,在生活中不关心。一旦谁关心公共事务,就会成为权力讨伐的对象,公众厌弃的人物。人们会认为那是公众人物强出头,因此受到权力惩罚实属活该。

准确地讲,中国改革时代私人信仰的陷阱,其实更应该说是私人信仰的私密化陷阱。把信仰私密化了,不是相对于公共而在的私人信仰,因之信仰某种宗教的人也就异化了。信教,不仅不能提升人们的精神境界,而且明显降低了人们的精神品质。对现代社会而言,私人化信仰是社会所需要的,私人化信仰有助于解决"上帝的事情归上帝",其对社会所发挥的镇定功能众所周知。私人信仰,涉及有关信仰自由的组织公共规则建构和国家的公共化制度建构。一旦缺少相关的建构,信仰就会掉入私密化的陷阱而难以自拔。这就是为什么中国改革时代既大幅度推进世俗化进程,而同时又出现大众急于寻求信仰出路的原因所在。就信仰的宗教事务而言,需要落实"上帝的事情归上帝"。但同时也需要解决"罗马问题",也就是"恺撒的事情归恺撒"。

这样才能两头兼顾，各得其所。在所有的古典文明中，只有罗马人解决了建制宗教的政治规则问题。即使在双剑论的长期争辩中存在一种令人焦灼的相持不下，但最后一定是"上帝的事情归上帝，恺撒的事情归恺撒"：一方面，上帝的事情归上帝，指信众的私人信仰直面上帝，在组织建制上则诉诸教会。宗教组织的制度规则也就成为信众信赖教会的公共建制依靠。另一方面，恺撒的事情归恺撒，指公众的世俗事务不受教会的干预，而诉诸立宪与法治，在世俗的范围内寻求制度化解决之道。

对今天的中国来说，"上帝"与"恺撒"的事情远未分流，相互的干预成为必然。就现实状况来讲，当然是权力方面占尽优势。结果在上帝的事情成为影响权力运作因素的情况下，权力的强力干预势必将其逼进死角：信教者干脆遁入隐秘世界，让权力无从干预。家庭宗教就是这么流行开来的。官方不了解情况，甚至信教者家人也不了解内情，一种几近躲起来信仰的隐蔽情形出现在社会上。信众就此跌入信仰的私密化陷阱。信仰私密化，就是行为者躲起来崇信而完全不为公众和权力方面知晓的情形。

但那些家庭教会的基督徒，其实没有意愿去建构宗教组织内部的公共规则。譬如保证信教者之间维持正常关系而必需的教会代表大会之类就无从落地。为什么呢？因为信教者彼此是完全熟悉的私密人物，不需要这样的机制来维持崇信秩序。即使是可以公之于众的信教者，也会因为权力对上帝与恺撒的事情不加区分，而必须将之约束到权力的管束之下，结果宗教组织也无法建构有效的代表制度，只好接受权力对教会的支配，如想避开权力介入，就势必选择躲藏。如今国内天主教徒在官方和梵蒂冈之间的尴尬处境，以及官方在寻求与梵蒂冈关系正常化的努力中，事实上都遭遇了上帝的事情与恺撒的事情分流而为的难题。

说起来，上帝与恺撒的事情怎么各归各呢？在各归各之前，像双剑论争论相持不下一样，必然会有一方试图吃掉另一方的坚韧尝试，只是因为旧决不下，最后只好各安其命，上帝的事情归于信仰领域而由教会自治，恺撒的事情归于世俗领域而由法律主治。美国法律史家伯尔曼指认的教会革命引发了立宪机制，促成了世俗的公共政治建构，最后形成一种上帝与恺撒的事情分流而行的现代结构，就是一个有益的提示。试图走出中国改革时代信仰的私密化陷阱，首先需要信教者有能力自治，信众之间能够建立组织的公共规则并获得权力的信任，如果难以实现这个目标，要想官方认同，绝对是不可能的。当然，反过来讲，信教者也需要以自己的公共关注，促成世俗权力皈依伏法，臣服于法律主治的机制。试想，如果没有当初的基督教会与罗马皇帝的抗拒性互动，哪有什么各归其位的良性后果？宗教试图脱离政治约束，政治试图彻底控制宗教，都是徒劳的。只有在双方的积极互动中，各归其位、分流而为的健康局面才具有现实可能性。

这一方面需要解决宗教组织的公开性公共建构，另一方面也需要解决政治社会的法治建制，只有双方都具备公共性自律的能力之后，才足以建构一个宗教私人信仰与政治公共建制之间的健康互动机制。宗教组织的公开性公共建构，旨在保证信仰共同体内部的公正建构，成员间的平等沟通。这让信众成为社会公共规则建构的人群基础，当其走向政治社会时，便成为法治社会建构的可靠行动者。世俗政治社会的建构，需要以立宪确立起反对特权、以法治确立起保障平等的政治建制。由此将神与人、人与人的关系纳入一个民主的机制中，掌控哪一方面权力的都休想独断。以此衡量，儒家之儒教化面临的最大挑战就是儒家价值信仰的私密化。由内圣而外王，成就此番业绩的人，其道德傲慢和权力嚣张都会达到极致，因而在本质上会倾向专制。儒教的倡导者对之缺乏警惕性，总是以一种高昂的道德热情加以推动。因之陷入自称圣王或恭迎圣王的陷阱而不自知，终致要么曲人于己，要么曲己从人,而无法成功分流权力与德性。

上帝的事情归上帝,恺撒的事情归恺撒,实际上需要维持一个相互认同的公共建制。一个人所理解的经验事实是,假如一个人试图维持信仰的私密化,那没有问题,只要你躲起来,不告诉他人任何隐秘之事,那么人们对你就会一无所知。如果一个人是基督教徒,只要跟牧师告解,那就能获得忏悔机会。假如你告知秘密的不是牧师,而是常人,那人或许正好知道你的秘密而控制你。可见,公共规则,无论是宗教组织内部里的规则,还是政治社会的通行规则,是保证人们不去想方设法探知人的隐秘,而努力公正相待的必需。只有在解决了宗教与政治各自的公共建构和交叉性的公共建构的前提条件下,才有望彻底跨越私人信仰的私密化陷阱。

第三,对当代中国来讲,私人信仰何以会陷入私密化陷阱呢?分析起来,原因不外三点。一是改革受到GDP彻彻底底、透里透外的左右,这种彻底物化的、世俗化的改革使人们的精神失落。一方面,官方权力想对物化的人的精神加以控制。人所熟知的精神文明和物质文明两手都要抓,两手都要硬,所指的正是权力控制或引导的全面性。实现这样的目标,最大的麻烦是断送了人们的自律能力。另一方面,当世俗的精神性要求和彻彻底底的物化现实正面冲撞时,权力控制的要求会愈来愈强,而物化的个人寻求精神寄托的张力会越来越冲动,于是,两相碰撞,社会就为私人信仰预制好了私密化的陷阱:权力无所不在,但无所作为;信仰无从落地,但人们急于有所相信。于是,躲开权力有所信就成为可怕的现实。这是私密化信仰最重要的动力机制。

二是在官方权力组织与信教者组织之间,由于缺乏可靠的沟通渠道,相互都不信任,结果催促一种躲开权力控制的、高度私密化的组织权力。对国人的私人信仰来讲,权力方面会觉得其疏离了自己长期执政的利益,一旦不能将陷入私密化的信教行为公开化,就会陷入一种权力倾覆危机的紧张状态,因此试图全力控制这样的宗教信仰活动。对于信教者来讲,急于挣脱权力控制的信教冲动,与教义的私人化机制相伴随,只能认定私密谋划的精神信仰才是真正的寄托,于是千方百计脱离权力控制就成为信教者的共同欲求。两相疏离的想法,让控制和反控制成为政教关系的主调,互不信任的心态也就让二者处于相互防备的紧张之中,双输的结果就在人们的意料之中。在中国,公共权力的组织私密化与私人信仰的私密化,就此相携出场。而彼此间都心存的某种私密性互窥,让本来具有公共性的信教与从政,都异化成了相互的私密化监视,全社会充满了了解私密的强烈冲动,此不为陷阱何为陷阱。

三是上帝的事情归上帝,恺撒的事情归恺撒仅完成于西方社会,对非西方社会而言,这仍然还是颇显沉重的人类要务。毋庸讳言,政教合一的尝试,还是非西方社会的主流思潮之一。相反,政教分离则是难以兑现的政治目标。不管这个政教所指的是政治与宗教,或是政治与教化,打通两者的企图,深深根植在非西方社会的传统沃土之中。这是所有非西方古典文明都没有解决的一个关键难题。简单地讲,这是一个千年问题,即不经历千年的尝试,很难将之有效分离。历史告诉人们,基督教在晚期罗马时代开始与王权较劲,经历了1000来年的中世纪,终于从政教合一之合一于教,落在了政教分离各行其是的现代政治平台上。当下伊斯兰教的政教关系,处在政教合一之合一于教,还是合一于世俗化之政的僵局之中。至于中国,究竟是政教合一之合一于教化,还是政教分离各归于法治与教化轨道,前途殊难逆料。如果各给千年时光,那就得耗时2000年。这就不是我等所可言说之事了。但在这种大而化之的言说框架中,可以促人觉察,解决中国改革时代信仰的私人化,准确地说是解决信仰的私密化问题,难度将会多么巨大!

但一个大概的局面是可以估计到的,当现代政教关系归于政教分离的正常轨道时,那些既不利于常态信教,也不利于立宪民主的信仰之私密化问题是有望得到解决的。

期待中国回到理性协商的社会
——借《政治期望》表达的2014年新年期许

表达新年期望,恐怕不在展示锐气,而在展望未来,许下心愿。在新年来到之际,中国人总是讲"新年必有新气象"。如果不是对新气象的期待,我们就不会有期望。因此我想到我们汉语读书界十几年前流行的一个美国新教神学家蒂利希的著作《政治期望》①中的一句话——"怀着期望前行"。新年之所以有新期望的理由,就在于我们要前行。如果停步的话就无所谓希望。

综观2013年,我们在年初的部分期待确实得以实现,这值得喜悦。但期待2014年的理由不应停留在对各种可喜成果的自鸣得意上,而应是在克服上一年期待的失落基点上产生新的期待。是2013年的不足与缺陷,使我们在迈入2014年的时候产生更为强烈的期望。那么有什么样的期望值得作为2014年的期待提出来呢? 从个人到社会,再到国家,我都满怀期待。

首先是个人的期待。个人的期待源于个人的处境。2013年中国出现了很多悲剧性的社会事件。最悲剧的是十来岁的小女孩,因为在一个缺乏爱的环

---

① 〔美〕保罗·蒂利希:《政治期望》,徐钧尧译,四川人民出版社,1989年。

境里成长,缺乏起码的同情与良知,竟然把一个不到两岁的小男孩从25楼抛下去了。其他种种社会悲剧,包括厦门陈水总的公交车纵火案,是因为他得不到期待的59岁领取退休金的待遇,因而在公共汽车上点燃了汽油罐,48个人随之陪葬。在皇城根脚下,还发生过因停车位发生争执,两位青壮年男士摔死了与他争执的妇女的婴儿。这一系列社会悲剧出现以后,中国社会充满了义正词严的道德谴责。在谴责的当头,大家都确信自己是浩然正气的道德典范,都确信这些违法犯罪的人是十恶不赦的罪人。的确,罪人难恕,但人们却也很少去思考:单纯指责别人,其实潜含着放纵自己。

为什么中国社会对每个人的议论都缺乏一种像20世纪80年代那种富有责任意识的反省呢? 原因在于,中国在前行之际,个人的自我放纵、权利诉求和对社会、国家的指责,是在悖反地运行。在中国的艰难转型中,社会悲剧不会马上降到零,但能明显减少。我们处在"三千年未有之大变局"的大转型时代,这种痛苦的体验还会存在,在2014年必须做好充分的心理准备,虽然还会有很多痛苦的体验, 但是我期待社会能回到80年代高扬个人责任意识的状态。

很多人认为,80年代的改革是理想主义和浪漫主义的改革,但在我看来不是。因为80年代由北京大学学生提出的口号——"从我做起、从现在做起"——最足以代表那个时代的责任意识。这句话,最适合作为中国的每个"我"在2014年的自我期待。在这样的期待中,每个人应努力回答:应该有一种怎样的个体责任意识,在此基础上来寻求自己的权利满足,以及在履行个人责任的同时,去要求社会和国家为他提供什么。我的第一个期待就是回归个体责任意识,重回80年代的责任先导、各自推进、互助扶持以撬动改革、推动社会进步的蓬勃发展状态。以个人的责任感和行动力,推进中国的深度改革。

其次是对社会的期待。我们看到很多曾经有大智大慧的知名学者在权力的高压或诱导之下,作出令人惊异的"国父论"的表态,发表令人惊叹的"集体总统制""公民社会是新自由主义的神话"这类说辞。

这些学者曾经是20世纪80年代的启蒙领袖,是90年代后因为"八九政治风波"而在学术研究上占据叱咤风云高位的知名人物,但是他们为什么会发表如此缺乏常识的所谓专业意见呢? 那就是在权力撕裂社会的时候,他们作为社会的代表人物,尤其是作为知识精英和对社会公众有广泛影响的人士,缺乏社会责任感,与权力合谋。

所以我期待2014年中国的权力和社会精英能停止撕裂社会,让社会能够修复。使在近六十五年历史上,被国家彻彻底底撕裂的社会、在1949年至今的历程中真正成了鲁迅先生指责的"一盘散沙"的社会,在2014年能够重新被黏合起来,找到黏合剂,让左右之间找到共识、贫富之间找到共识、城乡之间找到共识、朝野之间找到共识。

中国的发展,必须建立在一个团结社会的基础上。以2014年即将举办的两会作为全面落实党的十八届三中全会决定的起点,促使中国成为一个说理的社会、一个商谈的社会,这个社会,当然是一个高度组织起来的社会。

我期待这个组织起来的社会,即便不可能马上有高度有效的严格组织,但不要亢奋,去努力改变不同组织希望"灭掉"与其立场不同、价值不同、利益不同的对手的状态。这样中国才能完成社会发展目标,而不能因为2013年局部的社会叫嚣和社会对抗,以及你死我活的"文革"遗留作风,放弃真正迈向现代的社会组织化状态,迈向理性协商的社会化状态。

再次是对国家的期待。一方面我希望国家的执政集团,尤其是政治领袖有大眼光。我记得2013年的新年展望,现场很多人表达过,在中国改革进入深水区之际,需要有大政治家。今年我承接这一期望,希望执政者们对国家真正有大政治家的历史眼光。中国的执政党领袖在国外访问时曾特别强调："谋利需谋万世利，立名当立万世名"，这是富有大眼光的表现。我期待2014年他们能有真正大眼光的做法，这种做法不仅仅是启动行政改革和市场治理，也不仅仅是启动社会重建。

真正的大眼光首先表现在国家政治上。2014年，我希望执政者的眼光能够放到大中华地区考虑问题。2014年真正能使已经分裂了六十五年左右的台海两岸领导人见面，能够重启国共和谈，能够把和谈这种政治精神重新带回我们阶级斗争对垒了65年的政治现场，真正展现两岸政治家们面对民族大义时超越党派利益的政治勇气。

65年来看到的总是政党捕获国家的结果，但就是看不到中华民族的大利益，看不到中华民族建立统一共和国的大利益，看不到台海两岸民众血浓于水的大利益。我们真正回到中国传统，真正回到1949年前、1911年前、1900年前的现场，不是回到那种历史，而是回到那种政治现场，就会知道中华民族作为伟大民族的重新崛起，绝对不是在分割状态下的崛起。这是令我们痛心的国家分裂状态，我期待两岸在2014年能由具有大智慧的领导开创出中国政局的新局面。

但我相信真正站在2014年的中国大棋局当中来看香港，就应当为香港的民主发展提供更宽松的条件。因为香港这块比台湾更宝贵的风水宝地，对内地的政治改革会提供更为直接和鲜活的经验。台湾这块政治宝地毕竟隔了台湾海峡，要观摩还很复杂，还要办复杂的证件才能到台湾参观，而内地居民去香港是自由行的，"自由行"就是香港作为内地教科书最重要的便利性表现。

作用于中国政治发展大棋局的香港，对中国未来的国家局面将产生不可估量的影响。中国政治大棋局一定是民主、法治，香港同胞则为内地提供了演习、操练的场所，何乐不为？所以期待台湾和香港为祖国开辟新局供给经验。

2014年我还特别希望能在世界格局中改变中国形象，不要再只有像萨达姆这样的老朋友，还应该有更多像曼德拉这样的老朋友；也不要只有朝鲜这样老朋友式的国家，还应该有更多韩国这样的战略合作伙伴。

2013年中央召开了周边外交工作座谈会，这是新中国成立65年来的第一次。周边外交第一次进入国家决策圈的视野。进入新的一年，在国际政治视野当中，打破周边国家对中国的敌视状态，打破随时用战争解决外交争端的阶级斗争化的国际关系思维定式，切实扩展为和平主义、王道主义的国际观念，切实以德性价值优于战争功效作为基本原则处理国际关系。

从这个角度来看，中国的国内政治体制改革、区域政治改革和国际政治改革"三位一体"，一定会在2014年有所推进。到2015年再表达期待的时候，如果2014年我这样的一个低度期待归于失望的话，可能就会对中国逐渐陷入一种趋近绝望的状态。我绝不愿意如此，因而我坚定相信2014年这些期待实现的可能。

何种世界体系？怎样的中国改革？

——从《现代世界体系》① 说起

就"世界体系中的改革开放"这一命题而言，"世界体系"是一个定位中国改革开放的大背景。这一辞藻是由"知识左派"提出的。其中，沃勒斯坦的《现代世界体系》多卷本尤为知名。这是一个事实判断，不存在褒贬意味。但"世界体系"这一术语本身是有贬义色彩的，它指的是不受欢迎的世界资本主义体系。以资本主义来命名世界体系，带有明显的批判色彩和潜含的否定意味。在某种意义上讲，把现代世界命名为资本主义的世界体系或世界进程，是对现代的一个不正当概括。因为一方面这一命名对资本主义本身的轻蔑性过多，另一方面对工商业的美德太过轻视。阿尔伯特·赫希曼已经矫正过人们的这一陋见。现代工商业或者说工商业群体的兴起本身并不只是赚钱牟利，其内涵的美德也需要人们认识清楚。

上述具有特定含义的"世界体系"的提法，把内涵极为丰富的现代进程简化成一个"资本主义的"世界体系，因而也就是一个资本穷凶极恶地牟取暴利

---

① ［美］伊曼纽尔·沃勒斯坦：《现代世界体系》，郭方等译，高等教育出版社，1998年。

的世界进程。如果在这样的大背景中去理解中国的改革开放，可能会陷入严重的误区。

命题后半段的"改革开放"，对中国与世界来说都是高度复杂的事情。一个基本的判断是，中国的改革开放是融入世界体系的过程。理解这一断定，必须话分两头，一是把这一命题的"世界体系"还原为提出者的基本寓意，这个体系的原意并不指向一个值得肯定的现代世界历史进程。二是改革开放要融入一个什么样的世界体系？如果说基于权力的改革有什么思想背景的话，那就是不能再继续毛泽东的错误：毛泽东无产阶级专政下的继续革命理论不仅在理论上很难自圆其说，在实践上也很难往下推行。掌权者不得不改弦更张。权力方面更偶然的因素，就是党内政治斗争正好遇上了要在路线上作出新选择，刚性的计划经济和柔性的计划经济之间发生了政治斗争，高层路线不得不判然作别：在改革开放以前，邓小平不是市场经济导向的政治家，虽然他称不上是刚性的计划经济崇信者，但绝对是一个计划经济的信奉者。刚性的计划经济信奉者来自于马克思主义的原教旨主义者，政党绝对掌权，国家全面控制，刚性计划通过行政体制毫无弹性地向下推行。

毛泽东借助党内的财经系推行计划经济体制。邓小平在这个问题上与毛泽东有没有根本区别呢？可以说在党将市场经济写入政党重要文件之前，两者并无根本区别。还需要注意的是，其实有两个邓小平，而且都是改革的邓小平：一个改革的邓小平，是1978年党的十一届三中全会以前，更准确地说是党的十三大以前的邓小平。他1974年复出，一直到1986年，这个改革的邓小平，主要是想恢复计划经济秩序。其从恢复计划经济到认定市场经济的变化，经历了三个阶段：一是从1973年复出到1976年下台，处于治理整顿计划经济的阶段，目标是恢复计划经济秩序。那时他是计划经济的支持者，他的大脑里还没有经济的替代模式，最多只是想在商品经济方面获得功能调整的灵活做法。二是从1979年到1991年,他作为长期的计划经济崇信者,在计划经济兼容商品经济的思路上开始突破。注意,这还没有启动市场经济思路。商品经济的提法主要是根据马克思《资本论》来的。他把一种经济形态还原为基本的物质形态,提出商品是理解资本主义经济的切入口。当时邓小平认识到计划经济与商品经济并不是绝对排斥的关系。三是1992年这个关键时间起点,邓小平明确意识到,在社会主义计划经济中,究竟是计划多一点还是市场多一点,这个问题不好解决了。经济的现实困境推动他作出一个决断,就是将中国的经济形态最终坐实在"社会主义市场经济"的平台上。

这颇类似于后来江泽民的处境——在改革开放的依法治国模式殊难坐实的情况下,犹疑到底是德治还是法治更有利于治国? 他试图做到德治、法治兼得,但这两种治国模式很难兼得。邓小平在处理计划多一点还是市场多一点时也不好兼得:要坚持市场经济下的国有主导,那就属于计划经济;要在计划经济条件之下利用市场的微观价格机制,最多也就成就一个南斯拉夫式的经济社会体制。邓小平在艰难的徘徊之后,立场逐渐放松,终于决定还是要搞社会主义市场经济。社会主义市场经济对整个经济态势的影响非同小可:中国的市场经济,到今天还只能激活市场经济的微观价格活力,根本无法真正处理好所有制问题。这就是产权问题到现在还落实不了的深层原因。我们政治学可以自美的是,产权问题是只有政治学家才能解决的问题,它不是一个经济学的问题。可惜政治学至今没人提供用武之地。

直到官方确认市场经济地位,改革的第二个邓小平形象才被烘托出来。由此可见,改革属于权宜之计,完全可以说得通。在这个权变的过程中,左派史学家们的"世界体系"忽远忽近地与中国关联,但不能说是中国改革预设的目标。从总体上讲,中国的改革是假借市场经济的微观价格机制来展开的,以期解决国家权力方面聚财能力不足的问题。

严格说来,中国的改革愿景是通过政治原则陈述来替代的。原则陈述可以分为两种,一种是原来比较流行的说法,即中国特色社会主义,具体说来就是"中国特色社会主义政治"加"中国特色社会主义经济"再加"中国特色社会主义文化"。这是江泽民在党的十五大上明确阐述的原则。至于中国特色社会主义政治、经济、文化究竟是什么?就如同中国特色社会主义市场经济一直都在表述原则,但具体的制度或连续的举措,则仍在探索之中。很显然,从这些原则陈述中可以获知,中国的改革开放并不是要融入左派史学家们所批判的那个资本主义世界体系。

另一种即是"中国梦"。中国梦的准确表达是"中华民族伟大复兴的中国梦"。理解"中国梦",两个面相极为关键,一是民族主义,二是国家主义。梦想是比特色更为抽象的提法。但其中国含义的鲜明性,让人们绝对缺乏理由将之归于含义明确的世界体系。

中国的"社会主义市场经济"或更广义的"中国特色社会主义",腾挪出广阔的政策与理论解释空间。因此即使改革开放缺乏公众所能把握的直观愿景,但却回避了此前所有社会主义国家改革遭遇的种种刚性矛盾。一者,中国"特色"社会主义回避了社会主义的基本矛盾。社会主义的基本矛盾到今天还是解决不了的矛盾——所有的社会主义国家,崇拜的不是"社会",崇拜的是"国家"。人们把社会主义、共产主义等各种不同的远期愿景,与当下的市场经济实践勾连起来,成就了时下中国的"混合政体":既不古代,又不现代;既开启了现代政体的大门,又不同于所有规范意义上的政体形式。但很显然的是,它与知识左派批判的世界体系关系不大。这也是中国曾经的"新左派",力图矫正中国走向资本主义"世界体系",崇尚中国特色、强调社会主义属性的依托。二者,当然中国的改革未必完全拒斥这个"世界体系",如果说在某种程度上对这一体系有所融入,那就是接纳了全球资本主义体系在微观价格领域里寻求市场利润的回报。但我们在国家权力层面绝不改变生产资料所有制,不改变基本制度的配置结构。"东西南北中,党政军民学,党是领导一切的",就是最佳证明。

中国的改革开放有没有融入资本主义世界体系,加入世界贸易组织是值得分析的个案。一方面,中国加入世界贸易组织,可以解读为中国力图融入左派史学家所谓的"世界体系",试图通过市场力量,通过20世纪80年代叫得响的"融入国际经济大循环"到资本主义的世界市场汲取资源。但这不过是表面现象而已。虽然这个表面现象不可忽视:中国的微观价格领域的改革开放举措,是所有前社会主义国家中接近于现代市场经济的基本做法。在苏东,尤其是在铁托、赫鲁晓夫看来,中国人已经把价格机制松动到令他们匪夷所思的地步。当年列别尔曼关于国有企业是否可以盈利的讨论,曾经引起苏东经济学界公开、广泛而激烈的争论。其时封闭保守的中国反倒没有啥反应。直到中国启动改革开放,才编辑出版了列别尔曼讨论集。试想,社会主义国有企业要盈利,这还不是融入资本主义世界体系的表现?

但国有企业盈利属于什么性质?是资本主义的还是社会主义的?又分配给谁?是国家还是工人呢?这对列宁-斯大林式的社会主义是两个硬得不能再硬的大问题:第一,对社会主义国家来说,国有企业盈利算不算是剥削?第二,一个更大的问题是,工人跟国家分利,怎样才能厘清他们的利益,而不至于因利生隙呢?中国把解决这一难题的原则说得很清楚,那就是国家、集体、个人利益三兼顾。但说得容易做到难:中国在刚刚改革开放的时候,要不要发奖金就是经济学激辩的问题之一,这是一个由严峻的现实问题引发的经济理论问题。在今天来看,苏东走不下去的问题,对中国来说实在显得太容易解决了,时下中国工资和津贴的倒挂,突破国家的基本工资制度已经不再是什么经济政治难题。从形式结构上讲,中国的改革开放,既在世界体系之中,又在世界体系之外;它似乎朝世界体系敞开而努力融入世界体系,但同时又由国家权力强力拒斥接受世界体系的微观价格机制之外的所有一切。因而,中国的改革开放最多只是中立意义上的世界体系的一个特殊组成部分。

人们认定不能在知识左派的"世界体系"中审视中国的改革开放,最重要的理由有二:一是国家权力与举国公众并不愿意接受由资本打开的"世界体系"。经由资本打开的"世界体系",也就是知识左派那个特定的"世界体系",在最初都携带着军事暴力。战争、征服、掠夺等罪恶记忆,是所有后发现代国家挥之不去的噩梦。资本的世界体系之得以建构起来,就抹不掉这些罪恶;必须脱开资本的控制,世界体系的建构才具有正当性。也只是在脱开资本的猖狂牟利的狭隘国家利益之后,一个较为规范的、易于为后发现代国家接受的现代"世界体系"才浮现出来,这个体系是所有现代国家之完成现代蜕变的预设前提和基本标志:市场经济、民主政治与多元文化。

在规范的意义上,市场经济一定需要与立宪民主匹配,而这样的制度匹配在中国落地生根尚需时日。如果说规范的世界体系是一个平等的世界体系,而不是知识左派颇为不满的那个不平等发展的世界体系,那么世界各国结合自己国家的国情去实行相关的制度配置机制,就是大势所趋。由于中国的改革开放一直徘徊在产权改革的大门之外,因此规范世界体系的经济结构就被中国拒之门外。由国家主义经济导向所塑造的中国"市场经济",确实获得了产品终端交易的高额盈利。在这一点上,中国的改革开放确实算是当今世界体系中的一个组成部分。但如果将产权与合规市场联系起来看,中国似乎还不情愿将之作为自己实践的市场经济的重头内容。正是取决于这一点,中国的改革开放,尚未由此门径通向民主政治与多元文化。

更为重要的是,由于中国市场经济的刚性政治特点,中国的政治体制与文化机制与之的适配性程度明显需要提高。人所共知的是,由于经济、政治与文化之间的适配性程度问题,中国的意识形态波动周期非常鲜明地呈现在人们面前。而且波动频率之高,远甚于人们熟知的"七八年就来一次"——思想运动基本上三年一小次,五年一大次。1978年改革开放因"求是派"与"凡是派"之争而起,20世纪80年代初期国门该开还是该关引发争端,随后发生反精神污染运动,1989年出现悲剧性事件,20世纪90年代初期出现姓社姓资辩论,随后发生所有制大论战,到1998年自由派和新左派之争白热化。随之诸侯经济和诸侯政治引发一波振动,接着国有企业的转制问题又带来一波振荡。这样的波动频率,既说明政策的稳定性难于保持,也说明公众的认知分歧巨大,更说明中国远未凸显众所认同的现代愿景。

有人善意劝告中国启动思想市场,以便化解这些难缠的矛盾。但问题在于,党内路线之争、学界左右之争、官民关系之争重重叠加,很难开展有效的思想交锋。国家权力常常居高临下,震慑各界,让本来可以化解矛盾的社会争执被强行压制下去。当然这样是有效维持住了国家的稳定局面,但中国改革开放的宝贵共识,在推动勉力致富的短暂阶段以后,便很难达成更新的共识,以为改革开放提供崭新动力。

如果设定中国的改革开放是有效融入现代规范世界体系的话,那么人们就必须解释清楚这个世界体系的结构状态。"世界体系"应是超越左右立场的一个现代愿景。但实际上左右似乎都拒绝这一超越性的世界体系说辞:左翼认定世界体系就是"资本主义世界体系",对之充满敌视;右翼将市场经济、民主政治和多元文化的规范模式作为中国融入世界体系的刚性前提,充满对现实的否定情绪,让权力方面充满警惕。人们并不注意吸纳中国改革开放的经验事实,并循此路径给出一个各方都可以接受的解释。这是面对中国深度改革,经济学界比较失语,法学界、政治学界更加失语的原因。关键的问题是,如果我们要真正认取一个非左非右的世界体系,这个体系一定与强加极大不幸给中国的"西方"保有相当距离。但也需要理智确认的是,这个世界体系一定是自1491年以来那个被人们命名的世界体系。这个体系既是规范世界体系的知识命题和知识来源,也是我们据以做镜找到我们愿意进入其中的那个世界体系不可或缺的参照坐标。从规范意义上讲,中国的改革开放必须要有一个规范的世界体系作为愿景,否则改革开放就失去了它的导向性。为什么改革开放一直给不出权力期待之外的公众愿景,是因为有人始终拒绝被纳入到规范的世界体系中。改革开放40年来,一直尽力凸显的是中国特色,如果不将中国特色现代化这一命名后面的现代属性鲜明突出出来,那就是以特殊主义来抵抗世界主义,这就与改革开放的初心相悖了。

中国的改革开放定位,必须具有现代的规范内涵。这个现代规范体系,从应然的意义上讲,不仅不受西方经验局限,也不受中国历史规定,但同时又跟中国和西方的经验都有关。它超越于具体经验,而凸显出抽象但可欲的现代结构,这类似于柏拉图所讲的理想国:它会诱导经验的发展,但不拘泥于任何实际的经验。因此必须在共同价值与中国特色两个端点同时着手,才足以准确理解中国的改革开放。任何只从一端入手定位中国改革开放的尝试,都是落于一偏的做法。

中国的改革开放存有某种隐含的努力目标,它能不能被纳入到规范的世界体系之中呢?改革开放隐含的基本目标是强化执政党的领导。从表面上看,执政党的长期执政与改革开放的直接目标,也就是权力分享与利益共享之间是存在矛盾的。从深层次上看,化解这样的矛盾,是中国改革开放真正渡过深水区的前提条件。

规范世界体系最重要的现代特征,其实就是经济领域、政治领域与文化领域的权力分享与利益共享。一个强化的、单一领导集团的权力诉求,面对多元化的经济领域里的权利现实，可以想知，需要多么艰难的磨合，才足以形成共享机制。政治领域的集权冲动与经济领域的资金外流，已经激发出再次强调"企业家精神"的重头文件。其中，还是不同力量间的博弈在发挥催化作用。在解释中国改革开放成功之道的时候，有经济学家说县域经济竞争的模式是中国改革开放的成功动力。在我看来，这样的看法没有看到县域以上权力的高度集中。从某种意义上讲，中国体系的运行跟规范世界体系的运行并不是相向而行的。下落到生活方式来讲，国家对公民基本生活的规划一直没有改变过。规范世界体系中强调的文化多元和宽容理解，仍然需要艰苦的努力，方有期望。毋庸讳言，中国一直存在着一个由国家权力强力主导的生活模式，那就是国家给定的高度一元化的生活模式。实践这一生活模式，就是一个没有新生活运动命名的新生活运动。这与现代世界主流的多元生活模式存在的差距不言而喻。

中国看来还没有融入这一规范世界体系的自愿意欲，而这一世界体系对中国改革开放的容纳似乎也日显坚硬。但人们是不是有理由断言中国的改革开放与规范的世界体系渐行渐远呢？未必存在这样的理由。尽管中国的改革开放还没有融入世界体系，但改革开放和世界体系的关联性却不容轻忽。实际上，中国的改革开放随时随地在以规范的世界体系作参照，而一个完整的现代世界体系也无法在缺少中国参与的情况下呈献给世人。因此只要世界体系不专属于西方国家、不专属于资本主义，中国就会与这一世界体系保持近距离的接触，并且逐渐融入其中。兴许，中国改革开放的最终成功也就因此奠立？！

通向"后西方时代"的全球秩序

——读《中国之治终结西方时代》①

巴西学者奥利弗·施廷克尔的近著《后西方世界》问世不久,很快它的中文译本《中国之治终结西方时代》就出版了。这个书名在网上有些争议。因为原书的全名直译成中文,应当是《后西方世界:新兴大国如何重塑全球秩序》。在书中,作者确实是针对主要的新兴大国展开论述的,起码金砖五国,包括作者自己的祖国巴西,都在论述的范围之中。不过,翻看全书,读者也会发现,作者论述的中心确实是中国,因此中文本的书名也说得过去。

一看这本书的篇章结构,读者就会有一种熟悉感。这是近年读者耳熟能详的一种叙事进路。这种叙事与人们的经验感受较为切近,因此很容易为读者所理解和接受。通览全书,在结构上可以分为三大块:一块叙述西方崛起而建立"西方秩序"这个时间节点前后的历史。另一块叙述以中国为核心的新兴大国的崛起所导致的权力迁移,重点落在中国在硬实力、软实力上的迅速增长。并且在中国崛起的叙述中勾画中国在金融、贸易和投资以及安全、

---

① [巴]奥利弗·施廷克尔:《中国之治终结西方时代》,宋伟译,中国友谊出版公司,2017年。

外交和基础设施上如何引领国际新秩序。再一块叙述后西方时代的来临,以及以中国为核心的新兴大国如何凸显其国家力量。全书带了一个小尾巴,但这个尾巴很重要,它隐藏着作者撰写此书的另一个目的,那就是在强烈期盼后西方时代降临之时,对新兴大国的隐忧袒露无遗,从而给出了新兴大国真正重塑世界秩序的种种条件。这正是作者此书严肃性的一个表现。如果全书只是轻轻松松表达新兴国家顺畅崛起,而且轻而易举地重塑了世界秩序的话,那么这本书就不值得重视了。

全书有一系列提法颇具启发性。尽管这样的启发并不为本书独享,而是一种为今天东西方社会都越来越重视的广泛看法。但这本书以中国为核心加以重述,还是让人为之怦然心动。一是作者对现代世界秩序的基本陈述模式严重不满。这种陈述模式就是人所熟知的西方普遍主义、非西方特殊主义,西方国家似乎天经地义地居于主导世界的地位。其实,这种中心–边缘的陈述,在非西方国家中也存在。因此一种多极化的陈述模式才是一种趋近真实的陈述,也才更有利于维护世界和平。

二是作者明确提醒读者留意,非西方行为体在国际政治、角色扮演和全球公共品供给上,发挥出愈来愈重要的作用。因此在一种"受控性对抗"的国际格局中形成的"不对称双极性"会对全球秩序发挥重要影响。

三是经济上已经出现不同于西方阵营的"其他势力",中国便是其中的代表。当下有人认为,这些新兴大国势力远不足以成长为一个像美国那样的全球性大国。但作者坚信,像中国等新兴大国,在硬实力日强、软实力随之硬起来的时候,一定会改变今天的国际局面。

四是新兴大国尤其是中国,正在国家迅速发展的进程中,默不作声地打造与现行国际秩序同时发挥作用的"平行秩序"。目前这一秩序还没有直接挑战西方国家塑就的既定秩序,但假以时日,或许挑战是不可避免的。像金砖银行、亚洲基础设施投资银行、世界信用评级机构、中国银联、人民币跨境支付系统、金砖国家间组织,将会发挥重塑全球秩序的作用。

五是新兴国家尤其是中国,目前还没有与既定全球秩序直接对抗的打算,而仅仅是想改善自己国家在国际组织中的处境,或寻求优化国际组织的国家作用。但一种"既不对抗现有秩序,又不全然加入其中"的策略,新生了一种在国际组织中灵活选择的秩序观。

六是中国的迅速发展,一定会促成一个重心偏向中国的亚洲,中美之间的摩擦一定会增加。不过亚洲国家对中国经济发展的倚重,不会促使这些国家反对中国,美国遏制中国的战略难度明显增加。中国能否在内外挑战中接过引领全球的角色,已经成为一个促人思考的现实问题。

这本书处处不加掩饰地向人们指出,西方中心主义确实已经是明日黄花。多极世界的出现让在西方中心主义基础上生成的全球秩序无法轻松快意地维持下去,"替代秩序"正在浮现。在这一变化过程中,对西方国家建立既定的全球秩序所留下的历史劣迹,以及在建构相应秩序时表现出的种种傲慢,必须毫不留情地指斥,并坚定超越西方的决心。当下西方一定也要认识清楚,由于非西方世界的迅速发展,它们已经不能再粗率地行使管理全球的权力,而必须寻求新的合作机制,适应后西方时代的到来。

从历史的视角看,西方国家建立的全球秩序,忽略了两个基本历史事实:一是西方文明有其东方源头,二是欧亚势力转移不过是一个历史阶段意义上的发展结果。看不到这两点,导致了西方国家的狂妄自大,自以为自己天生就是领导世界的力量。西方的这种现代自大,犹如中国的传统自大一样,都需要在多极化格局中予以矫正。只是相比较而言,由于西方国家的现代自大直接影响当今全球秩序的理性建构,其矫正的必要性就显得更加紧迫。尤其是在非西方国家引人瞩目地获得当下的长足发展之际,西方国家的既定全球秩序观就更显出重塑的现实必要性。

　　全书的叙事最支持中文译本译名的理由，就是作者特别强调的中国崛起之作为"经济多极化进程中最核心的要素"。中国成为这个核心，首先与中国国内生产总值持续的高速增长有着密切关系。其次则与中国近期的发展路向紧密相关：绿色中国呈现出一种更健全的发展理念，应对人口结构压力的举措让中国适时调整有关政策，整个国家的创新能力在明显提升，而流行的"中国崩溃论"一再不攻自破，中国一直在努力管控经济转型的风险。这些因素，都可能是维持中国继续增长的动力。最后与中国尽力改善国家软实力的努力相联系。中国等新兴国家都在努力改善国家形象，着眼于设定新的全球议程，打造全球顶尖大学，更将这些尝试与新兴国家间的合作机制建构联系起来，促使国际贸易与外交关系出现新的苗头或发展路向。

　　很显然，作者力图向人们表明，后西方世界已经浮现：迅速发展的新兴大国，正在广泛质疑既定全球秩序中西方国家的特权，一种全球竞争性多边主义日益主导这些国家的国际思维。而中国在取得更为引人瞩目的发展的基础上，在国际社会中的表现让人投下期许的目光——在利马、在达沃斯——中国领导人对全球化所表现出来的积极态度，远远不同于西方国家领导人那种对全球化的抗拒姿态。金砖国家表现出的金砖力量，以及中美建立新型大国关系的进程，都让人对后西方时代的全球秩序心怀期待。这可是近二十年前国际社会没有认真思考过的问题。

　　在一种主旨明确、论述审慎的写作策略中，作者对新兴大国重塑全球秩序的前景表达了一种克制的态度：一方面他明确设定了"中国会接过引领全球的角色吗？"这一论题。另一方面他又明确指出，不仅中国，所有新兴大国都面临一个爆发式增长之后发展变缓的挑战。经济的持续发展与政治上的走向不定，增强了人们对新兴大国重塑全球秩序的忧虑。他尤其中肯地指出了中国发挥前述的国家作用"面临的内外挑战将是艰巨的。中国要做的并不是独自应对世界上最复杂的挑战,而是要建立起维持尽可能包容的秩序,避免别人担心中国的崛起"。这是对中国确定国家崛起战略之后发挥国际领导力的一个考验。一扇通向后西方时代全球秩序的大门已经打开,但前路似乎还需要进行艰难的清理。作者的这些分析,倒应了中国一句老话,新兴大国尤其是中国,要重塑全球秩序,"前途是光明的,道路是曲折的"。

读书

帝国重述或万国自述：
中国叙述的政治决断
——评《枢纽：3000年的中国》

　　施展这本书的试读本书名是《重述中国》，比正式文本的书名《枢纽》①要克制许多。不说书名问题，直接就这本书的选题来讲，"中国"当然是值得系统探讨的重大话题。因为自近代以来，"中国"就没有得到很好的叙述。无论是从历史的维度，还是哲学的维度，抑或是政治的维度，何谓"中国"的宏大叙述基本都是缺席的。就此而言，施展这本书值得读书界重视。

　　以"枢纽"重述3000年中国，无疑让作者的著述野心暴露出来。在当下中国需要宏大叙事，以匹配国家发展的宏观谋划需要之际，这种著述野心本身需要得到有条件的鼓励。但同时又需要在中国之作为一个国家、一个国际社会成员的两个维度上保持一种理性的警惕性：既尝试对中国大历史进行崭新叙述，以免除古代史意识形态和近代史意识形态对中国叙述的严重干扰，又给国际社会打开一扇理解中国的学术窗口。同时杜绝将中国叙述定位于帝

---

① 施展：《枢纽：3000年的中国》，广西师范大学出版社，2017年。

国的重述，明示或暗示唯独只有中国才足以拯救全人类。从而理智地将中国定位在万国时代之一国的自我叙述上面，让一个具有自信心而又愿意与各个国家平等相处的中国可以被力透纸背地刻画出来。设定这一不可小觑的前提，是由于崛起的中国不应在历史叙述上引起国际社会的不安，不能将相关著述仅仅作为"激发国民信心、振兴国民道德"的工具，不宜将中国与世界的现实错位磨合书写为中国拯救世界的宣言书。相反，应当充分释放、展现中国作为一个现代国家对自身发展的理性谋划、对国际社会的善意。这是当下中国处在一个究竟是谋求帝国重建、抑或尝试成为国际社会平等成员的政治决断所注定要确立的基本预设。

施展重述中国的尝试，具有学术上的宏愿。撇开潜藏在字里行间有些相互冲突的政治意欲，在学术上的表现有不少可圈可点之处。

第一，该书象征着汉语学术研究的宏大理论回归。近三十年，也就是从1989年以降，中国学术界以细微专精的学术研究为主要取向，明确拒斥所谓闳大不经的思想取向。自那时起，以《学人》杂志为代表，将思想认定为空疏幻想，吁求回归严谨的学术。①中国学术风气骤然间从宏大思想转向细微学术。这种学术风气与其时中国现代转型的戛然而止相伴随，显示了一种迥然不同于"八十年代"的精神气象和社会景观——在精神气象上，关乎中国现代转型的宏大思索为学术的精雕细琢所遮蔽；在社会景观上，曾经鼓舞全民族的理想主义改革开放，急骤地转变为赎买式的改革开放。这一急遽的变化，造成曾经蓬蓬勃勃的中国现代化过程偃旗息鼓，中国人的现代愿景不再是人们热衷谈论的话题。

新世纪以来，倒是迅速兴起了以古典学为面貌的中国宏大叙事。但一个

---

① 参见陈平原、汪晖、李中华主编：《学人》(第一辑)，江苏文艺出版社，1991年。

明显的矛盾是中国古典的知识重述仰赖的观念资源却是西方古典学。因而谈论中国问题颇有隔山打牛的不良印象。怎么站在中国的立场上缕述中国千年历史的变化,就是那"三千年未有之大变局"的变化,成为学术界不能够回避的问题。

施展是在走出细微学术、回应宏大话语需要的情况下,动用多学科资源为中国叙述建立一个宏大框架。从表面上看,他以历史哲学作为重述中国的知识桥梁,但实际上是想解决"中国向何处去"的问题,甚至是想同时包办中国叙述与世界谋划这两个重大问题。所以他的著作可以说是近三十年潜蓄的宏大话语能量的一次释放。需知,只有宏大叙事才能解释中国惊心动魄的巨大变化。中国三千年的来龙去脉,中国自改革开放以来的炫目变化,中国与世界关系的复杂现状,自晚清以来都缺少宏观总体的叙述。施展此书,可谓补缺。在中国免于回应国家救亡问题,并以启蒙跟随者的心态对己对人,未来愿景仅只挪用的情况下,这种宏大叙述,很难浮现出来。今日中国走出了国家危机状态,确实到了一个理性叙述历史源流与内外关系的时候了——施展以封建社会、豪族社会与平民社会叙述"作为'中国'的世界",以帝国余晖、现代平民社会建构和经济崛起、精神自觉勾画"内在于世界的'中国'",[1]确实大开大合、大起大落、大笔挥洒。这多少让人感觉到一种"八十年代"的气象。

第二,该书是以现代知识话语进行中国知识叙述的可贵尝试。如果再说得俗套一点,就是以西学为理论背景来陈述中国问题。这与拒斥"仿照西方叙述中国"似乎有点矛盾,但稍加解释就容易理解了。中国遭遇西方、中学遭遇西学,是中国新型国家、新型学术兴起的重大机缘,因此机械仿冒西学自不

---

① 参见施展《枢纽:3000年的中国》全书目录。

可取,但兼综中西方学术的努力则非常重要。

这种综合已经经历三代,呈现三种状态:第一代的重要代表是熊十力,尝试以中国传统话语谈论中国现代转型,但很难给出一个普世主义的中国叙述。汉语学术界断然区隔为西学归西学、国学归国学的状态,绵延长久,迄今未改。做国学的,西学根底不够,他们的知识叙述之现代性是比较弱的,常常变成小圈子的自言自语和互为欣赏,无法呈现普遍主义的现代知识话语;面向海外也仅限于小圈子的汉学家群体,并未提供国际学术圈以现代知识话语。

第二代直接以西学为背景表述中国问题,代表人物是刘小枫。他的中国问题意识和中国问题争辩是明白无误的,但其中国指向几乎采取的是隔山打牛的做法,即以西学暗喻中国。他先前的论敌、目前的论友蒋庆,曾经讲刘小枫谈西学很精彩,谈国学不敢恭维。这不只是对他个人的评价问题。这样的断言是对这一代学人缺失明显的知识处境一个真实的描述。这一处境使得中国宏大知识建构缺少可靠且可信的国家叙述,当然更缺少普遍主义视角的国史话语,知识创造也就浮不上台面——其西学对西方谈不上学术增量,其国学则支离破碎到完全无法创新。

施展的论述属于第三代的中国叙述。在中国特殊主义和西方普遍主义区隔之外,这一代学人尝试对中国进行直接的普遍主义言说。施展以黑格尔主义的叙述模式作为中国叙述的进路。①这是一个普遍主义加理性主义的叙述范式。但其叙述方式不是以黑格尔主义影射中国,而是将之作为中国重述的历史哲学和语言表达的模式。这样的中国国家叙述,即便还有些生硬,但是可以倡导,因为它体现出中国叙述的中西知识整合意向。

---

① 在《枢纽》的绪论中,施展就直接将黑格尔的《精神现象学》与《历史哲学》作为自己切入中国历史的精神现象、建构中国历史哲学的理论支点。参见该书第6~11页。

第三,该书尽力打破一般的碎片化中国叙述模式,尝试展现一种新的、宏观总体的中国叙述方式。坊间流行的中国叙述,一般是就历史谈历史,就现状谈现状,就未来谈未来,缺少一种历史贯通感与当下亲证性。对中国重述来讲,一般历史学家,尤其是没有历史哲学志向的历史学家,大多满足于陈述关于中国的历史知识。创新性顶多体现在表达方式上,或归通鉴体,或属纪传体,或尚纪事本末。人们常常把历史作为一面镜子来对照,所谓"读史使人明智"。但忘记了历史直接渗入当下的连贯性——历史的演变关乎过去叙述、当下理解与未来愿景的直通进程。施展在这方面作出了可贵的努力,尝试提供一个将过去、现在与未来,中国、外国与世界关联的"中国"图景。他"贼胆很大",一般人不敢做这个事情,在专业学术界待得越久越不敢做这样的事情。中国的宏大叙事,也就是连接过去、现在与未来的尝试,长期只在微观层面上存在,即就一人、一事、一物贯穿古今。施展的目的是要建立一种关于中国的贯通性历史哲学,气势很足。"超大规模""自成体系"是为施展中国叙述的重要支点。中国不独大陆文明特征突出,也具海洋文明特征,更构成连接海陆文明的"枢纽文明"。中国文明天生就要为世界文明承担重大责任。[①]这种历史哲学论述并不必然保证历史事实的真实,其叙述受制于历史哲学的价值取向,施展可以依据自己的宏大叙事来为其写作进路提供自辩。

毋庸讳言,《枢纽》也存在一些需要商榷的地方。施展的中国叙述所采取的历史哲学路数,永远不可能讨巧又讨好。一般而言,任何宏大叙事,只要脱离了它的基本预设,可以说就有些不值一提的不堪。不是说这本书就没有价值了,而是在各种不同预设基础上的中国叙述,以及由此引发的争端,会让人们觉得相关论述与真实中国的游离性。但激发争论也许就是施展这种尝试

---

① 施展:《枢纽:3000年的中国》,第8页。

的最大价值。由施展此书可以提出一些关乎中国叙述的重大问题,可以激发大家思考。

首先,施展阐释的中国叙述的一个基本预设,可能与中国历史的真实状态不太符合。施展强调,中国是一个有自己内在体系的存在,因而在卷入世界和将世界卷入自身时,都是一个"自变量"。这一断定不符合作为复合文化体系的中国历史真实。姑且不说整个古代历史,中国与外部世界,至少与边疆地区的复杂互动,如何有力地塑造了"中国",即便收束眼光,从晚明到今天,中国对世界明显就不是自变量,而恰恰是一个应变量。

近代中国是被动卷入世界现代进程的庞大国家,其进程惊心动魄、激荡人心、复杂无比。但它不是自变量——整个现代愿景由西方人提供,现代体系、未来愿景也是由西方人呈现的。把中国视为自变量,就会陷入深刻的历史哲学矛盾——中国是全方位仿造西方框架体系的自变量。唯有设定中国内部因素引发其现代变局,中国才是自变量;而由外部因素引导的中国现代变迁,中国就成为应变量。自视自变量,忽略应变量,由此展开的中国历史叙述,可能会扭曲中国的真实状态。表现之一就是施展使用的"平民社会"概念。施展分别在古今两个维度使用同一概念:传统社会所指是经由封建社会、世族社会或豪族社会而落定为平民社会,其论述背景是中国社会。中国古代社会确实长期从平民中选拔政治精英,但这个社会能不能被命名为平民社会是大为可疑的。现代社会所指是中国经历革命以后的社会。在某种意义上,共产党的人民主张确实是以平民为导向的,"人民共和国"的国名也体现出这一点。但今日中国是不是平民社会,应当别论。一个英雄建国、精英治国的国度,是一个平民社会吗? 最关键的是,平民社会肯定是一个现代性的概念,它怎么可能定位作为自变量的中国社会特质呢?

以西学概念陈述自变量中国,在多大意义上还能保持中国的本真性,是不是会把中国叙述切换成另一种西方宏大理论,这是需要审慎以对的问题。进而言之,以民族国家作为中国叙述的国家背景,却用帝国的影子罩住中国的国家叙述,两种不同形态的国家如何可以融洽地构成一种中国叙述的组成部分?一种豪气干云天的叙述冲动,可能会将中国学术安顿在现有秩序和谋划"中国的"世界秩序的矛盾基点上:就前者,中国就成了作者所拒绝承认的应变量,而不是自变量了。就后者,中国就成了完全自足的自变量,而不是属于目前世界的一部分了。当作者认定中国自有内陆、边疆、海洋等多向度空间结构要素的时候,自变量的论据倒是有了,却将中国塑造成了自足的帝国,不假外求不说,而且外部世界必须适应中国的变化与需要。当作者认定中国必须走上现代国家的建国道路,建构不可避免的立宪秩序的时候,他又转回到中国作为应变量的后发现代化国家的论述上来了。这是一种两头不着岸的帝国与民族国家论述。其中,现代主流的历史哲学观与黑格尔的历史哲学处在一种交战状态。①这让作者既无法挣脱牟宗三式自我辉耀的历史哲学,也无法与黑格尔自诩终结者的历史哲学区别开来。

其次,施展在意图伦理上为德性保留了一个位置,但是在实际历史叙述中的反德性却表现得非常突出。从历史的角度看,为施展看重的汉地文明、中原文明,成为他刻画中国文明的核心寄托,这是中国人或者汉人自美的历史哲学建构。不要忘了,即使汉人创造了宋代文人统治的辉煌,其中也充满着蛮性。汉人或中国人的殖民史、征服史,是理解内陆与边疆关系一个不能忽视的要点。宋代"壮士饥餐胡虏肉,笑谈渴饮匈奴血"的豪言,多么血腥,令人心惊。这恐怕对内陆边疆的"外族"不是一个温馨的记忆。论者曾将中国文化说成是一个"漩涡机制",它对内陆边疆、外部世界的收摄,依靠文化卷入而

---

① 比较施展《枢纽:3000年的中国》上下两编,就可以看出这种交战的难以化解。

不是军事征服。此说有理。但如果站在被卷入者的立场理解卷入，卷入的道德性和必然性未必就比卷入的野蛮性与偶然性强。远的不说，仅就东北亚的历史而言，我们理解朝鲜人、韩国人和日本人对东亚古代史的不堪论述吗？我们理解越南人对"抗击来自北方侵略的历史"的叙述吗？一种历史悠久的文明，一定是仰仗文化与军事的双重力量方得其久大，撇开后者，仅及前者，不是一种完整的历史书写。①

我们把中国历史写得温馨无比，然后一下子跌入近代被动挨打的悲壮叙述，好像这就占尽了道德高地，具有俯视天下的德性优势。其实，仅仅对汉地文明进行浓墨重彩的叙述，对中原文明的征服者记忆有意无意抹杀，其中蛰伏的中国历史叙述之阴暗面，总是会被人发现的：从低处或保底的角度看，这样的叙述只是在捍卫中国，避免它走向崩溃。这是一种自保的说法。从中间可能性看，则是希望中国接受现代国家主流方案，成为正常的国家。这是一种自强的说法。从密不告人的高点上看，有一种走向蛮性德国的强烈愿望，不惮向世人伸张一种"唯有中国"的张狂理念。②不要忘了，德国人的历史哲学叙述是最棒的。黑格尔的历史哲学最后就落在日耳曼呈现的世界精神这一目的性上。但德国留给世人的现代化记忆也是最惨痛的。

自然，国家的叙述不一定是国家主义的，国家主义的叙述也不一定是帝国主义的。但是如果国家主义的叙述，止步于世界历史而走向单一国家史，

---

① 就此而言，施展似乎没有对历史学家的中国叙述给予应有的重视。参见葛兆光：《宅兹中国：重建有关"中国"的历史论述》，中华书局，2011年；姚大力：《追寻"我们"的根源：中国历史上的民族与国家意识》，生活·读书·新知三联书店，2018年。

② 施展在书中尽力避免人们对其中国叙述的不良想象，尤其是在当今时局下勉力规范他所称颂的中国。但人们似乎在其中仍然可以发现马丁·雅克在《当中国统治世界：西方世界的衰落和中国的崛起》（参见张莉中译本前言，中信出版社，2010年）一书中展现的充足自信心。如果不是施展在《枢纽：3000年的中国》一书第七章揭示的中国经济崛起，当代中国会给他重述中国的想象动力吗？这对施展是个问题，对马丁·雅克也是。

并且由单一国家呈现人类精神,这样的国家主义就是帝国主义的、吞噬性的。当施展在书尾宣誓:"归根结底,中国作为一个世界历史民族,决定了,世界的自由将以中国的自由为前提"①,这一小段黑格尔色彩鲜明的话语,简直就直接宣告了中国之作为世界"黑洞"的存在特质。需知施展的这一宣告,仅仅建基在渲染中国的物质实力增强的基础上。假如中国的国家综合实力更加强大一些,施展的宣告岂不比目前还要强横自负?! 国家的德性因素到哪里去了?!

再次,施展自我剖白,他努力在中国叙述时保持方法上的清晰与连贯一致。但做到这一点谈何容易! 施展的中国叙述,类似以往,基本还是分为两截:一是基于事实的历史叙述,二是基于愿望的哲学表达。因此,施展的历史哲学论述,先切成了历史与哲学两块,历史叙述归历史叙述,哲学叙述归哲学叙述,然后做了一道加法,将历史叙述与哲学叙述变成了历史哲学。这种类似于三段式的进路,可能造成一种麻烦:为了保持中国叙述的一致性,在历史叙述的时候,可能强行将中国叙述纳入一个整齐划一的框架,对不可能连贯一致、内部充满了高度张力的动态中国缺少关照。试想,3000年的中国如果没有高度张力,哪会有如此绵长的中国历史,而毫无意义寄托的历史中也不可能容有政治动能。消解了历史的矛盾性,中国历史岂不成为一部顺流而下的平淡无奇的流水账?

施展对中国的实际叙述,历史哲学是其表,政治哲学是其里。②一个自变量的中国,当然有利于历史哲学的叙述。但一个应变量的中国,需要引入政

---

① 施展:《枢纽:3000年的中国》,第660页。
② 施展在全书的收尾处,鲜明表现出这一特点。他的中国叙述并不限于中国秩序的历史陈述,而希望就此勾画全球的政治秩序。参见《枢纽:3000年的中国》第八章第三节"'中国的世界'与'世界的中国'的合题",第636页及以下。

治哲学才能表述。由于在中国从自成世界到内在于世界的巨大变化中,插入了一个因内外部刺激诱发的长时段革命,就使施展不得不在历史哲学叙述与政治哲学论述之间勉力摆平:作为革命社会的中国,其世界社会想象远超国家想象;重述中国,国家想象必须重于世界想象。这就构成一对矛盾。这是施展力图解释中国革命必然面对的内在张力——作为世界革命的一环,中国就成为崛起的新型帝国的一部分,由此失去了国家叙述的充分理由;作为革命的国家载体,中国的历史叙述风头必然盖过帝国机制。在国际共产主义革命中,打破民族国家界限,会让帝国与准帝国、传统的天下具有新活力。但这绝对跟中国的民族国家历史源流不相对接。于是,诉诸政治哲学的理念化思路,中国之作为万国之一的国家叙事,与中国作为帝国或准帝国的国度叙述,就在观念世界中统一起来。不过这样的统一,也只能是思辨哲学意义上的一统。一种经过正反合矛盾运动呈现的辩证法同一性,让一个国家之作为万国之一、与作为帝国的潜质两者思辨地统一起来。

但是如何避免辩证法成为变戏法,避免让历史成为任人打扮的小姑娘,恐怕是一个相关陈述的重大难题。除非为中国登高一招,否则要想免除中国叙述落入帝国圈套,或自陷全无世界使命感的万国之一国,都无可期盼。然而在迄今的现代世界历史上,没有一个民族能将其集群使命和世界使命无害地结合起来。假如中国叙述变成绝对排斥性的国家和国家史叙述,这样的国家如何加以政治限制,又如何成为世界宪制的载体?如此会不会使中国叙述陷入四不像的尴尬:说是万国之一,不成其为万国体系中平等一员;说是帝国重建,不见其领袖群伦的契机。基于此,中国叙述的政治决断霎时浮现出来——中国究竟要成为一个什么样的国家?对内,能确立万国林立时代长治久安的宪制,而给中国人带来福祉吗?对外,能免除其大无边的帝国疆域拓展,免掉欺凌小国的帝国主义吗?

施展在《枢纽：3000年的中国》第八章第一节提出的问题，"中国精神如何自觉？"[1]看来还是一个必须继续求解的难题。

---

① 施展：《枢纽：3000年的中国》，第613页。

理性反思中国文化

——读《中国文化概论》①

沸沸扬扬的文化热,正由情绪性的议论转为冷静理智的科学研究。研究需要总结,反思才能开拓。适应文化研究,尤其是传统文化研究的需要,作者通过对中国文化的历史勾勒、结构分析、价值判断、前景瞻望,对中国文化进行了理性反思,出现了不少新成果,从而填补了传统文化研究通论著作的空白。可谓中国传统文化研究的一大进展。

首先,作者分析了已有的种种文化定义的得失,提出了自己的文化定义:"文化是代表一定民族特点的、反映其理论思维水平的精神风貌、心理状态、思维方式和价值取向等精神成果的总和。"这一定义,在人类物质产品和精神产品的文化涵盖上,在精神产品的层次选择的文化走向上,给出了明确的界限,从而为进一步的分析奠定了最基本的理论原则。以此为指导思想,作者给出了"中国传统文化"的定义:所谓中国传统文化,"就是中国古代思想家所提炼出的理论化和非理论化的,并转而影响整个社会的,具有稳定结构的

---

① 李宗桂:《中国文化概论》,中山大学出版社,1988年。

共同精神、心理状态、思维方式和价值取向等精神成果的总和"。

概念明晰固然能使对象确定，然而5000年中国传统文化所提供的精神产品，其丰富程度却令人眼花缭乱，从源流上梳理出一条线索显然是必要的。作者从中国文化的流变上把中国传统文化划分为5个时期。

殷周为孕育期。作者不同意大多数论者认为的中国文化始于史前的观点，认为那是混淆了文化与文明的界限而得出的结论。理由是，中国文化的基本内容（诸如以天人合一为理论基础的先王崇拜及其相应的价值取向，以及阴阳五行学说）都肇始于殷周时期。这一时期的中国文化有着浓厚的宗教色彩。

春秋战国则为中国文化发展的雏形期。由于这一时期历经政治制度和经济制度的转换，因此出现了诸子蜂起、百家争鸣的盛况。各家既相互批判，又相互吸收，表现出鲜明的人文意识，由此形成了中国文化的基本形态。

伴随秦汉时期的一系列巨大变化所形成的官僚政治制度、经济制度、文教制度、伦理制度，则"奠定了此后中国文化的基础"。"秦汉之制，秦汉思想文化风貌，成为后世遵循的楷模"，因而带有"制度化、模式化、程序化"特点的秦汉文化，构成了"中国文化的定型期"。

宋明理学是中国文化的强化期。通过魏晋隋唐社会矛盾冲突的激荡，至宋明时期，文化总结者们自觉意识到了在思想深层强化各种制度的必要性和重要性，加强了对思辨哲学体系的营构，把外在化的东西通过理论推衍，构造了一套容含一切、整然一体的思想体系即理学，从而以其哲学理性和思辨性强化了正统思想的地位。作者把这一时期视为中国文化的强化期，是颇有见地的。

清代以降，衰落中的中国文化在经受了早期启蒙的阵痛之后，又遭受了列强坚船利炮的打击。然而由于历史的回流，中国文化仍处在转换—适应—

创新的漫漫过程中。这一过程，恰如作者所指出的，是以"死的要拖住活的，新的要突破旧的"为特征的，它是中国文化的转型期。通过对中国文化流变的勾勒，作者抽绎出了一条中国文化发展的线索，为我们深入中国文化的殿堂，提供了可资参照的全景图。

我们知道，以历史为基点，以文化的诸环境要素为自然背景，以文化的具体内容为对象，视一文化系统为整体结构进行解析，是文化研究的主要方法，是吸取既往之精华，建构今之大厦的前提条件。作者从历史源流上通观了中国文化以后，自觉地在文化理论的引导下，花了很大的篇幅，极其详尽地条分缕析了中国文化的主体内容及其结构，为我们从思想文化发展的各个横切面上把握中国传统文化，为我们掌握中国传统文化的基本精神，正确处理传统与现代的关系，提供了根据。

中国文化是否有其独特的发展道路，何以形成其独特性？作者没有轻率地回答这个复杂的问题，而是从中国特殊的地理环境入手（一面临海，三面环山的封闭环境；水网交织而导致的源远流长的治水平土活动等），指出由于这些条件的作用，区别于古希腊罗马进入文明社会的方式，中国是以"加强公社组织形式，以血缘关系为纽带，发挥集体力量，通过治水发展农业生产的途径进入文明社会的"。因而，中国文化打上了先王崇拜和血缘心理起支配作用的烙印，走上了一条特殊的发展道路。由此，作者分析了中国社会特殊的经济结构和政治结构，指出中国封建社会的经济是个体农业和家庭手工业的结合，家庭是实现社会再生产的基本单位；其所有制形式是地主经济和小农经济的结合，是土地国有制和私有制的结合；其经济构成部分的倚重偏向明显，"农本商末"的思想贯穿始终，封建经济正是在"地主经济和小农经济的互为盈缩的运动中缓慢发展的"，难以迈入现代的门槛。相应地，中国封建社会的政治结构，也就必然以经济组织形式而形成的宗法制度为其

140

基础——"以宗族伦理为本位,以官僚制为骨架,以君权至上为核心"——作者这些分析是透辟的。

进而,作者对作为中国文化最深层面的中国哲学中那些有代表性的思想——先秦儒、道、墨、法四家,作出了细致的分析,并从各学说的流变上清理出其思想主潮。儒学无疑在最深、最广的层面上影响着中国文化。作者以"弘扬主体精神的儒家"为题,全面展示了由原始儒家至宋明新儒家的面貌,准确地把握住了儒家哲学的基本内容和基本精神。作者在说明了儒家具有强调突出政治、根植血缘基础、着眼伦理本位、发挥主体能力、侧重抑制个体、追求天人合一的共性之后,指出"从先秦到宋代,儒家政治、伦理、哲学思想的核心,是倡导对人的追求和实践"。因而,儒家总是以圣贤为理想人格,以大同为社会理想,强调三纲八目,内圣外王,正己正人,成己成物,穷独达兼。区别于儒家的道家,虽历经老子的"无为"到庄子的"逍遥"再到黄老道学和玄学的嬗变,但一直维持着"不为物役"的基本信条,其人生哲学所倡导的不以物累形、返璞归真、无为无不为、不为人先、与时迁移和功成身退等,一方面与儒家迥异其趣,另一方面虽带消极面却又阻止了宗教的泛滥。由此,作者指出儒道在中国文化中之能互补的内在原因,进而揭示了儒家在总体特征上的阳刚、人生态度上的进取、政治嗜好上的庙堂、人际关系上的群体和思维方法上的肯定,道家在相对应的层面上则具有阴柔、退守、山林、个体和否定等特征,二者相映成趣,从而使"中国文化有了范围周延,层次完整,性质属于现世的人生哲学体系"。

显然,作者克服了儒学即是中国文化的惯性思维的惰性。然而是否儒道结合就全面表现了中国传统哲学与文化呢? 作者回答道,"不是用'进取'和'退守'或'阳刚'和'阴柔'就能概括儒道两家的思想内容及其特征,以及中国文化的基本精神的。相反,儒墨道法四家各有其所追求的理想人格和价值取向，在争辩中互相渗透、吸收、融合，最终凝聚为中国民族精神，转化为中国文化的深层结构"。由此，作者论列了构成中国传统文化"不可或缺"的墨、法、佛诸家的思想及其对中国文化发展的巨大影响，有助于人们全面地认识中国传统文化的面貌，为正确理解后期中国文化提供了一把钥匙。正是通过对各家各派思想的公允考察和评价，作者正确地揭示并剖析了中国文化发展各阶段所承认的共同理想人格（君子），共同价值取向（崇古、唯上、忠君、道义）以及共同的社会心理（务为治、求善、重名声等）和着重群体人际关系，重义轻利，重德轻才等，从而得以对中国文化的结构和核心作出概括和归纳。在此基础上，指出了认为民族精神要么全好，要么全坏的观点，必然导致解释和抉择的两难局面：对传统文化要么全盘肯定，要么全盘否定。其实，民族精神既包括了该民族的向上因素，也镟入有消极成分。由此，作者能富有新意地解析"以人文主义为内核"的中国文化的基本精神中包含的"光辉灿烂，催人奋进"的一面，以及"沉滞抑郁，激人图变"的一面。

其实，传统文化的研究之所以热起来，其内在动力是"中国何以落后"与"中国如何强盛"。作者从文化的物质背景出发，以制度文化为参照，以思想文化为分析核心，分析了中国文化的类型和特点、传统思维方式的特质，并以反映了制度文化和心理文化的文官制度和社会的普遍心态（先王观念与传统崇拜）为范例，着力于对民族精神的阐释，指出"以人生和人心为观照的中国文化"从古至今都有其积极面存在，需以辩证的态度对待之，而不可加以全盘否定。那么这种文化是否可以从整体上为今天的文化中国之建设所通盘接受并转化为社会发展动力呢？作者反思了五四精神，评判了当代新儒学的得失，正确地指出，东西文化的激荡、西方物质文明高度发展而导致的精神空虚与失落感以及亚洲"四小龙"的成功，使现代新儒学的论述有了现实根据。作者在肯定当代新儒学思想中包含的合理成分的同时，着重指出，

"儒学复兴说是与当代中国发展趋势相悖的"。因为现代新儒学的代表人物过分高扬文化因素在社会发展中的作用,脱离当代中国的实际。因而他们开出的药方并不能医中国落后的痼疾,也不能真正弘扬中国文化。为此,作者认为应当承继五四批判精神,高举鲁迅旗帜,批判传统文化的消极面,使民族精神得以拓展而与现代化相契合,求得传统文化的创造性转化。既使当代中国文化承诸传统,成为传统文化发展的新阶段,又使其以全新的、开放的面貌呈现于世界。无疑,这一观点的正确性与完善性超过了全盘肯定派和全面否定派。

该书还具有一个明显的特点,那就是对新方法的引入。作者引进结构主义的方法和马斯洛人格心理学的方法,得出了新的成果,使人耳目一新。如作者以马斯洛学说的需要层次论分析中国文化,从其需要层次的变易反证了中国文化的早熟,以及以马斯洛的人格理论为指导,说明如何由传统人格导引出健康人格,读来颇富新意而又不感到牵强。该书还有一个特点,就是把文化学理论与传统文化的历史进程相联系,既加强了历史分析的理论性,又有益于丰富文化学理论,使二者相得益彰,无疑是值得提倡的。该书给人留下的另一深刻印象就是作者理智的思考,"不识庐山真面目,只缘身在此山中"的情感障碍,常常构成了我们研究中国传统文化的最大困难。但该书作者既避免了因欧风美雨的冲击而产生的心理全面失控,导致全面否定传统文化,也避免了因醉心国粹而产生的恋旧心理,故而既能在众多的对传统文化评述的观点中择善而从,又能在众说不当的情况下纠谬,而立一己之见解。这是难能可贵的。

塑造现代人格

——读《从圣贤人格到全面发展》①

　　朱义禄所著的《从圣贤人格到全面发展——中国理想人格探讨》一书，以理想人格为探讨问题的中心，以分析中国传统的理想人格论为主线，力图依照历史演变与人格替代关系的大思路，为读者勾画出一幅清晰的人格画面。基于这种研究意图，他从三方面展开了论述：为了回答何为健康人格而理清了人格论的理论线索，为了回答现代人格有无传统根基而详尽分析了中国传统人格论，为了回答建立理想人格如何可靠而研究了传统人格的裂变历程，并对现代人格进行了理性审视。最终，在这种全面的检讨中对社会主义的人格理想进行了构想。

　　何谓人格，答案繁多。作者并未陷入各种人格定义的辨析泥潭，而是从人格的文化意蕴入手，揭示"人格"的含义。人格即面具，这是西方各类人格定义的共同立场。西方学者围绕这一点对人格进行哲学的、心理学的审视。但是作者以为"中国文化中不存在由面具向人格的转化情况"。在古代，只有

---

　　①　朱义禄：《从圣贤人格到全面发展——中国理想人格探讨》，陕西人民出版社，1992年。

相当于人格意义的"人品"一词。近代舶来的人格一词,也注入了不同于它的西方原始意义的中国传统内容。作者对人格定义的中西差异的勾勒,奠立了他不同往常学者以比附西方人格论的方法研究中国人格论的理智基础。但同时,作者又确认,中西理想人格论又具有几乎一致的范导功能、理想人格,既是人类"美轮美奂的期望目标",又是"人类潜能的提升之路"。这一认识,又为作者此后辩证吸取西方人格论精粹用以帮助建立新型理想人格提供了支持。

在确立了自己较具特色的思路以后,作者花了较多笔墨对传统人格论进行了分析。对传统人格的分析,以往有两种流行观点:一是儒家人格代表了传统人格,二是儒道互补人格即传统人格。作者以自己更为全面的分析超越了这两种相对片面的人格论。他首先确认,先秦诸子"各有其独具特色的理想人格",俟后,亦有儒释道三家鼎立的人格论。据此。作者通过诸家的比较,凸显出作为各家"共识共求"的传统人格理想范型——以"内圣外王"为追求目标的圣贤人格。作者对独占鳌头的儒家人格进行了重点分析。儒家理想人格,其实质从强调向内用功显现出来,后儒常用的"圣贤气象"与"孔颜乐处"是其直观表达。儒家众趋人格则是原始儒家与后儒皆慎重申言的"君子"。"君子"重义轻利、自强不息,其趣味与理想人格高度一致。儒家人格培养论"成人之道",强调知全德粹;儒家理想人格完成论"成仁取义",高扬"杀身成仁""舍生取义"的"浩然之气",亦一以贯之地重视内在精神在人格完善中的决定性作用。儒家人格论的历史作用因为其理论的崇高性而显得非常巨大。作者认为,当下面两种情况出现时,儒家人格论的价值导向尤为突出:一是外族入侵时爱国的范导功能,如对文天祥;二是邪恶当道时扬善的激励作用,如对东汉士人、东林党人。作者对儒家人格论的阐析,实际上是对中国传统主流人格论的理论结构与实效功能的双重解剖。作者还对道家"自然无为的顺天人格"、墨家"仗义而为的侠士风度"、道教"长生久视的神仙世界"、佛教"与世无争的佛陀音容"进行了阐释，为读者勾画出一幅五彩缤纷的传统人格图像。

然而极富理想性的诸家人格论又岂是容易为大众所取法的，无论儒家的圣人、君子，或是道、墨、佛诸家的人格理想，皆在现实中蜕化为依附人格。依附人格成为众趋人格的特征。一来因为残酷的封建制度，二来也与中国传统文化心理结构相联系。在阳尊阴卑的文化秩序中，在"家天下"酿成的广泛性攀比心理氛围中，人与人之间的平等关系消逝了，代之而起的是主奴关系，与生俱来的身份从根本上规定了个人的发展前途。尊卑、贵贱、长幼、上下的一定之规，将人分成主子与奴才，使人格被模塑成分裂性的双重人格。其间，又尤其以女性的被奴役为典型。作者通过对"女人之道""从一而终"、肉体摧残的勾勒与分析，作了促人深思的发挥，传统人格必然在文明嬗变中走向历史性失败。

走出传统，大势所趋。如何才能走出传统、走向现代？作者试图在传统人格的近代裂变勾勒中，在现代人格解放的狂飙时代巡礼中，分析辨别传统人格论中的活性因素与死亡成分。首先，作者对圣贤人格的近代命运进行了描述，曾以复古为特征的圣人，到近代已变成趋时务实的圣贤，正谊不谋利、明道不计功的品性也注入了追求功利的崭新内容，华优夷劣的中外评判也换易为超前时髦的西学通人。此类变化足证，传统的圣贤人格尽管已不适应社会时代的需要，但也并非与现代人格水火不容，它具有改铸为新型人格的可能性。其次，作者对近现代历史事变中凸显的现代新型人格进行了刻画。"鼓民力、开民智、兴民德"之说，一开以独立人格易依附人格之风气。取源《大学》的"新民"说，更注重以传统人格资源的开拓作为现代人格构想的重要基础条件。辛亥时期铲出奴性的批判浪潮，五四时代独立人格的执着追求，进一步使现代人格的模塑自觉化、系统化。与此同时,在民族解放运动中,群体人格的重新锻铸也格外引人注目:处于依附人格最里层的女性人格已走出依附人格,处于列强欺凌的国人对"国格"有了充分的觉醒。因此传统人格的新生已经不可逆转。

至此,作者奠定了建立现代理想人格的基调:充分注重传统人格论的现代价值,认真吸纳西方人格论的积极成果,努力认清现代中国社会变化所逐渐呈现的新型人格轮廓,从而在理论上建立中国现代的理想人格范型。在上述研究的基础上,作者设专章探讨了现代西方人格论的主要流派与代表人物的人格理论,在指出其各具的片面性以后,作者强调,只有以人的全面发展和自由个性为核心内容的马克思主义人格论,才堪称建立中国现代人格的指导思想。

启蒙、复魅与儒学重建

——评黄玉顺的"生活儒学"

首先非常感谢玉顺兄的邀请,其次对玉顺兄的"生活儒学"①专门研讨会表示祝贺。其实玉顺兄让我报个参会论文题目的时候,一时想不到什么好的题目,就先报了一个"儒学重建与启蒙张力"的题目而已。本来是想分析玉顺兄"生活儒学"在大陆新儒学谱系中的地位的,但是最近杂事缠身,没来得及把玉顺兄的作品读完,不敢胡乱说道。于是仍根据我报的论文题目讲讲,这个题目本有个副题,叫作"'大陆新儒学'的自处之道"。因此想说的意思大家也就能明白一二。最近几年,"大陆新儒学"成蓬勃发展之势,但不同言说者的取向、进路,知识建构的意图和后果都不一样。因此"大陆新儒学"应不应当被纳入"现代新儒学"的大范畴来对待,便首先是一个问题。因为对"大陆新儒学",尤其是对论者归纳的"大陆新儒教"这一系,他们自己不仅不把自己

---

① 黄玉顺关于生活儒学方面的著作有数种,如《面向生活本身的儒学:黄玉顺"生活儒学"自选集》(四川大学出版社,2006年)、《儒学与生活——生活儒学论稿》(四川大学出版社,2009年)、《儒家思想与当代生活——"生活儒学"论集》(光明日报出版社,2009年)、《生活儒学:黄玉顺说儒》(孔学堂书局,2017年)、《走向生活儒学》(齐鲁书社,2018年)等。

纳入"现代新儒学"范畴,而且刻意将自己跟20世纪20年代以来的"现代新儒学"区别开来。譬如蒋庆将自己的儒学言说命名为"政治儒学",就是为区别于"现代新儒学"的"心性儒学"。

最近,蒋庆的一个表态似乎表明其立场有所变化。有一个作者写了一篇评论,指出蒋庆和牟宗三的儒学并没有根本区别。这不符合此前蒋庆的言说实际。但这次蒋庆认为论者的这个阐释很好,指出两者间确实没有根本区别。这个转变一下让我前面的断定没有根据了。不过我想指出,就蒋庆之前的言说来看,他自己对其言说与"现代新儒学"一致性的断定,肯定是不吻合的。他的表白和他的论著,两者关系是疏离的。蒋庆在之前表述的言说立场,更能呈现他言说的特质。

分析起来,"大陆新儒学"这一系的基本选择有二,一者因应国内思想局面,反对并清算启蒙;二者因于国际思想局势,自觉或不自觉地融入复魅潮流。

第一,清算启蒙传统。"现代新儒学"因其现代性立场,带有根深蒂固的启蒙特点。"现代新儒学"是20世纪中国启蒙思潮中蔚为大观的一支,它对科学和民主秉持一种开怀拥抱的现代姿态。这不是一种个人姿态,而是一种文化决断。"大陆新儒学"对此是持拒斥和否定态度的。其中一些论者甚至不惜扭曲像李泽厚那样的历史唯物主义主张,将之归入所谓"自由主义"阵营,然后像堂吉诃德向风车挑战一般,对笼而统之归纳出来的"自由主义启蒙"进行无的放矢地批判。这样的归纳和批判都不靠谱。因为李泽厚认为自己是属于马克思主义阵营的,他一向强调自己研究儒家思想的意识形态背景是马克思主义的历史唯物主义。针对现实,他特别强调自己历史唯物主义主张的一个结论,就是改革哲学即吃饭哲学,这是他认定的邓小平思想的精髓。

"大陆新儒学"(大陆新儒教)把他们认定的儒家以外的整个中国思潮,

悉数归纳为启蒙思潮，然后加以否定，其中有成员称蒋庆是"60年唯一思想家"尤可见这种全盘否定意味。似乎非难启蒙的"大陆新儒学"的兴起，才是中国现代思想、中国当代崛起的标志。循此进路，人们可以发现，从"现代新儒学"到"大陆新儒学"的演进，呈现出儒学重建与启蒙之间的强大张力。这样的张力，既呈现于儒学现代发展的进程中，也呈现在儒学现代发展与现代进程之间。

第二，融入复魅运动。谁都知道，马克斯·韦伯对现代特质的一个基本归纳，就是"以理性祛除巫魅"。这样的祛魅运动，在思想领域中表现为一切宗教和神秘的东西都退隐到社会生活的幕后，理性主导社会生活；在政治领域里，最引人瞩目的变化是权力的公开化与分权制衡等。政治的神秘性不再，康德所讲的"人为自己立法"，也就是诉诸理性原则建构政治规则成为元规则。

蒋庆等的主张对中国的启蒙主流、对现代世界的理性主潮，均反向而行。这与20世纪70年代后兴起的西方复魅运动大背景相关。复魅，就是重新将宗教与神秘因素引入社会生活之中。复魅运动有世界宗教和新兴宗教的强有力支撑，与这里关联的是仿宗教复魅运动的世俗价值神圣化的运动。譬如在美国，贝拉要通过公民宗教的形式，将现代价值深深根植在人的内心与日常生活习性之中。这还算是温和的立场，走得较远的是政治神学。

复魅运动的突出特点是，认定现代生活筹划的最大弊端是缺乏神圣价值寄托。因此人对自己立法规则的信从，即因信而行的信从强度是不够的，现代规则因之缺乏权威性。来自德国经验或者魏玛经验的政治神学，对之进行了最系统深入的论说。卡尔·施密特明确通过政治神学以求弥补自由主义、相对主义的根本缺失，成为世俗政治神学的重要代表。有如论者指出的，在现代极权主义反思史上，持多元（相对）主义立场的伯林曾经批评政治神学派的绝对主义主张,认为正是这种主张导致了现代极权主义。反过来,像斯特劳斯也指出正是多元(相对)主义容纳了极权主义,让后者泛滥成灾。这似乎是一个对等的指责,相对主义说绝对主义导致了极权,绝对主义反过来批评相对主义包容一切才导致了极权。这种对等的指责变成了一个思想死局,让人们无法明白极权主义的真实导因。但其中明显存在复宗教之魅、复权力之魅的隐含性交叠危险。

在汉语思想界,刘小枫教授对卡尔·施密特、列奥·施特劳斯政治神学的广泛传播发挥了重要推动作用。如果说宗教与世俗复魅运动的合流在西方体现在"两S"那里,那么在国内则是由"中国斯派"推进的,这也契合了蒋庆先生的言说意图。在20世纪八九十年代中期,刘、蒋两人既是很好的朋友,也是绝对的论敌。刘小枫否定蒋庆的儒教主张。蒋庆认为刘谈西学很精彩,谈国学类同笑话。这样的断言甚至让刘小枫在巨大的学术压力下,专门写了一本《儒家革命精神源流考》的书,试图表明其研究国学且回击蒋庆的能力。奇怪的是,如今两人在理论言说上已经成为同道,相互的夸奖让人觉得十分诧异。假如我们不去具体关心他们的思想水准和知识贡献,仅仅着眼于促使他们"捐弃前嫌"、谋求共业的缘故,无疑,复魅是他们共同拥有的当代思想背景。中国国内对启蒙的挑战与清算,复加西方世界的复魅运动,正是前述思想景观的两股推动力量。

在这个思想大背景之下,儒学的当代发展必须解开三个结点,才能有真正的生机。而且这些结点,一定要由儒学自身解开,否则不会对儒学的当代发展发挥积极作用。

首先,如果儒学的发展还是"现代新儒学"而不是"反现代新儒学",那么就必须是启蒙儒学而不是非启蒙儒学。原因很简单,儒学反现代,既会丧失它传统悠远的损益可知的时代精神,也会丧失它切入现实的源头活水,它只会成为一些人"发思古之忧情"的个人心理寄托。这与儒学真精神是相悖的。因此"现代新儒学"所开辟的百年新学统,"大陆新儒学"还没有结束的权力。

其次,如果不避启蒙的强大张力,"大陆新儒学"必须把自己定位在启蒙上,这既符合传统儒学不断自我解蔽的精神宗旨,也是他们保有现代性品质的前提条件。当今中国社会,已经迈进托克维尔所说的大众民主时代。在这个时代,任何思想流派试图动员社会,都必须正面回应大众民主的诉求,否则它就会成为被社会遗弃的理念。"大陆新儒学"的反现代姿态,有一种将自己限定在大众民主社会对立面的危险。假如说第一方面是对"现代新儒学"的普遍断定,第二点则是对"大陆新儒学"的特殊断定。如果蒋庆的通儒院领衔的三院制构成"大陆新儒学"的制度共识,那么其复宗教与权力交叠之魅的意味是很浓厚的。恐怕这样的复魅正当性值得推敲,其中包含的政教合一含义很容易被辨认出来。

再次,如果试图清算启蒙,需要抛弃的仅仅是18世纪的"启蒙运动"呈现的一些理性妄执,但必须继承启蒙的基本精神。需知启蒙并不仅仅是启宗教之蒙、权力之蒙,这是对启蒙极为狭隘的定位。即便如此,对中国也并非无所针对。因为中国的权力之蒙,其深厚程度,远超西方。如果说中国没有多少宗教之蒙好启,但敢于运用理性之蒙则需要花大力气启之。康德尝言,启蒙就是敢于知道。那就是一种敢于揭示应知而未知、已知而扭曲的真相的精神。这岂是人类有资格清算和抛弃的理念? 启蒙,并不是那种傲慢的你蒙我启,理性对宗教可以傲慢,先知对后觉可以睥睨。启蒙本质上是"有蒙共启",这是人类的存在本质所注定了的事情——向死而生、必有盲点的人类,谁都会陷入蒙昧之中,因此任谁都必须接受启蒙引导,以求成为全人。尤对儒学中人来讲,儒家与权力的紧密勾连,以及儒学与权力的保持距离,正正是儒学的启蒙使命,即便仅仅着眼于此,儒学也千切不能以反对启蒙为自己的使命。

自由儒学与自由主义儒学

——评《自由儒学的先声》①

　　郭萍《自由儒学的先声——张君劢自由观研究》的出版,我觉得是一件很有意义的事情。读者尽可依托郭萍这本书借题发挥,开拓自由儒学的广泛论题。但从郭萍这本书说起,是一个相关发挥必须确定的起点。

　　郭萍这本书,至少有三点值得肯定。

　　其一,就是在一个主题化儒学浮上台面的当下,郭萍的儒学研究突出了一个新的命题,这就是"自由儒学"。这一点包含两个断定:一是儒学进入了主题化儒学的阶段,二是主题化儒学的研究增添了"自由"儒学的命题。这是需要解释的。所谓儒学研究进入主题化阶段,指的是新近的主题化儒学研究打破了近代以来笼统化儒学的研究局面。秋风曾经抗议性地说,人们总是在儒学前面加上限制词,诸如"生活儒学""复调儒学""自由儒学""社会儒学"等,这就把儒学研究限定起来了。我认为,这不是把儒学研究限定起来了,而恰恰是儒学研究深化发展的表现。把古今儒学都命名为一个笼统的儒学,然

---

　　① 郭萍:《自由儒学的先声——张君劢自由观研究》,齐鲁书社,2017年。

后去含混地研究,这在儒学研究需要主题化、深入化的当下,已经没有太大意义了。儒学研究发展到今天,其实也已经不是一个体用或本末问题可以限定的了。尽管"体用""本末"等问题的辨析,仍然有其意义。但当下的儒学研究确实需要超越这些论题了。在某种意义上,"本末""体用"的辨析,截至李泽厚他们那一代的争论,其实已经告一段落。在儒学研究必须适应现代发展的意义上,当前的儒学研究应该深入到现代社会内部的基本价值,探讨这些价值与现代中国社会的张力,凸显这些价值与现代社会的深度吻合关系。否则儒学研究就无甚推进,也缺乏起码的现代品质,而与社会实际完全疏离了。

我以为郭萍的"自由儒学"命题有重大意义,就在于现代社会最重要的价值就是自由价值。儒学该如何去对接自由,对自由如何表态、如何托生、如何与实践接榫,都是儒学,尤其是社会政治儒学必须承接的重大主题。当然我们也可以如常所言,讲先秦儒学就有自由精神。但在我看来,这还是一种模仿性的说法。我觉得儒学还是得以现代自由理念为主,将之转化为现代儒学的首级主题,使之内化为儒学自身的命题。无论是形上自由、意志自由,还是形下自由、政治自由,其实都应当作现代概念对待。因此自由概念不能被当作一个古典概念处理。自由不是一个古典概念,对中国,同时对西方,都不是一个古典概念。因为在古希腊,也没有今天人们熟稔于心的那种自由概念。有论者对希腊民主的一个归纳,就叫作"不自由的民主"①。在古罗马阶段,似乎自由的保障,尤其是私法意义上的自由凸显,但民主的实践则弱于古希腊,也就是在公法意义上的自由程度有所下降。①虽然在中世纪,人们在神的信

---

① 参见阮炜:《不自由的希腊民主》(上海三联书店,2009年),第八章"不自由的民主"。论者罗列了希腊不自由的民主之"不自由"的表现,诸如希腊人没有宗教自由、人身自由、没有充分财产权、希腊父母没有教育子女的自由、没有不参与政治的自由等。

仰面前,意志自由占有非常重要的地位,但教权与王权的斗争,只是为政治自由、宪政民主奠定了基础。直到现代西方,随着经济自由与政治自由的相携出场,背景文化意义的古典自由与现代实践意义上的形下自由,才成为整个社会的主导价值。可见,即使对西方而言,自由也是一个现代概念。因此我们在从事儒学研究的时候,没有必要如此紧张地到古典儒学中去寻找自由资源。我认为,这个工作当然可以在学术研究的无政府主义引导下去做,但意义则是比较有限的。

郭萍这本书在主题化儒学兴起之际的研究价值,就是她从张君劢出发,也就是从现代儒学出发,去申述儒学的自由理念。张君劢对儒学史非常关注,出版有几本相关主题的专门著作。②但是在现代新儒学的学术谱系中,张君劢的突出贡献并不在一般儒学或儒学史,而在对接现代儒学与现代西方的自由观念。③他并不着力于现代自由与古典儒学的对接问题。在这个意义上,郭萍从张君劢的自由观出发来谈论自由儒学,可以说找准了这个命题的现代切口。需知,对儒学的命题化研究而言,找准切口是至关重要的。从某种意义上讲,由于现代的格义儒学可以告一阶段了,因此命题化儒学在哪里找到自己生根的土壤,就成了关键问题。所谓格义儒学,就是把西方现代的自由、平等、博爱这些基本概念与传统古籍里的相仿理念进行格义,然后说西方的这些概念,我们古代早就有了,不仅有这个,而且也有那个;或者哪个类似,哪个不类

---

① 参见[美]菲利普·内莫:《罗马法与帝国的遗产》,张立译,华东师范大学出版社,2011年,引言第1~3页。

② 如中国人民大学出版社2006年就在"张君劢儒学著作集"的总名下出版了他的五部著作:《新儒家思想史》《儒家哲学之复兴》《民族复兴之学术基础》《义理学十讲刚要》《明日之中国文化——中印欧文化十讲》。

③ 张君劢撰写的《立国之道》鲜明反映了这一点。参见氏著《立国之道》(中国民主社会党,1969年印赠),新版序及绪论。

似。总而言之,西方现代的社会政治基本概念,中国古籍中应有尽有。不仅儒学研究中存在这种格义,道家研究中也存在。基于古典道家研究提出的天道自由主义,就是这一研究进路的产物。我觉得这种研究显得有点多余。这样的研究,可以命名为严复思路、胡适思路,是一种中西比较的"你有我也有"的不服输思路的产物。其实,对西方古代来讲,它没有相关概念。西方人并没有着急从古希腊里边怎么找个跟现代自由相同的价值,然后把它张扬一通。

所以儒学研究命题的问题,应当免除面对现代西方比较的精神紧张——首先要对古圣先贤免责,不要去追究我们的祖宗们怎么没有现代意识、现代概念,这样的追究是没有什么意义的。我们祖宗的伟大,不在于有没有现代意识和概念,而在于他们发现了一个文明的组织形态和精神价值,我们应该这样去理解他们、敬重他们。其次应当激发我们当下的努力,努力去对接西方现代价值,去实现中国的现代转变。所以我觉得郭萍这本书首先从命题上来说很重要,是以积极面对现代转换的姿态对接现代价值的挑战。自由是最重要的现代价值,也是最重要的现代挑战。因此也就势必是现代儒学最应当审慎以对的价值观念。以现代儒学心态对接现代政治问题,儒学的现代意义就彰显出来了。如果不是这样,就很难有效讨论现代儒学问题了。

其二,我觉得郭萍这本书非常具有雄心。她尝试为自由儒学提供一个完备解释(comprehensive doctrine),而不愿将之作为一种政治学说来处理。在书中,郭萍把自由离析为三个界面,[1]一个叫作相对的政治自由,相对主体性就与相对的政治自由挂钩;然后是绝对的本体自由,又把绝对主体性和绝对的本体自由挂在一起;再一个就是本源的自由,郭萍叫作新的主体性,其实言外之意就是完备立场的自由。这样一个非常富有雄心的自由儒学研究,在现代

———————
① 参见郭萍:《自由儒学的先声——张君劢自由观研究》,第一章第三节"自由问题的思想视域:儒家自由观研究的方法论问题"。

自由理论中是较为罕见的。因为发展至今的现代政治理论研究,已经不再表现出这种雄心。现代政治理论一般都比较克制,意欲在政治领域谈论自由问题。这就是典型的罗尔斯式的"政治自由主义"①。就政治领域谈论政治问题,确立有限的政治论题,是当代政治理论的一个显著特点。郭萍的雄心,让她在理论上不太安分,她明显不满足于这样的克制性研究。她的雄心,不仅表现在对自由的三重分离性分析,而且表现在她的主体性论题上,她把三个层面的自由论题统纳在一起,置于存在主义哲学特别张扬的主体性问题,或者现象学着意张扬的主体性问题之下,明显是想给儒家自由观以完备的论说。郭萍似乎对"主体间性"不太重视,我觉得这个概念对她的论证其实是很重要的。在郭萍导师黄玉顺教授的"生活儒学"中,好像比较看重主体间性。

郭萍为我们贡献了一个具有雄心的自由儒学解释。如上所说,她倡导的"自由儒学"其实还是传统的、完备的政治理论。这个是在罗尔斯《政治自由主义》之前的自由主义进路,是《正义论》阶段的基本思路。循罗尔斯后期的政治自由主义思路可知,如题所论的"自由主义儒学"就显得收敛很多。这样的政治哲学解释,已经脱离了罗尔斯的《正义论》这个西方长期的自由主义传统,也就是脱离了康德要提供一个从形上自由到行下自由贯通的完整结构的传统,开启了与西方神学、哲学和伦理学奠基的完备政治理论不同的、一个新的且只限于政治领域的自由观念。有些论者如理查·罗蒂,把它称之为"无本体的自由",我认为,这是不当的命名。限于政治领域的自由当然有它的本体根据,只不过在政治领域不用讨论这个根据。这是罗尔斯《政治自由主义》第九讲"答哈贝马斯"中谈到的问题。哈贝马斯对罗尔斯"政治自由主义"的非完备性取向表示不满,认为需要为之提供一个哲学论证,否则相关的自由主

---

① 参见[美]约翰·罗尔斯:《政治自由主义》,万俊人译,译林出版社,2002年,导论。

义论证就是不完整、不系统的,也就是人们所谓的无根的。罗尔斯对哈贝马斯这一主张的回答很简单,就是你可以去追求有根的政治自由论证,但我本人却限定在政治领域谈论自由问题。①

罗尔斯何以如此论道自由呢?就是因为在文化多元主义的处境中,来自不同的、完备性的宗教、道德与哲学信念的人们,很难就其完备性学说达成一致,但如果这些完备性学说支持一种多元理性的政治立场,它们就完全可能达成稳定的宪政共识。但如果人人都坚持自己完备的宗教、哲学和政治立场,那就完全没有希望达成宪政共识。在完备的,或是政治的自由论说这个特定意义上,我觉得郭萍还是延续了新儒家第一代到第三代的共同立场,还是很有雄心在完备性学说的基础上建构政治共识。试想,儒家不放弃其完备理论,通过完备性儒学为现代政治提供一个完备架构,那是多么激荡人心的事情。这当然有其值得肯定之处,因为这样在理论上会显得系统、有根、周全,能够迎接各个理论方向上的挑战,而具有应答的充分准备。但对源自儒家之外的其他完备性学说中人来讲,会觉得受到明显排斥,因此接受儒家这一论说的可能性程度就会比较低。

其三,我觉得郭萍这本书开启了儒学研究的一个新方向。对此,人们可能会觉得这是不是对郭萍一书评价过高?一个年轻学者、一本专题著作,怎么就能开启儒家研究的一个新方向?我这里所说的开启一个新方向,是在比较克制的意义上说的,不是那种截断众流,全幅创新的开启新方向,整个改变儒家的论述向度;而是引导人们对一个此前没有充分留意的研究论题,开始给予相当的关注:在命题化儒学中,促使人们开始重视儒学的自由观这么一个命题。在某种意义上,自五四运动以来,国人对自由的重视程度相当不够。

_____

① 参见[美]约翰·罗尔斯:《政治自由主义》,万俊人译,第九讲"答哈贝马斯"。

国人大多只谈民主不谈自由，但没有自由就没有民主。因此怎么把"德先生""赛先生"之外的"利小姐"请进来，所谓"利小姐"即liberty小姐，这对于人们准确理解现代政治是相当重要的事情。现在已经"左"转的甘阳，对自己言说自由的领先地位非常在意，他一再强调自己1989年在《读书》上发表的一篇谈五四传统缺失的文章。①他明确指出五四时期自由话题的缺失，是五四传统的一个明显缺陷。甘阳这一提法是有贡献的。但他请出"利小姐"的途径还是完全西化的。具体到儒家传统，自由的精神与制度探求是否存在呢？这是一个需要研究的问题。

在从传统中挖掘自由资源的研究中，我觉得经济学家比哲学史家、政治学家做得要好。台湾有个著名的经济史学者侯家驹，出版过两本很有意思的著作，一本叫《先秦儒家自由经济思想》，另一本叫《先秦法家统制经济思想》，从书名就可以清楚看到儒法两家的区别。他认为孔子、孟子、荀子与司马迁，都有明显的自由经济思想。②这中间长期为人关注的、儒家倡导的"井田制"，也有一种公私分界的清楚理念：八块私田加一块公田，有公有私、公私兼顾，有保障近似于现代的私有土地制度的含义是明确的。可见，中国传统中并不缺乏自由资源，只是受制于现代国人的理性挖掘态度。甘阳主张请出"利小姐"，从哪里请出来呢？不只是到西方去请，也可以到儒家那里去请。但是不是由此就可以断定，现代人一般所谈的德性自由、形上自由与形下自由，在儒家传统的社会政治主张里一切皆有，无所欠缺呢？那又未必。如果我们太过重视儒家的道德主体自由，推崇"克己复礼""为仁由己"这样的德性自由，崇尚"我善养吾浩然正气"的精神自由境界，那么就很可能将儒家的自由观处理为一

---

① 参见甘阳：《自由的理念：五·四传统之缺失面——为"五·四"七十周年而作》，《读书》，1989年第3期。

② 参见侯家驹：《先秦儒家自由经济思想》，联经出版事业公司，1983年，序第4页。

种反现代的自由。这种仅仅强调儒家德性自由价值的主张意义不大,而且无法通向政治—经济领域的自由,让人们明白如何保障私人财产且达成宪政共识。

但与此同时,郭萍这本书值得肯定的三点也成为其书的三个局限。

首先,从命题上讲,以主体性哲学来为自由奠基,只能导向一种完备哲学教条的建构。按罗尔斯所说,完备性学说有三种形态,即完备的宗教、道德和哲学学说。源自哲学专业立场的自由论说,常常呈现出一种完备的哲学学说的面目。至于在儒家哲学立场上表白的,绝对不能接受上帝、信神的主张,那是完备的宗教学说表现出的特质。对现代的政治理论家来讲,完全可以不去考虑完备的宗教、道德和哲学学说对自由论说的直接影响。这些完备性叙说,对自由论说而言,属于background即背景条件,尤其是属于cultural background即文化背景条件。对自由言说来讲,文化背景重不重要?当然重要。但如果仅限于特定背景来言说自由的话,那就只能将自由归于某种特定的文化体系的产物了——除了西方现代在扭转西方古代历史后开出了现代自由,而实现了罕见的、偶然的成功外,非西方的其他文化体系都没有成功过。

如果一个人要执着于从完备的宗教、道德与哲学学说中开出现代自由理念,这样的努力基本上都会归于失败。原因在于,在非西方国家的历史上已经全然是失败的记录;在现实中,非西方国家的相关尝试,常常也只是创造性模仿西方的产物,并且成功者不多。只是想在理论逻辑上陈述一个成功的非西方自由模式,即便在理论逻辑上陈述恰当,但也很难通向现实实践世界。在这个意义上,吸取西方的成功经验,让社会政治各个要素独立发挥作用,促使一个政治共同体达成稳定的共识,便是一条具有可行性保障的通道:既然西方国家是在"上帝的事情归上帝、恺撒的事情归恺撒"的基础上实现现代自由建构的,那么儒家为何不能致力于实现"内圣的归内圣,外王的归外王",从而让儒家能够成功建构脱离完备的道德学说宥限的政治论说呢?①

有人质疑我这个说法,说内圣与外王分立,内圣不成其为内圣,外王不成其为外王,应该坚持以内圣保证外王的德性导向性质,外王兑现内圣目标的政治目的。但这样又如何保证内圣直通外王呢?中间容有的论证可能会很繁复,但只需要看看牟宗三先生精巧的"坎陷说"论证,就会知道内圣开出外王说存在的难以克服的困难:仅就"坎陷说"的解释,目前就已经有十来种了。可见解释者之间很难在知识上达成一致。这多少证明这个命题的伪命题性质。其实,在实践上看,上帝的事情归上帝、恺撒的事情归恺撒,是不是造成了一种双损的局面呢?换言之,这之后基督教还是不是基督教,民主政治还是不是民主政治?显然,你不能说今天的基督教就不是基督教了。事实上,今日基督教渗透到了社会各个层面,影响之大,无可匹敌;而现代立宪民主政治的建构,也日臻成熟,以至于现代世界的政治典范,别无分店。因此从理论上讲,一定要扭转对完备的道德、宗教、哲学学说过于高昂的热情;从经验上来讲,也一定要坚持以政治思考求解政治问题。所以郭萍下一步的研究是不是可以克制一点,不要从本源自由、本体自由到政治自由包揽无遗地讨论自由问题。

其次,郭萍为了实现自己的理论雄心,偏好性地引证了罗尔斯。郭萍主要依托的罗尔斯的思想资源是他的《正义论》,而没有注意到罗尔斯晚期的理论尝试。对一个真正具有政治性、而非完备性的政治理论来讲,罗尔斯更有价值的著作应该是《政治自由主义》。《政治自由主义》和《正义论》的不同在哪里呢?《正义论》是基于西方完备学说的传统作出的论述。因此在西方的知

---

① 参见任剑涛:《内圣的归内圣,外王的归外王:儒学的现代突破》,《中国人民大学学报》,2018年第1期。

识传统中,《正义论》的价值要高于后者。这部著作是对洛克、卢梭和康德传统的一个总结与升华。而我认为《政治自由主义》比《正义论》更加重要在哪里呢? 就是在对于非西方传统来讲,自由主义论说开启了非西方社会进入立宪民主的大门。也就是说,各个国家各有其完备的宗教、道德、哲学学说传统,比如对中东有完备的伊斯兰教,对中国有完备的儒家学说(儒家学说既可以说是哲学的,也可以说道德的),但后者并不见得因此与立宪民主绝对隔绝起来,它们自有其进入立宪民主的门径。

我不同意蒋庆说儒学就是儒教,没有哲学可言,这是武断之说。因为把儒家说成儒教,这是模仿基督教得出的结论。我最近出版的书《当经成为经典》,就批评了蒋庆这样的主张,认为这是一种文化屈从的说辞,但扮演成一种文化独创的样子。蒋庆的文化屈从表现在,他模仿基督教从完备的宗教开出了政治自由主义,于是试图把儒学说成儒教,以便从儒教中开出儒式现代政体。这明显是一种文化屈从,而不是文化独创。蒋庆的相关知识基础,就是《基督的人生观》与西方的政治神学。他是从西方知识进入中国传统的。他总是不满刘小枫,认为他研究西方很靠谱,研究中国不靠谱,好像他是一直钻研中国出身的,其实他也是半路出家的。半路出家并不是问题,因为知识的建构总是互借互通的。但如果可以掩盖自己的知识来源,那就显得很不可信了。

在这个意义上,罗尔斯在《政治自由主义》中的主张是可以得到更为广泛的呼应的。因为它开放了一个非西方国家思考立宪民主建构的非完备性学说的进路。非西方国家自有其完备的宗教、哲学和道德学说,西方国家亦有其完备的宗教、哲学和道德学说。但各自都可以在完备学说之外寻求其国内立宪民主建构的政治共识——尽管罗尔斯是在美国国内的多元主义处境中论证美国立宪民主政治的"政治的"自由主义的,但这样的思路具有普适性,完全可以直接转化为非西方国家相关政治尝试的进路。基于此,中国完全没必要为西周的"绝地天通"而焦虑,为当下建构宗教而急眼。我认为罗尔斯的《政治自由主义》开放了一个充分的可能性,这对于非西方知识传统来说是非常重要的。这里有请郭萍更重视《政治自由主义》的进路。

如题的"自由儒学"和"自由主义儒学"的区别在哪里呢?"自由儒学"是完备性的儒学,跟晚清以来儒学的取向一样,始终想从传统中"开出"科学与民主。只要坚持开出的进路,就是坚持明显的完备性学说立场。而这个完备性立场,恰恰窒息了政治生机。所谓"自由主义儒学",并不是在体用角度讲的儒学。因为那样势必首先要分辨你到底是信仰自由主义,还是信仰儒学。两者并不是互斥的关系。这个问题,牟宗三已经解决了:现代儒家需要从传统的理性之运用表现转向理性之架构表现。这中间容有一个德性主体转向理性主体,生命价值领域转向客观事实领域的问题,立宪民主在这种转向中就有了生成的可能。如果论者总是陷溺在体用关系中,致力于辨认谁为体、谁为用,就必定会陷入一种死结性的纠缠之中。最后一定导致牛体马用、中体西用、西体中用、中西各有体用的不休争执。这些主张是背反的,几种解释完全无法调和。

最后,我想特别强调郭萍的思想方向问题。郭萍提出了自由儒学的致思方向,这很重要。但就其理论意欲讲,还是压倒了实践意欲。这就必须反思郭萍的致思方向,作为面向现代的论者,你究竟想要什么?我私下揣测,郭萍是想推进中国现代民主政治建构的。但当她的理论意欲盖过其实践冲动的时候,有些东西就因之被遮蔽住了。就郭萍的研究对象而言,张君劢的实践取向是非常鲜明的。他的政党政治实践,以及在政党政治实践基础上的立国之道阐释,都致力于打通政治理论与实践两个世界的通道。张君劢还草拟过宪法文本,这也是政治实践;组建国社党,还是政治实践;1949年离开大陆的决断,同样是政治实践。这中间是有他的政治理念支持的。张君劢的国社党为什么会选择与国民党合作? 而其他党派为什么选择与中国共产党合作? 这中间包含的政治理解和政治判断,在今天看来确实大有可追寻之处。在这个意义上,我觉得要对张君劢的政治实践取向予以强调,研究自由儒学这个主题,应当强化实践性方向。另外有一个小小的遗憾:张君劢晚年的一部重要作品,郭萍没有提到,可能是资料得来不易吧?! 张君劢晚年的一部系统性长篇大著,就是针对钱穆先生在《中国传统政治》里面对中国传统政制的美化,尤其是制度性美化而作的。书名叫《中国专制君主政制之评议》①。这本书在台湾也很难见到。这是他最后一部书。我发现国内研究张君劢的,包括秋风,好像对这本书都不知就里。但这本书非常重要,对了解张君劢如何看待中国传统政制非常关键。如郭萍的书有机会修订,有必要补入张氏的相关论述。

---

① 张君劢指出:"钱先生《先秦诸子系年》及《中国近三百年学术史》,为脍炙人口之书,独其涉及中西比较之处,每觉其未登西方之堂奥,而好作长短得失之批评。吾辈留西较久者,实不愿狭其所以所知以攻钱先生,以各人学有专精,不必以其相非难为事。然其《中国传统政治》一文,系乎今后国人政治是非思想者甚大,有不易默尔而息者矣。"见氏著:《中国专制君主政制之评议》,台北弘文馆,1986年,第1~2页。

现代儒学的两个难题

——在《自由儒学的先声》研讨会上的发言

借着《自由儒学的先声》研讨会,学界同行提出了很多令人深思的重要问题,尤其是触及儒学现代发展的重要论题。其中,关于儒学与自由主义贯通主张中存在的谁收编谁的问题,以及个体与群体究竟谁更优先的问题,实在是不能回避的重要问题。略抒管见如次。

一、儒家与自由主义的"收编"问题

儒学与自由主义谁收编谁的话题,说了很长时间了。我粗鲁一点讲,这是一个比较无聊的话题。原因在于,由于论者不理解"立场"如何被确认的问题,所以才有收编这个话题。其实,只要论者将其话题命名为自由主义儒家,或者儒家自由主义,那么就意味着论者对儒家的价值已经有相当程度的认同。这个命题本身就表明,论者至少在最弱的意义上已经承认自己是一个儒家,否则就会采用其他命题。比如可以命名为道家的天道自由主义,或曰中道自由主义,以及其他名目的自由主义。一个论者,命名其理论的形态,可选项肯定多得很。既然论者将其命名为儒家自由主义,或自由主义儒家,就意味着自由主义与儒家的某种综合。在这里,谁收编谁的问题就有些风马牛不相及了。如果是谁收编谁的问题,那就很简单,要么直接谈自由主义就行了,要么直接谈儒家就可以了,还谈什么自由主义儒家或儒家自由主义?不管是将儒家还是自由主义放在这一联合词组的后面,不都是一个无意义的后缀吗?在语言表述上,这都是没有意义载体的。只要两者同时出现在关联性表述中,那就意味着起码意义上的价值认可。

如果儒家或自由主义谁收编谁成为一个有意义的命题,而不是一个无聊的东西,那一定有极其强势的价值观念预设在。其辨认的最后结果,就是两者的全不相干。自由主义有自由主义的本体假设,背景上还有神人关系论证、王权与教权的论证。儒家亦有其强势的道德本体预设,从这样的视角看待二者关系,就一定会进入一个发生学的紧张。发生学的紧张,让人难以看到类型学的相似。比如刘小枫就走不出儒家与基督教发生学的紧张,所以试图在中国搞出个类似于基督教那样的宗教,以拯救中国文化。而蒋庆也走不出类似的发生学紧张,所以一定要搞出儒教,以抗拒其他宗教对中国的侵入。蒋庆这样就好像是由儒家收编了自由主义。但实际上其收编是彻底的失败——在理论上是失败的,因为儒家收编自由主义不切实际;在实践上更是失败的,因为儒家至今仍然在思想世界中存活。另一方面,基督教可不可能征服中国,这是刘小枫的难题,而他自己都不愿做基督教的教主,所以他无法让基督教收编儒家。

反过来说,对蒋庆而言,儒家不仅收编不了自由主义,而且也收编不了权力当局:他说要成立儒家的社会组织结构,全国搞科层制的儒教协会。我只需给他提一个现实问题,全国各级儒教协会是否跟全国各级中共党委合署办公?在现实中,这个问题解决不了,那谁收编谁啊?所以收不收编这个问题，只有在最强的价值立场上才可以提出来。但是最强的价值立场一旦设定，相关的观念性问题就无法展开讨论了。尤其是在跨文化的处境中，观念性问题就更是无法讨论了。严格说来，我们只要尝试从跨文化的角度思考问题的话，就只能在最弱的观念意义上承认两者愿意妥协，握手言和。谁收编谁的问题我们就不要去争论了。如果要争论，也很简单，各自自认就行了——儒家有一套完备学说，干嘛要承认自由主义的东西？自由主义也有一套完备学说，又干嘛要承认儒家的东西？双方越争论，距离越疏远。到最后要解决争论的话，恐怕就只有诉诸宗教战争了。而到这步田地，已经不是讨论问题了，而是诉诸武力解决问题了。这就不是文化多元主义处境下的思考了。

从这个角度讲，我觉得旭东的"两个向前推论"，恐怕要非常慎重以待。强调对于政府的假设和对中立性国家的假设，必须要让儒家能够接受。这里就出现了难以回答的问题：请问哪个儒家能够接受？古典儒家表示无法接受，一是这类问题在古代不存在，即便存在，原始儒家已经"儒分为八"，那到底是其中的哪一个儒家来接受？二是在现代处境中，儒家已经是现代处境中的儒家，他们无权代表古典儒家表态。当他们代表儒家作一个整体性表态的时候，那已经是此儒非彼儒了！

我自认为我是儒家。但最近我出版的《当经成为经典》面世后，儒家网算是委曲求全帮我推销了一下，不过在留言中有人给我带个帽子叫"儒门诤友""自由主义儒家"。其实，我研究儒家，就已经代表我认同儒家。以一个研究者的身份面对儒家，不是我高于儒家，而是我臣服于儒家价值，所以我才自命为儒家。但人们似乎更重视在研究儒家之先，就毫不迟疑地站在儒家立场上且不动摇。这就无法给儒家以可靠的知识论证，也就无法以"可公度性"支持儒家的价值信念。对儒家信念的整全性表达，必须是在最弱意义上去表

167

述的。如果在最强意义上表述,就会设定一个正宗儒家的自命性前提,那其实就是一种判教观念了。而如果设定一个判教观念的话,那判教者的身份必须得到公认。否则,别人又怎么承认这个判教身份呢?如果人们连这个判教者身份都不承认,那判教者也就不成其为儒家了。他又怎么能代表儒家来判定别人是不是儒家,或者收不收编儒家呢?因此在这个意义上,我说自由主义和儒家谁收编谁的问题,是一个无聊的问题。如果是一个有聊的问题,那就是一个最强意义上的行动性概念,就要诉诸战争看谁征服谁。在观念世界中,最好是相互宽容。

二、个体与群体的内在关联

关于社会和个体再均衡化的这个提法,其实是一种错位的提法。因为个体的存在是针对社会形成的一个解释设定。从来没有孑然独立于社会的个体、孤立原子式的个体,这是对自由主义的个人主义的一个误解;而所谓的社会先行、共同体先行,仅仅是一个历史的先行。马克思主义批评自由主义是不到位的,它是以历史来批评逻辑。所以无论是个人主义,还是社会主义,其实要解释的都是集体行动的逻辑如何可能的问题。如果要批评个体优先或个人主义预设,也要把社会放到相同的逻辑层面上去考虑。而不是断然说家庭首先存在,社会首先存在,个体无法超越这个存在,因此个人纯粹只是一种假设。这是马克思主义相关批评的一个失误,它是一个历史对逻辑的批评,而不是逻辑对逻辑的批评。这种批评方式在我们汉语学术界延续得太久,以至于被当作一种前设性的条件来处理,我觉得有必要加以纠正。一是在逻辑上必须纠正的是,自由主义设定个体的优先性,不是在历史意义上的设定,而是在逻辑上的设定。因此不能从历史的意义上去批评,如果要批评就只能在逻辑上批评。在逻辑上对之进行批评，只有两种可能——无论假设社会的优先，还是假设个体的优先，两者的逻辑困难是一致的。或者说，先设个体怎么推出社会，与先设社会如何推出个人，两者的难度完全一样。经济学家们老是说，从个人主义推导不出社会。但反过来说，以社会的优先性又怎么去有效保护个体？两者的挑战性仍然是一样的。如果用马克思主义辩证法考虑个人与社会的兼顾，那么其实等于两者的先设性就都被忽略掉了。

归结起来，这里有三个逻辑上的问题需要澄清。第一，就是逻辑批评和历史批评的不一致性；第二，如果都是一个逻辑上的预设，那么个人和社会的各自优先都面临对等的逻辑困难，不见得社会的优先就比个人的优先更少逻辑困难；第三，如果要兼顾二者，那么社会和个体的先设就同时不存在了。在这个意义上，经济学家比其他社会科学家和人文科学家都厉害的地方就在于，他们是假设从个体出发来解释集体行动，奥尔森（Olson）集体行动的逻辑超越了个人优先还是社会优先的困难，其解释的有效性广为人们所接受。所以我们不要再延续个体优先还是社会优先的强硬设定。这样的一个设定，实际上不是在同一个层面上设定的，前者的个人是逻辑层面的设定，后者的社会是历史层面的设定。如果放到同一个层面，面临的问题都是一样的。

自由主义儒家的儒学立场
——评安靖如教授的儒学论述

在《当代儒家政治哲学:进步儒学发凡》①及其解释性演讲中,安靖如教授对现代儒学的整体概括和基本思路确实很有意思。因为不管是自由主义还是自由主义儒学,或是自由儒家,在我看来,比使用这些概念更重要的是承认现代思想的多元局面。所以实际上不存在蒋庆所说的把其他儒家一概抹杀的事情。

第一是自由儒家不想排除其他儒家,第二需要指出蒋庆自己的判教意图其实是非常强烈的。实际上,按照蒋庆判教的所谓纯儒,应该是儒学史上的一个伪命题。因为儒学之为儒学,一个重要原因就是它具有兼容性。儒家创始人孔子本身就具有兼容性。"入太庙,每事问。"孔子不是首先设定一种立场去面对他所处的时代。这就对安靖如教授使用的一个概念有一个支持作用,就是他特别强调的夏商周三代之礼的因革所呈现的进步性——如果试图形容儒学的一种演进状态,进步概念是很有效的。但是进步的实质含义,安教授

---

① [美]安靖如:《当代儒家政治哲学:进步儒学发凡》,韩华译,江西人民出版社,2015年。

也没有说出来：即从什么到什么的进步。进步一定是有一个初始目标和抵达目标的。如果没有从初始到抵达的进展，进步概念就缺乏实质意义，而只是表明一种进步的态度。这个进步的态度，我想不论什么立场的儒家都会承认。蒋庆也是一样，他面对的是现代政治的挑战，必须以一种进步态度改造传统儒学，否则不会有儒家三院制的设计。对传统儒家来说，根本不可能有什么三院制的想象，因为三院制完全是一种现代政治格局的设计。

所以我想，我们不能对一个着意概括儒学的概念作本质化的理解。我自己有一个提法，儒学要表现自己的现代宽容性，那就一定只能是"复调儒学"。我认为的儒学标准当然比较宽泛，像蒋庆、陈明他们对之会比较愤怒。但我仍然想强调一个思想家是否是儒家，不完全来自于内圣外王的价值宣誓，倒首先来自于一个对儒学保有亲近立场的人，他认为自己的价值认同是儒家，因此人们就有理由认可他是儒家。所以我不太同意安靖如教授一定要以内圣外王宣誓才被认为是儒家的说法。因为一定要注意，内圣外王这个概念是来自于道家的，是儒家把它转借并丰富起来的，灌注了内圣内容和外王制度。但它确实并不是儒家的原创概念。为什么不用儒家的原创概念表达何为儒家的标准，而用一个道家的概念呢？同情地看，这样的说法也有道理，道家的内圣外王是一个空头概念，在儒家这里获得了内容。但是不用仁、恻隐之心这类来自于孔子、孟子的原生概念，外王方面不讲荀学的王者之制，恐怕很难准确确认何谓儒家。当代很多儒家学者甚至认为荀学就是霸道之学，把荀学排除在儒家之外，这恐怕是有问题的。

我认为，确立儒家之为儒家的标准，涉及的是研究者个体的价值判断。我不认为安教授那样划分两种传统，即一个古典传统和一个现代传统，是有充足理由的。因为这就把传统当成死东西，作为现代人可以随意使用的对象了。当你划分出两种传统时，你实际上把传统对象化了，传统就死了。虽然你也说进步儒学是把传统活性化，但你在进行相关理论分析的时候，实际上把认同两种传统之古代传统当成了死的传统。从来不存在这种仅只作为被认同对象的传统。传统就在我们的生活中，它其实从来都是活的。八十年代的一个流行断定就是，传统文化已经消逝了，文化传统则活在我们灵魂里面。今天的人们，包括安教授的说法依然如此。

为什么安教授会有两种传统的区分，或者大陆新儒学各家各派也会有这种类似的提法呢？可以说这是混同了理论理性和实践理性的结果。在理论理性上，我们完全可以把传统与现代划分开来。比如说以1500年为界，或者以辛亥革命为界，都可以作出相应的划分。但是作为实践理性，传统如果在我们身上得到了某种反映，那实际上不是认同的结果，那是传统本身的呈现，是自然生成的结果。所谓传统，不是我们主观地去选择一个客观的传统而表现出来的认同感的结果，而是我们在实践中审慎的判断，在自己身上自然体现出来的。在这个意义上，现代儒学不是一个选择的结果，而是一个呈现的结果。为此，我不认同蒋庆，甚至不认同陈明的说法，好像我一定要亮个旗子，表明我是儒家。这中间的主观故意嫌疑太重了。

陈明对安教授不满的地方就是，你写当代中国儒家，却没有把他当作重点。陈明非常在意自己在当代儒家谱系里的地位。我经常开他的玩笑，谁写当代新儒家不写陈明，陈明就要跟谁急眼，并且我也要跟人急眼。因为陈明为了宣传儒家，坚持了二十几年，一以贯之，实属不易。但不得不指出，他还是有一种把儒家作为自觉认同的价值理念来对象化处理儒家的根本弊端。这是我第一次当面批评陈明：你以认同传统为前提，怎么可能内在于儒家并发展儒家呢？！儒家能够从古代绵延到今天，自有它的一贯逻辑。当以一种主观故意择定儒家价值时，实际上就混淆了我们现实中的传统因素与我们在现实中需要实现何种目标这两个问题。这是两个性质的问题。前一个是我们在理论上分析的问题。从事这种分析的人是一个理性的人。但后一个是实践理性的问题。实践理性不允许我们从容地进行纯粹理性的选择。

对中国传统内部资源来说，我和陈明、梁涛在讨论的时候都说到过，呈现现代儒学，儒家的内部沟通固然绝顶重要，但儒家与新道家、新法家、新墨家的沟通也是一大问题。第二位的才是儒学与西学的沟通问题。因为安教授是西方学者，他们对儒家和西方的紧张关系看得非常清楚。但在我看来，一个有自由价值取向的人，可能首先会对中国先秦诸子百家有一种同等看待的心态：有原始儒家、新儒家，那么也就有原始道家、新道家，如此类推。这种涉及中国传统文化内部的关系，可能是古今儒家都需要处理的实践世界的问题。唯有如此，儒家才能切进中国人的生活世界。

至于第二位的问题，也就是儒学和西方思想的关系问题，当然也必须高度重视。原因在于，"西方"毕竟是外来的文化。譬如说自由或者自由主义，即是中国传统文化中缺乏直接对应关系的概念。黄玉顺先生说儒家不谈自由就可惜了，这个说法仅仅具有现代指向，而不能从传统一端指认。这就像当年一些自由主义者所说的，不谈平等就等于轻易给"左"派腾出了地盘，太可惜了。这个可惜其实大可不必。将历史中所没有的东西以一种当下珍惜的心态硬塞给历史，就好像我们在超市里见到根本不需要的价廉物美货就认定非我莫属一样，有些让人奇怪。这实际上是一种非常策略化的做法，进而言之是对自己的价值选择不负责任，也是对现实背景中价值判断的复杂性或交错性的忽略。同理，现代的自由、平等、进步等基本价值，并不是几个知识人故意选择出来恩赐给全人类的。

实际上，安教授这个进步儒学，可以把近代以来西方整个进步理论装进来。在其中，你所选择的是一个完备的东西吗？如果是，那就是静态的选择。如果不是，如何容纳动态的东西？自由总是在进步的。在罗尔斯之前，自由主义基本上不讨论平等问题,但他将之作为自由主义的首要价值。从文化历史理念上看,中西之间,内外有别。不是说我们拒斥西方,而是因为西方确实是借助文化传统进入中国的。中国文化的一套原理不是西方的,反之亦然。但这并不构成大陆新儒家批评自由主义是无根的一个支持理由。中西内外有别,是从历史具体内容上讲的,但不妨碍中西形成自由的跨文化共识。从某种意义上讲,对自由的认同是一个文化体系之成体系的前提条件:早在战国时期,孟子实际上已经有了强烈的政治自由诉求,否则他不可能与梁惠王展开那样的对话。浩然之气首先是一种政治之气,是一种抗住所有政治压力的气场,是一种应对政治问题的无畏气概。就此而言,中国语境中的自由不是一个外来的理念(idea),而只是一个外来的概念(concept)。

确实,严复说过,自由这个概念对中国而言古今所无。我觉得严复这个悲剧性的人物,对自由作了一个非此即彼的文化归属判断。照今天的说法,就是很遗憾他把自由和传统对抗起来了。因为他没有发现更高位的自由理念深植于所有文化传统之中。对自由的追求是人类的共同价值。这与一个文化体系用不用自由这个概念关系不大。从这个特定的意义上讲,自由主义并不是专属于西方的。人们可以看到西方人与中国人的自由组合方式不一样。但人们不能得出仅只一个文化传统崇尚自由,而另外的文化传统均蔑视自由的结论。在儒家立场上讨论自由,虽不似西方在神人关系意义上的讨论,但中国从人伦关系视角也能凸显自由。这是典型的世俗版本的自由,与源自宗教的神圣自由无关。

我也站在这个立场上批评刘小枫。他的《拯救与逍遥》主张用基督教改造中国文化,认为这样中国文化才有希望、才有出路。这也是对中西文化前景作出的非此即彼的判断,明显缺乏广阔的人类视野。在儒家视野中,宋代儒者之所以伟大,就因为他们强调"人同此心,心同此理"。这就明白无误地提示人们,在根本价值上,中西方没有任何差别。今日之中西方是什么意思呢?第一是从地域上划分人群的不同,也即是说,中西方是个地理概念。第二是从政治上划分中西方的不同,突出的是民族国家归宿。我是中国人,我就得主张中国的东西是第一位的。以此类推,西方学者也只擅长谈论西方传统。中国传统与西方传统的碰撞势不可免。我认为这些说法的立意明显很低。这都是近代以来比较文化、比较政治、比较哲学研究立意低下的表现。

因此,需要大大提高我们的研究立意:要站在整个人类共同体前途与命运的高度,去确定我们的研究意图,构建其基本概念和基本制度。在今天的论题中,我并不认为自由主义构成对儒家的挑战,也不认为儒家自由主义或者自由主义儒家就成为一个矛盾组合。这里的自由主义,绝对不是从理论理性上谈论的。难道一个中国人接受了西方自由主义的理念,他就变成了中国文化的他者?他其实还是一个中国文化的内在的人。中国人再怎么讨论自由主义也很难和西方自由主义对话,因为文化语境迥然相异。这才是一个真正的背反,但仅仅是实践理性的背反。因为中国人认同自由主义,是想解决中国人的政治实践出路,并不想去解决西方的问题。如果说中国的自由主义与西方的自由主义有什么一致的思想,那就是他们致力于解决的都是人类的出路。他们有没有面对人类追求普遍的自由,以事实上的向死而生去追求自由,构成他们共同的理论与实践命运。

这样的命运,呈现为两种情况:一种是海德格尔式的情况,就是一个孑然孤立的人,他完全忽视他者地追求自由。所以列维纳斯批评他的老师,在无视他者的情况下必然与纳粹合谋。另一种是重视他者的自由追求。对于儒家和西方主流现代理论来说,在尊重他者的自由上完全是一致的。这个他者是从相对视角凸显出来的:就是中世纪的神,现代人为自己立法的康德传统对儒家的德性传统,实际上也就是人与人关系的传统。政治与文化的他者固有不同——政治的他者主要是指政治共同体的众多成员之相互关系，文化的他者主要是指相异文化传统的共在互联。人类要解决这些问题，西方人认为必须遵循法治原则，孔子则强调"君君、臣臣、父父、子子"的伦常秩序。后者与前者的差异性明摆在那里。但后者不是不讲自由，而是讲如何在伦理社会里面获得自由，可以叫作一种德性自由。两者只是得自由的路径不同，而不是得自由的目的有了差异。

安教授或者人们一般的解释是，由于人们得自由的方式不同，决定了他们得自由的目的的分歧。我认为这是不对的。因为这样就把人类对自由的共同理解放到一个太低的位置了。安教授也表示，他要做有根的全球哲学。但有根的全球哲学，按照一个分析的方式来说，有根指的是什么？是一个background的根呢？还是一个诉求value的根呢？一个人价值选择的根是具有排斥性的，谁都不能否定这一点。进而言之，任何一个个体的价值选择都具有独断的色彩，这也是无法抹杀的事情——因为人是要死的，他不诉诸一种具有独断性的价值，他自身是无法验证这些基本价值的终极正当性的，只能亲证这些价值对人生的须臾不可或缺。这是一种实践理性的独断，在理论理性上需要代际延伸的漫长求证。这种独断性，不管我们承认不承认，它都突兀地呈现在那里。大多数人不承认我们的价值信仰在终极状态上必然是独断的，尤其是自由主义的基本信念不支持这一点。于是反对自由主义的论者就说，自由主义的最大悖谬就是以绝对自由的态度来张扬仅具有相对价值的自由，这个太反讽了。在这一批评里，论者显然没有看到自由主义对自由的不可讨论之预设。其实，人类对神的信仰又何尝不是如此呢?！

刚才安教授提到，陈明对你有一个反讽性的评价，叫你是"白左"。"白左"的特点之一就是以同情的眼光看待非西方文化，并表示敬仰和认同。安教授否认这是悖谬的。但说起来还真有点悖谬——因为安教授毕竟是西方人,当你认同中国文化的时候,我们中国人就会感觉很"隔"。因为你的关心来自于你的西方文化经验,比方说你关心男女平等,但儒家就不太关心这个问题。因为对儒家来说,男女之别既定,就没有显著的文化内容需要伸张。但西方的gender study把两者区分得非常清楚,像葱花拌豆腐一样,一清二白。以这样的关怀来看待儒家的性别观,就有扭曲儒家的嫌疑。20世纪90年代后期,杜维明先生写过一篇几十页的长文,从儒家立场回应西方的性别研究。这样的回应得接受一个基本的质疑:你究竟是基于儒家立场的回应,还是为表明儒家立场而进行的回应。这是两个不能混淆的问题:基于儒家立场,根本就不用回应,因为这不是儒家的问题;而为表明儒家立场进行的回应,也不是问题,因为这种表明的意义不大,完全无法进入儒家思想谱系。如果是站在西方的立场,以儒家为思想资源思考问题,那就必须回应。但回应者必然呈现出中国文化的他者身份。这正是杜先生长期是一个中国文化他者的原因所在。他不是中国文化发展的标志,而是西方文化发展中处理中西方文化关系的标志。他的西方文化归属性是显而易见的。

需要明确区分中国关怀和中国经验的不同。在西方生活而对中国文化怀抱敬意的西方学者,或者在西方生活的华人学者,他们具有强烈的中国关怀,但他们缺少必要的中国经验。中国关怀,指的是这些学者对中国的过去、现在与未来的高度关注;中国经验,则是活生生的生活给研究者提供的内在支撑。在这个意义上,安教授基于中国关怀申述了有根的全球哲学主张。但这里的有根,应该只是一个背景条件。这个背景条件就是——可以自由地利用一种基于某种传统的立场,来对全球化时代的全球问题作出反应。因而这样也就免除了安教授文化归宿的窘迫性——像狄百瑞、安靖如教授这些"白左",也就是西方的自由左派,讨论中国哲学的合法性,不是在经验上内置于中国文化,而是在关注全球或人类问题时动用中国思想资源而已。这就足以支持当讨论中国哲学问题时,而不必要具有中国文化身份。否则你们讨论中国哲学,无论怎么颂扬儒家的内圣外王,中国人都很难信以为真:因为事实上你们对内圣没有直接体验,缺乏一种文化经验上的直接支持。你是借助自己主观意向的价值选择,依赖理论理性的价值选择作出的决断。

分析所谓有根的全球哲学,"有根"开放地成为一个历史文化背景条件,"全球哲学"则被处理为当下问题。循此区分,就可以免除人们在价值选择上相互追究、相互纠缠,谁也不理解谁、谁也不接受谁的僵持。这是一种自由派立场,而不是一种自由主义立场。因为这一立场是开明的,是大家容易接受的。而自由主义立场的价值要求是较为严格的,可能其接受的广泛程度就会稍逊。基于此,我同意自由儒家和自由主义儒家肯定是不一样的。因为自由主义儒家是将西方的自由主义理论移植过来,用理论理性来论证人们的自由处境。而自由儒家却可以拒绝将西方的自由主义理论作为理论分析框架,并直接来对接儒家且阐释自由理念。二者有一个共同的麻烦,就是儒家实际上从来没有对这个liberal作过明确的阐释。所以当年狄百瑞先生阐释中国自由传统的时候,他就只能将中国的自由简单地确定为liberal education,即自由教育,甚至是博雅教育。这样当然足以呈现中国古人得自由的特殊性,但不足以呈现中西自由观在根底上的一致性,而只能凸显具体呈现上的差异性。

因此倡导有根的全球哲学,一定要开放价值立场。不是一说有根的全球哲学,就以为它是一个当然可以成立的命题。这中间当然有一个认同分析政治哲学的嫌疑,而且是预先设定罗尔斯式的分析结论的嫌疑。因为罗尔斯在《政治自由主义》中特别强调,一切comprehensive doctrines(完备性学说)对政治正义而言都是一个背景性的东西。人们基于公共理性追求重叠共识,达成稳定宪政共识基础上的权利共识,是与这些完备性学说没有直接关联的。人们不能把自己有根的完备性学说直接带入宪政共识。如果把我们的根带入了我们的共识，那大家在价值上无法达成共识。如果坚持"根"的优先性，就必然妨碍人们的理性决断。

从实践理性的角度看，理性的实践性和审慎性对达成稳定的宪政共识是极为重要的。实践性大家心知肚明，但审慎（prudence）的特别重要性，人们对此的认识程度还不够。而政治的理性选择特别需要人们慎重地进入政治实践场域。在政治生活中，人们常常犯的错误是，在面对实践理性引导的现实决断时，却以一个理论理性标准作为行为判准。这就是一种哈贝马斯式的矛盾：明明人们在寻求实践的一致性，他却极力怂恿人们建构理想的对话情景，以为那样人们就能获得一致的政治结论。在理论理性上，基于价值一致性的对话从来不可能展开，因为对话各方的价值脉络都不一样。除非对话者愿意"我放弃我的立场，你放弃你的立场"，方才能进入对话状态。可是对话者各自放弃了价值立场，不唯在理论上各自不知道对话从何处切入，而且在实践选择上会变得更为漂浮，不知道目的地何在了。

至于安教授特别强调以内圣外王来判断是否是新儒家，恐怕也难于成立。姑且不说这一命题非儒家原创的理念，即便用之判断儒家真假身份，也需要进一步的理论分析。说起来，在内圣一端，内圣之圣有动机之圣、过程之圣与结果之圣的不同。仅就动机之圣来讲，恐怕就难以相互认证。比如说陈明克勤克俭，要诚要敬，但这怎么能在他躁动的生活中体现出来呢？而在两个都很躁动的人之间，成圣的动机之纯洁就更难让人确信。如果说成圣的动机是内心的自我认可，完全不需要别人确认的话，那就更是让人捉摸不定的东西了。一个人有成圣的动机，我们远不能说他就成圣了。现代哲学告诉人们，动机的纯净性是无法让外人确信的，因为你在检验别人动机的时候，由于你根本就不是别人，因此完全无法判断别人的动机。因而对一个人的动机,别人最多只能选择承认与否。动机伦理学对这个动机的纯净性从来都不能通过人们彼此间的商讨来相互承认,而只能单方主观承认,即采取一种我作为外人承认你的动机纯净。

现代新儒家主张内圣外王的贯通关系的时候,还会遭遇另一个麻烦,那就是"立于内圣"是基于动机,但"呈现内圣"的时候借助的是修成正果的那个外王结果。可以说这是一种效果论的内圣。动机论与效果论竟然出现在一个命题之中,逻辑上就需要理顺。同时,一个人以诚入静,以这样的修养方式升华内圣境界,这是一个动态的过程。但效果的内圣通向的是共同的"公共"外王,这个公共性如何保证呢?冯友兰的人生境界说,从物质境界一直递进到天地境界,人生在不断追求进步。但每一个进步台阶展现在人生进程之中的,却没有现实台阶,只有理想愿望。这是一种逻辑上难以自洽,实践上难以操作的人生哲学。他的人生挫折恐怕与此有密切关系。

但这样的主张可能符合安靖如教授的进步概念。儒家的修行本身就是一个进步过程。人生在不断地充实,灵魂在不断地提升,人从一个凡夫俗子,最后能进入顶天立地的最高境界。路线图很清晰,时间表全没有。换言之,人们更希望有一个实践伦理的指南,而不是一个极为粗线条的人生谋划。在这一点,牟宗三先生曾经很苛刻地指责过胡适、冯友兰、贺麟这些学者,指出他们不过是用西方现代哲学的语言图解中国古典哲学,将"极高明而道中庸、致广大而尽精微"的儒家理念说破了。其实牟宗三先生与这些学者并无根本区别:到底他也还是用康德的三大批判作为进入儒学、创新理论的门径。这不跟冯友兰用新实在论进入中国哲学是一个进路吗?不跟胡适用实用主义理解中国哲学异曲同工吗?在人们看来,他们的境界都是一样的,并不见得谁就更高明。

现代新儒家的基本处境是,必须使用现代哲学语言重写儒家。由于大家都是一个处境,因此不能认为援引康德就境界最高,援引实证主义、实用主义的境界就非常之低。经验的进路难道一定要比思辨的进路差吗?不见得。唯有开放儒家的内圣外王解释进路,凸显内圣解决的现代问题导向,将外王开放为可以脱离内圣但体现内圣精神的独立空间,内圣外王的命题才具有现代性。在现代社会中,每个个体都有希望成圣,而不是说一定要经由内圣结果来验证,那么内圣就成为一种引导性伦理;至于外王,也不必再由内圣的王者呈现,而有政治共同体成员协力实现其目标,如此既避免了内圣的结果变成单一的王者支配,又保证了外王通向立宪民主的康庄大道。千万不要以内圣外王的原教旨立意,把儒家安置到一个反现代立场上,以philosopher king为政治哲学建构的鹄的,那无异于将儒家放置到火山上炙烤。尽管当下大陆新儒家都是很想做哲学王的。

需要指出,按照蒋庆那种判教的思路,以结果状态来判断内圣外王是不可行的。内圣一端已如前述,外王事业也一样。在古代,"王者之制"不一定就成就了什么惊天大业,这是众所周知的事情。在现代,共同体成员愿意成就外王的事业,不过外王的事业已经成为大家的共同事业,因而具有了开放性,也就具有了现代性。

最后,我想提及一下,自由儒学或自由主义儒学是基于一个什么样的立场来阐释它的理论。我并不认为自由观不是儒家的核心,而只是一个次要方面。其实,德性自由与政治自由,一个是高位自由,一个是低位自由。不要把儒家的高位自由从属于低位自由。相反,高位自由一定是为低位自由提供支持理由的,道德哲学从来是为政治哲学提供价值基础和价值支持的。只要承认"人同此心,心同此理",承认通过德性得自由,承认大丈夫人格的引导性,儒学的核心就是德性自由。内圣的目的指向正是德性自由。孔子讲"七十而从心所欲不逾矩",不逾矩就是一种社会生活中的自由。儒家不仅讲到德性自由，也讲到社会生活的自由。不过强调只是到了七十岁才能达到这一目标，而且还具有极强的个体差异性。对于大众来讲，孔子是社会楷模。因为已经有孔子作为标准，可能别人八十岁也许还能从心所欲不逾矩。别把孔子的个体成长过程外化成每个人都必须重复的人生过程，但孔子的人生指示性意义是不言而喻的：如果都按照十有五志于学，七十而从心不逾矩做人，孔子的示范意义也就没了。在这个意义上，我认为儒学的自由跟所有其他文化形态的自由一样，最后目标都是一致的。因为人类向死而生的处境，除了追求自由，人类没办法解决自己生存的根本悖谬。

从这一点出发可知，自由儒学也好、自由主义儒学也好，只要我们限定一个解释范围，其正当性就没必要争论。我们在理论理性中确定重新解释与时俱进的儒学之时，不论将解释的结果命名为什么儒家，都是阐释儒学的一种现代进路。因此人们不能排除任何有别于自己的其他解释进路。在现代性背景下，你说你的，别人说别人的，自由进入思想市场展开竞争。

当然排斥性强的儒家主张始终不会退场。如果一个解释者坚决要做儒家教主，就必须像释迦牟尼一样，看破红尘，展示宗教奇迹。或者像上帝一样，以《圣经·旧约》创世纪的传奇，作为信众因信而行的寄托。否则，就只是对理论理性的世俗陈述。据此，化不掉别人的思绪，你最多也就是用佛教的判教手段去判断别人境界高低，断言别人是不是儒家。这样的断言不是没有意义，但意义肯定不大。比如蒋庆的相关判断意义就很有限。只有蒋庆立志成为教主，他的信徒才可以崇信他、崇拜他，一种排斥性的宗教化儒教就豁然诞生了。教主之说，在这里没有贬义。只是说儒学要宗教化，如果不能成为教主，就会留下董仲舒式的遗憾：试图以天围人，但因为缺乏政治以外的宗教力量的支持，最后只好解甲归田。

我批评秋风，不像一般人那样骂他胡说八道，说他是陋儒什么的。我认为,他要开出儒家宪政的现实道路,而不是指认儒家宪政古已有之,就必须走出董仲舒式的困境,否则儒家宪政仍然遥不可期。宪政就是要限权。董仲舒实际上是以天限权,如果当时他把这个天与太学机制结合起来,就成就了一个教权系统或者天权系统。就像基督教,以教权系统与王权系统博弈,成功地走出一条限权的立宪政治道路。但无论怎样讲,董仲舒没能给人们显示这样的结果。尽管当时太学生为他得罪了汉武帝而求情,但他们从来没有因为限权而紧密地勾连起来。换言之,董仲舒从来没有开出一个去限制现世王权的另类权力系统。就像今天如果没有华尔街抗拒华盛顿,那美国以权力制衡权力的机制就很难设想一样。

但可惜的是,人们对立宪问题的关注,经常转移到社会领域和思想领域,将立宪矛头对准其社会基础和观念维护者,而没有精准地对准国家权力系统。可爱的"白左"们,老是把资本主义骂了个狗血淋头,而没有把国家权力骂个狗血淋头,也许两个玩意儿都不是好东西呢?至少你一起骂骂如何?权力和资本不是因为它们是好东西而被人们看重。它们可能都不是好东西,但在限权上还得依靠它们之间的"狗咬狗"。至于试图限权的立宪主义者,必须"左限资本",就是听任"左"派去限制资本;且"右限权力",就是同意右派有效限权。右派敌视国家,"左"派敌视资本,在相互平衡之后,社会政治生活就正常很多。人类从来没有办法抵达理想的境界,这是被人的存在论定势所注定的结果。如果要抵达这样的目标,大陆新儒家必须从根本上转变思路:蒋庆一定要成为教主,秋风也一定要成为教主。假如他们不愿意成为教主,儒家宪政主义就是没有任何政治意义的空谈。今天的他们,似乎没有做教主的打算,最重要的原因,就是他们对红尘滚滚的生活还相当在乎。成为教主,一个人必须看破红尘,严格约束自己,免除利益欲求。这对一个世俗中人来说是很难做到的。

像我自己早就彻底放弃做教主的冲动了。我承认,在现代性的情况下,大家各有道理。这不是无政府主义、虚无主义。而是说在现代社会生活中,一种主张有接受者,不同主张间就一定有冲突,有冲突就让人们有了选择权利。选择的自由是重要的自由形式之一,不可小视。因而,你说你是自由儒学也好,是自由主义儒学也好,都行。只要言之有理、持之有故,在思想市场上自显高下。所以我就成了一个含糊的、捣糨糊的人。但是我觉得这既是一种自由态度,也是一种自由主义者的基本立场。

在国家建构转折点上的儒家

——评《新儒家谈民主建国》

好久不见儒宾兄,他又有很多新思考、新见解。2015年,儒宾兄在台湾办了一个抗战胜利70周年的展览,我当时看了印象非常深刻。在台湾的政治阵营划分中,儒宾兄是本省人士。不过他既有比较浓厚的省籍情结,又有明显的文化统派情结。当时看了他的展览,我非常感动。

儒宾兄不仅勤于文本耕耘,更关键就是大家今天也见识了,他是台湾学界致力于收集各种民间史料或者非正式文本史料最勤力的一位学者。儒宾兄今天讲的"新儒家谈民主建国"这个话题非常重要,也非常沉重。[1]重要的是,一向在中国问题当中极端凸显,但不被人看重的"中华民国"和"中华人民共和国"这个中国现代史脉络中的台湾问题,没有受到应有的重视。儒宾兄今天让我们看到了这个话题的极端重要性。2010年我在台大做访问研究员的时候,当时台湾有一种声音让我感到"台湾的中国担当"似乎有点令人不满:就是台湾觉得自己体量太小,不足以跟大陆平等讨论问题。当然,让我感

---

[1] 参见杨儒宾:《1949礼赞》,联经出版事业公司,2015年。

到比较悲哀的是,大陆的同道朋友们也认为这种看法是理所当然。可见,台湾意义在"中华民国"和"中华人民共和国"的中国现代史脉络中亟须放大来看,才足以让人们觉察到台湾问题应被重视的中国话题权重。与此同时,台湾在整个世界革命史范围内所富有的中国国家建构的独特意义,也一直没有被彰显出来,这也是令人感到非常遗憾的事情。尤其在1997年之后,由于香港问题在中国当代建国中的意义被凸显出来,台湾的相对意义就更是明显下降了。儒宾兄今天提醒我们,这样的状况需要改变。

我非常赞赏儒宾兄抓住关键历史时刻的敏锐性。1949年当然是一个世界革命史上的决定性节点。1997年让这个结构有了变化。1949到1997两个年度的比较意义还需要阐释,这里需要指出香港的中国意义也非常之大。儒宾兄提到,新儒家的代表性人物大多在去世后不愿意葬于香港,而想方设法要葬到台湾,最终则想葬在大陆。这样的地域选择,颇有象征意义。广而言之,在整个东亚文明史、世界革命史、现代国家建构史上,这几个地区相互影响而产生的重要作用,需要研究者认真对待,深入探究。

儒宾兄这个话题的重要性就在这里。我希望经过儒宾兄今天的阐释,台湾在上述几个重要话题中的意义不再被小看。可惜的是,先且不在一个大范围看,仅就台湾而言,不仅民进党看不到这个意义,国民党似乎也睁眼瞎。今天的国民党根本就没有中国历史言说,靠的是像儒宾兄他们一批本省籍人士,包括陈昭瑛、黄俊杰等教授的努力,来填充国民党所没有的统派历史话语。这是一个很奇怪的现象。相比而言,急统派的话语政治性过强,而不具有深厚的历史感和文化感。儒宾兄他们的努力提醒我们,保持相关言说的学术性会增强这类言说的可信性。简而言之,儒宾兄提示我们注意一个并不大的地区对一个国家和当今世界所具有的重要意义。这是今天儒宾兄的演讲给我的第一个深刻印象。

我的第二个深刻印象,可以用"四个一"来加以概括:

第一,一种情感。儒宾兄通过"新儒家谈民主建国"的历史回溯,中间蕴含的文化情感、道德情感,都非常厚重。对中国来讲,自晚明至今,国人就一直对现代建国的问题萦怀不去。中国的现代化起点,我一直讲应该从明末算起,我不愿意将1840年作为中国现代的起点。从晚明开始,中国的士人阶层就承担了过于沉重的社会文化和政治责任。明清之际三大家是如此,晚清变局中的士人阶层也是如此,1911年、1949年变局中的知识分子更是如此。而当下海峡两岸的知识分子阶层的这种情感仍然相当厚重。一方面,士人阶层与知识分子的这种情感令人敬重。另一方面,也证明中国问题解决起来的难度之大,超乎想象。士人与知识分子在情感和理性之间的斗争,自明清以来远没有结束。在某种意义上讲,如果这种情感缺席了,人们无法想象知识分子在维持中华文明精神于不坠这个前提下,如何去思考中国的前途和命运问题。可以想见的是,如果他们没有对国家非常深厚的感情,他们发出的很多言论,就会变得完全无法理解。儒宾兄今天讨论台湾的处境、台湾的前途,心系的是台湾跟中华民国、中华人民共和国以至于跟更广义的中国的关联和前途问题。这种情感,令人非常尊重和敬佩。

第二,一种态度。儒宾兄今天呈现了一种什么样的态度?就是对中国保持温情的态度。在某种意义上,历史学家们对哲学家们所阐释的"中国"这个概念,最近几年颇有搅局之功。历史学家给我们提供了一个非常动态化的"中国"概念。我们必须在知识上接受"中国"这个动态化的概念,确信从来没有一个确定不移的中国概念和中国结构。在知识上,这样的努力确实丰富了我们的知见。但同时,历史学家在丰富我们知见的时候,会导致我们在作出某些政治判断时情感上的隔离。试想,我们本来明明白白地确立起了中国认同,但经由历史学家提点,我们究竟认同的是哪一个中国?甚至我们完全可能会接受《三国演义》第一段话的说法,"话说天下大势,分久必合,合久必分"。如此一来,我们可能会对国家的统一问题掉以轻心。在当今中国大陆广义的自由派知识分子当中,一般都对国家统独问题不太关注。至于我自己,则相信在面对国家的态度上维持国家统一的必要性。这是一个万国时代还有必要坚持的基本立场和态度。尽管中国悠久的"大一统"传统是好是歹,还是一个需要讨论的问题。不过很显然的是,当"港独"不成气候,"台独"已成气候,大陆一旦放开政治限制,不同政治立场会被更加充分地释放出来,国家统一的局面会更加严峻。因此从总体上讲,知识分子对国家统一的维护态度,这种国家温情,还是需要肯定的。对这一点,我从儒宾兄身上已经体会到。

第三,一种方法。从讲演开篇就可见儒宾兄特别注重收集历史大转型中重要时刻、重要人物的书信材料,以期揭示这些重要人物在历史转折关头的基本心态。这是心态史学的研究方法。20世纪90年代,中国大陆的心态史学热闹了一阵,如今好像偃旗息鼓了。实际上,心态史学的研究非常重要,可以向人们揭示一个大转型时代大人物内心的隐秘精神状态。中国最近几年在经历了一次逆转的情况下,适逢庆祝改革开放40年,大家高度关注改革开放的前途和命运,人们内心的变化,绝对值得像儒宾那样去深探。我相信,像儒宾兄回到1949年审视新儒家代表人物心态一样,去审视2018年中国一些重要人物的心态,既有历史刺激感,也有某种方法上的贯通性。

第四,一种出路。儒宾兄在政党与国家之间、台湾与"中华民国"之间、中国台湾与中华人民共和国之间展开论述,线索复杂,颇有新意。在这些线索之间明显存在非常巨大的张力。儒宾兄强调了"一个中国",没有从"各自表述"角度论述问题。对学术界来说,"一个中国,各自表述"这个表述本身就很复杂。在"一个中国"的前提下来考虑台湾、中国乃至于东亚这么大的政治体的前途和命运,是一个负责的道德态度。如此才能指出某种对各方共同关联在一起的政治共同体的理性出路。某种政治裂变当然是一个我们不能不面对的现实,尽管我们也感到痛心。但如何在"一个中国"的论述下面讨论更健全的政体和政治出路,这是儒宾兄引导我们去关心的核心问题。

这些是我听了儒宾兄讲座的一些收获。但我也有一些困惑想请教儒宾兄。

第一,1949年的重大意义是谁都承认的,对一个中国来说,两岸问题的浮现,1949年当然是一个重要的历史时点。但问题在于,1949年能不能放在一个更宏大的历史局面中去展开?按照儒宾兄的线索,实际上是有这个必要的。在革命视域中,20世纪的中国革命史不是一个孤立的现象。中国革命史跟之前的英国革命、美国革命,以及最为重要的1789年法国革命,有着说不清楚的牵扯关系。但更重要的是,由俄国革命转移出来的国际共产主义革命,对中国革命影响更加深广。从某种意义上讲,世界主义的自由派强调"万国之上犹有人类在",共产主义追求一个"环球同此凉热"的目标,在这一点上两者倒是有某种同构性。这个景象交错的世界图面似乎更有利于呈现儒宾兄的论题广度?

同时,在审视两岸问题的时候,可能儒宾兄没有重视一个民族国家建构的革命运动与全球社会或者世界帝国建构的革命运动之间存在高度的同构性甚至同质性。这个革命运动何以会出现?在解释民族国家兴起的过程当中,由于处在分裂国家的状态,我们的情感容易注入强烈的道德感。但对一个重新建构的当代全球社会,且以基督教世界建立的第一个全球社会作参照,全球的国家建构运动就显得更为复杂。限于中国范围内说事儿,是否不足以呈现中国问题的丰富内涵?我不知道儒宾兄有没有兴趣去关注这一个维度。在某种意义上,中国的共产主义革命是重建全球社会的国际共产主义

189

革命运动的一部分。中国革命绝不单是1640年英国革命、1688年英国"光荣革命"的催生物,它是由法国革命释放出来的、以人民作为驱动力的国际共产主义运动的一个组成部分。在这个组成部分当中,最重要的东西就是在马克思列宁主义主导下超越了"阶级"概念。"阶级"概念是个动员性概念,仅仅是共产主义运动据以反对"旧社会"的理念。在从低端的剥削阶级社会向无阶级差别的高级共产主义社会发展的过程中,人民才是建立全球共荣社会的决定性力量。这个国家蓝图和它贯通的文化蓝图、道德蓝图,跟儒宾兄目前关注的国家话题是不是有所疏离? 这是我感到比较困惑的第一个问题,提出来请教儒宾兄。

第二,新儒家面对民主建国的重大历史时刻,挫败感、悲怆感和希望感同时升腾起来。在探讨这个心态史学问题的时候,人们确实可以看到,他们这个群体经历四大论战时,内心是多么复杂。如果说新儒家与国民党、与台湾本土派的论战不那么重要的话,那么他们主要是在两个论战中呈现自己立场和主张的。

首先,在新儒家选择现代敌人时,他们都有高度的敏感性。他们看到,从他们所关注的中国文化来讲,共产主义的全球社会建构是要完全抛弃各民族文化的,最明显的就是列宁所说的"剥削阶级并不随着他们进入棺材而彻底灭亡,其思想还散发着腐恶的臭气"。中国传统文化中的某一部分是不是散发腐恶臭气的一个载体? 正如儒宾兄所揭示的,传统与共产主义这种对立的尖锐性是显而易见的。但在这个尖锐对立之外,是不是可以看到民族文化与一个全球社会重建而兴起的全球文化之间存在的巨大紧张? 在这一点上,新儒家如唐、牟、徐他们对之作出的反应,基本上滞留在这一紧张关系的民族文化出路一端,眼界是否低了一些?

其次,在新儒家与自由主义展开的第二个论战场域中,说起来自由主义也要建构另类的全球社会,新儒家跟自由主义和马克思主义的论战,都存在民族社会与全球社会的紧张。在某种意义上,今日全球社会以民族国家为前提,但在愿景上,自由主义和共产主义都有跨国的欲望。唐、牟、徐他们所表现出来的那种强大的民族历史文化张力,是一种能够化解的张力吗? 或者我们今天是不是也面临着同样的问题?

至于新儒家与本土派的紧张,可以说是不在同一个场域的张力。台湾本土派要不要主张独立,或者说他们的历史言说要不要建构? 可能跟儒宾兄所说一样,并不跟新儒家构成直接冲突。这不是台湾本土派有没有像当下这么分裂,或者他们的论述是否成熟的问题,而是他们与新儒家应对的问题的层面不一样。在新儒家这里,他们的主张主要指向中层层面,即相对于世界社会和小族群而言的民族国家(Nation state)这样一个层面。向下,新儒家可以包容小的、细分的文化–政治运动。但向上,他们不能接受一个更大的、世界化的全球文化的建构运动。这种紧张可能使得他们与本土派的论战不至于落到尖锐对立的境地。由此可以说,新儒家与本土派不那么对立,不仅仅是因为他们的私人关系,或者是徐先生长期待在台中,跟本土派有交谊,无法撕破情面的缘故。更大的结构性原因是什么? 是他们的主张之间具有兼容性?!

新儒家与国民党的论战,因为新儒家没有能够切割清楚政党和国家的关系,对国民党的偏爱,是他们与国民党论战不至于太撕破脸的原因。其实他们没有发现二者的同心圆,中国共产党自始就是一个在列宁主义原则上建构的党派,而国民党之败于共产党,就是因为它没有成功转型为一个列宁主义政党。对这样的同构性,新儒家似乎一直是不清不楚的?!

第三,儒宾兄特别强调"中华民国"问题是个中国问题,而不是台湾问题。对此,我非常赞同。他也指出台湾问题不是一个国民党的问题,这个我也非常赞同。但问题在于,台湾能不能在现有的情况下排除民进党的言说,而在新儒家的言说进路中确立某种带有道德化色彩的民主建构? 并循此处理中国台湾与"中华民国"、中国台湾与国民党、中国台湾与中国共产党、中国台湾与中华人民共和国的论述关系呢? 这样的多重张力,展现在儒宾兄的论述中,但可能不在新儒家的考虑里面。可能新儒家考虑的国家还是文化性国家、道德性国家?!

及今而言,新儒家讨论的民主建国,因为把论题安置在道德的平台上,因而最糟糕的问题就是他们从来无法设计一套国家制度。所以在台湾真正启动民主转型的时候,新儒家同时失语。台大的黄俊杰教授撰有长篇文章指出了这一点。在台湾民主转型之际,牟先生还有非常健康的思考能力,但是基本上没有对台湾的政治变局作出重要反应。我在台大做了两次访问学者,特别关心和收集台湾民主转型的相关资料。我收集了20世纪80年代末期、90年代初期民主转型中事关国事的讨论会、政策研讨的文献资料,丰富得很。但我基本上没有发现新儒家重头人物有分量的发言、有价值的政策设计资料。在某种意义上,是不是新儒家本身的道德立场可能更支持全球性社会,而不见得会支持民族国家建构? 在这中间,是不是新儒家谈民主建国,建何种国家已经成了问题? 因为民族国家是一种国家,全球国家也是一种国家,但两者是不一样的。有问,新儒家的道德普世主义立场是否能跟民族国家建构兼容? 我感到比较疑惑,也想请教儒宾兄。

臧否现代与当代儒学阵营的分裂

——读"大陆新儒家"作品有感

近几年,"大陆新儒学"①的一些朋友,尤其是"新儒教"的朋友,把自己阐述立场的前提设定为否定"现代新儒学"。其所针对,自然不仅仅是"港台新儒学",而是整个"现代新儒学"。"港台新儒学"属于现代新儒学的第二代,现代新儒学肇源于20世纪20年代,1949年转移到港台和海外。因此二者同属于一个理论阵营。"大陆新儒学"则属于当下限定在中国大陆范围,部分主张抵抗"西方"、彻底回到儒家传统,且以建构儒教来确立国本的思想阵营。他们被这一圈子之外的、中国大陆研究儒学的人士称之为"大陆新儒教"。后者欲对前者采取的拒斥态度、替代之势,表明两者间的价值取向之迥异,思想阵营之截然不同。

"现代新儒学"要应对的问题,是中国从传统到现代转变之际,怎样使儒学的言说具有现代性特征。这是"现代新儒学"之谓"现代""新"儒学最重要的一个理论表征。如果丧失了这个表征,"现代新儒学"之现代就成了纯粹时

---

① 以"大陆新儒家"为名出版的丛书,可证这一派别的兴起。参见"当代大陆新儒家文丛",陈明、任重主编,东方出版社,2014年。

间意义上的现代,缺乏规范意义上的"现代"内涵。其实,也就无所谓新旧儒学之分了。换言之,"现代新儒学"的命名,是因为它对儒家、儒家中国现代转变的处境作出了积极回应。

面对"现代",儒家可以保有三种立场。第一,反"现代"的新儒学。晚清极端保守主义者、当下大陆新儒教的部分人士,大致可以归于这一阵营。儒家确实不一定必须为"现代"辩护,儒家反对"现代",也有其理据支持。

第二,反"现代"新儒学的现代新儒学。这种主张认定,"现代"新儒学不够现代,因为它堕入了西方的地方性"现代"陷阱,需要确立对接传统与现代的现代新儒学。蒋庆是这种主张的代表。蒋庆"政治儒学"的现代性属性是显而易见的。他的言说与真正传统的公羊学是扞格的。他全心应对的挑战是传统儒家视野之外的问题,也就是中国国家政体建构的现代结构性转变问题。与其说蒋庆的政治儒学是为了光大儒家传统,不如说是应接他眼里的双重西方挑战,即西方传统和西方现代两种政体建构的挑战。他的儒家三院制在结构上是两种西式政体的粘连,后面的两院,即国体院与庶民院,接近于上议院和下议院、参议院和众议院,这种设计没有新颖性可言。他置于最高位的通儒院,实际上就是中世纪的政教合一体制。

三者机械拼叠而成的三院制,是将西方传统的政教合一体制与现代的两院制无机重合的结果。通儒院就是要在政治运作的实际权力之上提供直接正当性的依据,国体院与庶民院实际履行国家立法任务。这中间可能容有一个重大变化。因为在传统儒家视野中,内圣外王的追求,仅是儒家中人的价值立场或政治主张,并没有演进为政治操作。董仲舒曾经试图以儒家的混合性价值立场和主张来限制王权,但因为没有开出一套以天限权的对峙体系,所以他限制王权的尝试并没有政治建制的支持,终归落到所有儒家限权的道德愿望窠臼。反"现代新儒家"的现代新儒家要解决的问题,无需从可行性上加以评价,但中间呈现的反现代的现代模仿痕迹明显可辨。

第三,混淆传统和"现代"的现代新儒家立场。这种混淆体现于,一方面把中国的现代转变时限放得很早,另一方面让现代的空间显得漫无边际。比如有人讲"春秋中国就是现代国家"。加之美籍日裔学者福山在其《政治秩序的起源》一书中,确证了现代国家的三大支柱,即官僚体制国家、法治和责任制政府,而第一根支柱就是从中国的秦代确立起来的。这给当下儒家以巨大鼓舞——国际知名的政治学家都这么说,难道我们还自惭形秽吗?但在我看来,这样一种时间上将现代无限提前,空间上完全混淆传统与现代边际界限的主张,无论是出自福山或是国内人士,意义都极为有限。"现代"可以萌生得相当早,但"现代"呱呱坠地,则确凿无疑是1500年以来这一晚近阶段的事情。

现代之为"现代",不单纯体现在中西文化冲突维度上西方现代跟东方传统的对峙关系。更关键的是,对西方来讲,现代性也是其历史断裂的产物。人们通常以为西方现代是"两希一罗"(古希腊、古希伯来,古罗马)顺畅发展的结果,这是汉语学界的最大误会。国人认定,既然西方顺畅地发展出现代,而中西方又是"两股道上跑的车"(梁漱溟语),那么它注定跟中国传统处在冲突状态。其实这样的认知是错的。西方的现代并不是从其传统毫无波折地顺生出来的。即使在它的古代时段,所谓商业雅典与民主雅典的搭配,也都完全是想象的产物。新近研究表明,整个雅典做生意的人不超过百分之三,大多数人从来未曾经商。而雅典的民主政治,也与现代民主政治具有天渊之别。至于现代之为"现代"的四大特征——资本主义、工业主义、监督体系、军事力量及其四者联姻,完全是西方历史断裂的产物,在西方古代是绝对不存在的社会要素及总体结构。

人类演进史呈现出古代与现代的断裂,不是一个凭借道德意愿或价值主张就可以抹掉的事实。人们不仅需要从政治史、经济史、社会史、观念史的复线加以勾勒,更需要对之进行事实承诺基础上的价值认肯。复线的历史在中世纪晚期发生了重大转变,最大的政治社会即国家,从古希腊城邦国家到古罗马世界社会、中世纪基督教帝国,开始坐实到民族国家。这一国家结构是古代人所完全陌生的。对古代人来说,相互的争战成为国家建构(state construction)的唯一手段。比如说汉代战争,战败的匈奴人,一路扫荡到欧洲,让西方人第一次对黄种人感到畏惧。黄种人对欧洲的摧毁性打击,不止这一次。蒙元是第二次,清朝是第三次。由于1840年以来被动挨打的遭遇,国人常常只强调欧洲施加给中国的战争痛苦,而一旦顾及黄种人让欧洲闻风丧胆的历史,对古代世界的复线历史就会有一个更真切的体认。

西方现在有学者放胆地讲"帝国史不是中国的朝代史"。他们以反殖民主义、帝国主义来反中国崛起后可能出现的殖民主义、帝国主义。按照古代的战争征服逻辑,如果承认黄种人跟中国人有不可切断的种族–血缘关系和文化–政治关系的话,那今天的中国人就应当承认历史上黄种人与欧洲人发生的战争冲突及其与中国的关联。否则,就无法建立起中国历史的一贯性。如果断然拒斥这种相关性,何为中国都难以界定。

在现代世界上,以民族作为主体结构建立国家是政治史的主调。在国家的形式结构上,领土、人口、主权、文化诸要素成为国家建构的主要支点;但在国家的实质结构上,也就是在政体选择上,能否建立起民主政体,就要看政体选择的诸因素以及这个民族政治发展的运气问题了。这个运气就是人们通常所说的"万事俱备,只欠东风"。即建构民主政体,主客观条件似乎都具备了,但却遭遇到极为偶然的事件,让民主政体建构泡汤了。民国初年,中国建立了亚洲第一共和国,但不运气的是,当时的超级政客不愿意归顺现代民主政体,袁世凯复辟,张勋再复辟,结果让民国初期的实践陷入僵局。民国,占据国家高位的人,帝王思想太过浓厚,让人民看重的、历史呈现的民主政体,一直无法扎扎实实地落定在中国的政治舞台上。这就是中国的现代建国条件与运气不相匹配的问题。

现代新儒学就是处在这样一个社会政治环境中,致力于重建儒学体系。很难说现代新儒学直接推动了现代中国的建构。但现代新儒学扛旗的一批儒学家,由于他们深刻领悟到中国社会的结构性转变是人们必须顺应,且必须义无反顾地全力推动的变局,因此他们在价值取向上,坚韧地立定在现代民主与科学的基点上。今天,一些大陆新儒家朋友认定,由于现代新儒学家是"五四之子",而"五四"却可悲地以反传统主张,注定无法有效推动中国的现代转变。"五四之子"的命名,显然将新文化运动与五四运动混为一谈。其实它们是两场运动。五四运动是新文化运动政治化和激进化的结果。新文化运动面临的核心问题——从1915年到1919年这五年面临的核心问题,是解决中国文化所显现出来的双重"乱了方寸"。第一,由于传统已经解决不了中国遭遇的现代问题,因此回到传统中寻找现代答案的努力乱了方寸。第二,由于现代认知出现障碍,尤其是出现了放纵权力、聚焦文化的偏狭思路,因此扭曲的现代理念让中国人的现代尝试乱了方寸。

在今天中国大陆"新儒教"朋友们那里,两种乱了方寸交叠浮现。一方面,他们"欺软怕硬",不敢对权力说真话,只敢对文化同行大加挞伐。他们抨击五四运动,将之归于否弃传统的悲剧性冲动,进而将之视为中国现代发展迟滞的决定性原因。他们故意不谈造成所谓传统中断的权力原因,而将之归咎于从事文化批判的"五四之子"。其实,从制度上终结儒学全方位影响的,恰恰是1904年清政府自己——那一年最后一次实行科举考试。1905年,清政府正式终结科举考试。这是远在辛亥革命前六年,新文化运动前十年发生的事情!结束科举考试远远比办《新青年》对传统终结的作用大出许多。为什么人们不将批判的火力对准清政府呢？为什么人们只对手中并无丝毫权力的文人不遗余力地加以抨击呢？这是一种明显的欺"软"(文化主张)怕"硬"(政治权力)。宣誓这种主张的人士,能不能在中国建构现代民主国家的关键时刻,也就是在政治立约之际,把握住民主建国的核心问题,去努力拿捏当权者,而不是全力去拿捏文化同行？若不能,则这是一种严重偏离"现代新儒学"价值立场的倒退,也无益于促进中国的现代转变。

中国的现代转变,又一次走到一个十字路口。陆学艺等社会学家认为,中国的现代化已经经历了"九死一生"。此说也许令人伤感。但起码中国的现代化没有迈过晚清的十字路口,也没有迈过民国这个十字路口。今天这个十字路口能否迈过？端赖国人如何筹划建国的政治事务:向前挺进,中国可以兑现现代民主、科学的基本价值,真正成为一个现代国家;向后倒退,不仅会使经济发展戛然而止,而且也会让现代政治中国的设计再次落空。

当下称颂"中国模式"的朋友,在努力唱响"迟来的赞美"。十年前,中国经济高速增长之时,这种赞美就应出台却未见踪影。今天中国的发展遭遇困境,增速出现下降,中央正在以"四个全面"重新筹划中国的未来。这个时候,这些朋友才出尔无条件赞美"中国模式",说是"迟来的赞美",绝不为过。在这种情况下,"现代新儒学"的价值底定之值得赞赏,就在于它努力适应人类社会的现代变局,对民主与科学的现代价值确信无疑,进而对民主背后的自由价值、科学背后的理性价值无比珍惜。这些价值理念在现代中国之扎根,"现代新儒学"的贡献是有目共睹的。

大陆新儒家或新儒教的一些朋友,认为现代新儒家确认这些价值理念,让"中国的"固有价值理念丧失殆尽,因此必须加以猛烈抨击和断然抛弃。中国的现代,必须以绝对意义的"中国的"价值理念来确立,必须以"中国的"制度传统来坐实,必须以"中国的"而非"西方的"排斥性决断来安顿。这是一种旨在对接"中国的"传统与现代的可贵尝试。但除了肯定其宏伟动机外,一切均以"中国的"作为言说的前提,恐怕很难为中国指引现代出路。因为中国的现代出路问题,乃是一个全球化时代诸民族国家,也就是诸文化-政治体系广泛接触、积极互动的问题。一种封闭自我的"中国的"思路,怎么可能在诸文化-政治体系相互冲撞之际,为民族、为国家理性谋划出路呢?

从思维方式上讲,大陆新儒家或新儒教朋友时时处处、念兹在兹的"中国的"价值理念,恐怕也是一种需要反思的理念。我明确不赞同中国学者思考问题时都加上"中国的"限定词,这样势必将中国人的普遍主义思维传统僵固在狭隘的国家范围里,明显不利于中国思想的世界"闯荡"。这是一种自我封闭、孤芳自赏、井底之蛙的取向。试想,马基雅维利写《君主论》时,何以不写成《意大利君主论》? 洛克写《政府论》时,何以不写成《英国政府论》? 那是一种普遍主义思维驱动下的大思想、大观念、大突破。作者认定他们的所思所想,具有针对所有民族的普遍适应性,而非仅仅适用于自己所在民族或群体的一时一地之需。

现代民族国家的建构,建立在普遍价值体系之上。自由、民主、法治、科学、理性等价值理念,绝对不是源自地方知识,就被原生之地限定在狭隘地域范围的知识。这一套被总体命名为权利哲学的价值体系与制度准则,确实被越来越广泛的民族国家所实践、所确证。这也印证了阐释者们的普遍主义思维方式必然催生的普适主义结果。回到儒学的现代建构上来看,传统儒学的普适主义立场,不应被后起继承者扭曲为特殊主义主张。现代新儒学之为"现代"新儒学,就在于它的普遍主义立场不仅适应了现代转变,而且立定了中国的现代方向。我们必须坚持这一立场,为中国的当下处境谋求一个符合现代文明发展的体面出路。如果声称自己属于现代新儒家,却致力于作一种趋向权力的筹划,要么就是没有良心,要么就是判断力有问题。这不是仇视权力,而是为了规范国家。

在1949年大变局时,现代新儒学阵营产生了重大分裂。留在大陆的大多人放弃了儒家主张,去港台的则致力于阐释儒家学理。相比而言,去港台的那拨人,对中国文化的热爱、对中国现代转变的坚持,比留在大陆的那拨人要来得明白得多。这不是一个价值评价,而是一个事实描述。前一拨人深刻发现,他们完全无法沿着"康(有为)党"所期待的道路向前挺进,而只能沿着"钱(穆)党"的道路进行文化的申辩。因而对儒家进行现代学理性的重建,便成为他们唯一能够有所作为的舞台。

当此情景,他们全力解决中国传统向现代转变面临的两大压力。其一就是政体转变,但一帮文人有多大能力去推动政体转变?"康党"晚清之败、民初之败,已经向世人表明,此路不通。今时今日的"康党"期望政治介入和学术建构一锅煮,可以说是没有吸取清民之际"康党"的教训。另一就是面对体大思精的现代知识体系,重建儒家的知识结构。港台海外新儒家以全副身心对儒家思想体系进行的哲学、政治学、历史学、美学等方面的重构,意义重大。这不仅让传统儒学逃出了被现代知识绝对排斥的厄运,而且确实让儒家混生的古典知识获得了现代知识体系中的崭新定位。这是儒家思想的知识新生。这不是那些对旧学新知不甚了了之士所可为、所可轻蔑的事情。因此就现代新儒学的价值宣示而言,内圣外王的基本主张依然重要。因为它让现代新儒家保有规范权力、批评权力和责备权力的道德高位。但在政治实践上,现代新儒家则必须经历一场艰难的古罗马式分裂,那就是让内圣的归内圣,外王的归外王,以之为中国现代民主政体建构辟出空间。否则,现代新儒家不足以完成其现代使命,并冒被中国现代转变抛弃的出局危险。从制度建构上讲,只要承诺"现代""新"儒家的立场,谁要想从内圣开出或转出外王,那就是一场现代迷梦。

占山为王：儒者需拒草寇理念

——读《鸠占鹊巢：自由儒学质疑》

拙作《当经成为经典》出版座谈，承大陆新儒家数位朋友出席，隆情高谊，令人动容。近见陈明兄将其发言作了系统修订，以"鸠占鹊巢：自由儒学质疑"为题，交由"儒家网"刊出，读来颇受教益。同时亦心生感慨，与陈明兄真话、真诚相见。

与陈明兄相交二十余年，一向佩服他想象力丰富，天马行空，思绪飞扬。只要一个辞藻掉进他的思想世界，那就逃不出他的个人定义圈套。他令人惊异地将"经"定为"标准、尺度与规范"，把"经典"定为"教材系列的文本"。只需查查词典，便知理解明显有误：

经者，由权力与文本统合而成，权力保障是前提，文本蛰伏于权力中。经典者，人类之基本典籍、价值之重要源泉、行为之规范根据。与宗教、传统、哲学紧密相连的"权威性"，是"经典"的基本特质。陈明兄将经典定义为教材，实在独出心裁、匪夷所思。

陈明兄极力为儒家重获权力支持呼吁，多年奔走，令人感动。一旦有人呼吁儒家典籍脱离权力，他便勃然大怒，不顾概念所指，力斥论者，信口所言,让人脑洞大开。知者可见,谁在为儒家释放现代活力努力,谁在驱儒家至权力死地。论者有言,"大陆提倡儒家是儒家的死亡之吻",正是由此申言,言儒家者不可不慎。

"作为一个儒者",这是陈明兄对自己的定位,这也是一个颇为可疑的自认。

从常年为儒家奔走呼号来讲,陈明为儒。处在现代,自认与他认至为关键。自认,包括言者自认与圈子相认。他认,是跳出山头,为众所公认。众所公认,不在价值自白,而在价值宣示确当与否、实践方案合规与否、现实感切实际与否。

陈明兄的价值宣示,长矣久矣。但支持理由,历来苍白。

身当"三千年未有之大变局",确实应当立定人类基本价值,全力寻求理性出路。儒家正是这类价值的供给者。但儒家从来拒绝固守一隅、顽冥不化,尽力应时而变、重建秩序。因此孔子奠定的应时进取、损益可知原则,以及确立的文质相称、仁德唯尚准则,是为儒家的基本精神。后起任何儒者,都不能切断这一源头,而去孟荀、仲舒、宋儒、近儒那里找一时的灵感,且以儒家流变立教,撇开孔子而径行判教。如此观之,陈明兄的儒家立场,价值宣示有余,系统确证不足。

陈明兄断定我以宣告儒家为古典、为意识形态,因此认定儒家终结。此论纯属他强加,绝非我的主张。

在拙作中,一者,儒学恰恰是作为中国现代化的源头活水,何曾断言其为已死的古典?在儒学史上,古典与现代的源流清晰可辨,这是儒学自身的历史演进。古典肯定不会死,现代未必即是生。言儒家属于古典就死,恰恰是陈明兄无视儒家历史演进得出的结论。

二者,汉后儒家,确实具有古典意识形态特质,且政治与教化的高度合一,有目共睹。为之启蒙,既不等于将儒家降格,也不等于将儒家典籍视为

"教材"。儒家有何作为,端赖儒者展现人类情怀、博大胸襟、深厚学养、精思明辨、现代创制。儒家的自我启蒙,是其现代转变的必须。陈明兄对启蒙的惊惧,乃是对现代的排拒,乃是对儒家脱离权力的恐慌,乃是对思想市场的畏惧。儒家典籍在现代大放异彩,前提正是积极参与思想竞争。

陈明兄拒绝反思汉后儒家与权力的纠缠史,其讳疾忌医之态,显与原儒批判精神背道而驰。大陆新儒家向以"回到"某某表其主张,但很少诚恳表示回到孔子。不回到孔子的历史批判、不回到孟子的权力批判、不回到荀子的现实批判,只是一味吁求回到儒家切入政治权力且为权力所用的状态,岂能坚守原儒立场?

更令人诧异的是,陈明兄将儒家的理想政治"硬着陆"于中国政治现实,指认中国早已由儒家理想主导。朱熹所谓"尧舜三王周公孔子所传之道,未尝一日得行于天地之间也"的断言,陈明兄不曾惦记一二?儒家理想必须明确批判政治现实,才能引领中国政治健康前行。

儒家必须经历一场自我启蒙:

——就是要启"现实糟蹋理想"之蒙,

——就是要启"偏执遮蔽事实"之蒙,

——就是要启"独断拒斥宽容"之蒙。

一个自陷于政教合一迷蒙的儒家,岂能坦然面对原儒而不汗颜?!

陈明兄深陷于古今、中西、左右的迷执而不能自拔。他将自己对峙古今的思维强加于人,将中西置于不可调和的定势,并循此抨击他标定的自由主义。这是令人堪忧的僵化立场。他的评论心思,显然不在求真,而在将论友推向论敌,进而树为靶子,痴迷击中靶心的快感,挥去了他择善而从的意愿。

陈明兄认定我的意见属于自由主义,指责我为自由儒学站台。他的山头意识之强,由此深怀敌我意识的划阵,昭彰学界。但遗憾的是,陈明兄的断定再次依托于纯粹的想象：我自己评论自由儒学的文本尚未刊出，他尚未"望文"，即已"生义"。陈明兄疾言厉色批评他所谓的自由儒学，殊不知，我不是自由儒学的赞同者，恰恰是自由儒学的批评者。不看文本，认词造句，陈明兄确实依仗想象力驰骋思想疆场久矣。

陈明兄指正我说自由儒学正从格义儒学发展到主题儒学。这是他习惯性展开"想象的翅膀"，一者他未见文本，随意批评；二者，我认为，整个儒学正从格义惯性转向主题研究，这是儒学研究的深化。

自晚明西学进入，不论是外人还是国人、勿论儒者还是他者，都在格义。陈明所属的大陆新儒家"山头"，强势主张儒家是宗教不是哲学，也是格西方宗教与哲学之义的产物。悖谬的是，一方面他以具体学科为儒家画框，另一方面又以闳大不经的文明看待儒家，拒绝对儒家进行专深研究。这对儒学获得现代品格，绝非幸事。当他草率将儒学置于中西对峙的框架中，那就更是冥顽不化、悖逆儒家与时俱进的精神：这不仅窒息了儒家的普世主义生命力，而且将儒家自囿于一国范围之内。占山为王的儒者，于心何忍？

所谓自由主义儒学，是政治领域中的儒学建构尝试。它不能与自由儒学一锅煮。后者是完备学说，前者是政治理论。陈明兄认定，只要在政治领域阐明儒学，就会以自由、民主戕害儒学生机。这一断定，自然是立于他有能力捍卫总体儒学的自信与自负。他无法实现这一目标。现代知识体系的繁杂，需要人们保持知识建构的谦恭，一切傲娇，终将呈现无知者无畏的乖谬。

建构自由主义儒学，就是到庞大的现代政经学说、已经验证的现代政制中汲取应有的营养。如此做来，既显出儒者的谦恭，也展现儒者的会通能力，还表现儒者的现代取向，何乐而不为？！

陈明兄断定自由主义儒学只是"自由主义的中国版"，而不是"儒家的现代版"。试想，陈明兄及同仁以"儒教中国"语国，"自由主义的中国版"不就是指自由主义的儒家濡化？"儒家的现代版"岂不是儒家接纳某些自由主义主张的结果吗？有此两个断定，却坚决拒斥两者互通，此时极想耳语吾友，保持一下逻辑一贯。在国族国家建构的关键时刻，两者都是动力，无需在芝麻与西瓜之间犹疑。

儒家自有自由传统，孔子与时俱进的历史自由观、孟子说大人而藐之的权力自由观、荀子以王道制霸道的政策自由观，如此等等，对塑造现代中国的政治个体与健全政制，价值不言而喻。以自由主义的理论形式阐扬之，释放其现代能量，对中国建构合乎儒家理想的政制，助力明显。儒家与自由主义的双赢连接，不应扭曲为双输状态。

蒙陈明兄提醒我和我的同仁反思以自觉，诚致谢意。但陈明兄也需直面这一提醒。一种基于山头主义的党派归纳，一种基于中西世仇的内外恒定，一种基于落草为寇、占山为王的地盘意识，确实是无法为中国谋求出路的。如今自由主义在刻意诱导之下已如过街老鼠，人人以喊打为快。但它提供的现代政治方案，似有甄别用之、无法否定的智慧在。不说陈明兄虽有山头意识、仍有盟友观念时，对打通自由主义与儒家的认同，即便今日他要加入剿灭的队伍，我也还相信他具有理性的甄别能力。他以儒家已受中心加冕、自由主义已经边缘，来判断是否应当汇众流以成大海，让我对他的摇身一变，深感惊异。

为此，有三点想法贡献于陈明兄：

其一，从态度论，对既成现代成果缺乏敬重，仅以儒家山头意识，试图独辟蹊径，开出专属儒家的现代道路。现代新儒家立场一退千里的说辞，表达无所依傍的审美情趣可以，但表达扎实的现代建构必撞南墙。

其二，就现状说，现代自由理念与立宪民主建构是长久的现代发展经已确凿验证的人类宝贵财富，儒家应以"郁郁乎文哉"的心态欣然接受并纳于自身。以抗拒此一现代来抗拒整个现代,既伤传统儒家,又伤其现代转型。有否"儒家的现代版",全看儒家能否确立立宪政制,而不是相反。

其三,就结果言,大陆新儒家目前仅以认同态度取胜,一无可以公共对话的理论建构,二无务实的转型进路,三无雍容大度的合作意念,如此对现代的抗拒,势无前途可言。此时便已唯我独尊,必然根绝同盟。"无果之花",似成必然。

儒圣孔子尝言,"三人行必有我师焉"。陈明以"鸠占鹊巢"议论自己圈子之儒与儒家研究者的关系,可谓儒风尽失。何况,这个山头原不是"庙堂之上"独领风骚的依权独大之儒,而是身处江湖之远的"学在民间"之儒。设身处地为之着想,此儒与其深怀怨恨地拒斥研究同道,不如携手共创儒家光明灿烂的未来。

儒家,与落草为寇、占山为王不宜沾边。

自审

编写剖白

政治哲学应是面对现代的理性哲学

——在"政治哲学研究丛书"①研讨会上的发言

我首先对各位嘉宾能够参加这次研讨会表示诚挚的谢意。刚才王曦主任把我们这套丛书的意图作了一个基本的交代，在座的各位都是学界的大咖，我也不再需要多说。在我介绍这套丛书的学术主题之前，我想向商务印书馆表示感谢，商务一向对学术原创作品的出版有着高度的责任心、严密的流程和质量的把控。商务长期以出版译著为主，但是近期特别关注原创性作品，尤其是切近转型中国社会重大问题的基础性研究。我要感谢商务印书馆尤其是洪霞编审这么辛劳，四本书一个人完成编辑，实属不易。本来我们这套书是五本，现在大家看到的都是跟西方有关的，其实原来有一本非常厚的、关于《春秋谷梁传》的研究，正好跟蒋庆兄的《公羊传》研究形成比较。蒋庆兄挖掘《公羊传》传统，而该书作者致力于挖掘《谷梁传》传统。可惜的是，作者报了国家社科基金后期资助并获批，只能单独出版，没有办法纳入这套丛书。我在再次感谢各位仁兄出席会议之余，诚请各位给我们大力地推荐相关作

---

① "政治哲学研究丛书"由任剑涛主编，商务印书馆2016年起陆续出版。

品，本丛书的第二辑正在筹组之中。

然后我想对这套丛书的基本想法跟各位仁兄作一下简单的汇报。我跟陈小文总编、王曦主任和洪霞编审讨论这套书的时候，刚才王曦已经交代了，编这套书的动机，是基于国内真正以现代作为政治哲学研究背景的学术作品其实不是很多，尤其是原创性作品。主要由国内学术大咖把政治神学和政治诗学作为政治哲学在汉语学界推广，影响太大，以至于很多青年学者以为政治神学才是正宗的政治哲学，或者是古典的、柏拉图式的政治哲学才是正宗的政治哲学。以至于要是去研究罗尔斯、诺齐克、德沃金、佩蒂特，那基本上就会遭到蔑视。这种现象很不正常。政治哲学必须回答中国作为转型社会重大的基本政治问题。所以在写这套丛书总序的时候，我就特别强调丛书要跟政治神学进行明确的区分，所谓政治神学，就是认为思考政治必须怀抱高度的、不可动摇的绝对价值，无论是来源于宗教背景还是来自于世俗的神性冲动，比如施密特和施特劳斯。对于这一批人，我们要跟他们划清界限，至少我们是为现代辩护的政治哲学，而不是反现代的政治哲学。这是我们一个重要的意图。我们不仅着力与政治神学划清界限，而且致力于告别政治诗学。所谓政治诗学，主要是借助浪漫想象对现代政治进行批判、自觉背离和全力颠覆。真正的政治哲学，应该是面对现代的理性政治哲学，要解决现代国家建构的基本问题、现代国家功能的基本范围，聚焦对现代国家基本结构和功能的实践辩护和理论辨析。这样才能为中国现代政治转轨找到入口并提供理论支持。否则，中国就会成为反现代政治活跃的舞台，中国的现代转型就缺乏精神资源。

但是我们这套丛书并不想去驳斥别人，变成一个为理性政治哲学辩护的狭隘选择。我们并不想搞山头主义或建立派系。所以丛书的选题是开放的，比如我们并不排斥情感研究，事实上情感是可以走向美德和政治规则的。比如这套书中对卢梭的阐释角度就是从情感视角切入的。我们也不排斥浪漫主义的政治哲学研究，但不主张以对政治的浪漫想象替代对政治规则的理性规划。我们同样不排斥政治诗学在广义的文学作品中开发政治哲学这一进路，陈华文博士的著作就是明证。我们把文学跟政治哲学的关系、诗学跟政治哲学的关系、戏剧跟政治哲学的关系，作为重要选题对待。丛书选题的开放性还体现在关注视域上，大凡中国与西方、古典与现代、理性与情感、政治与文学、理念与制度等，凡是切近现代政治生活的选题，都可以纳入丛书选题范围。我们以为，从政治哲学的源头上讲，不能把柏拉图解释成为一个诗人化的哲学王。柏拉图的理性政治哲学，为政治哲学奠立了深厚的理性传统。偏离理性的轨道，不仅不足以解释清楚何为政治哲学，反而会徒增政治哲学的漫漫迷雾。在这一点上，我们试图从论题上确立理性解释的进路。学界有一批人把柏拉图解释带向神秘化的取向，我们要拒斥这些取向，保持选题的理性归属性。

保持政治哲学的理性特质，不等于对非理性政治哲学视而不见。非理性政治哲学非常发达，值得重视。但保持理性的贯通特点，客观、冷静、不带太多感情地描述现代政治的处境，似乎更能保持政治哲学知识上的可信性。在大多数情况下，人们会认为政治哲学应该是带有情感的，接近大家生活的，因而是需要以诗化笔法凸显的。我们不排斥这种研究，不过不取这种进路。我们力图保持政治哲学与现实政治生活发生切近关联时的理性性质，不去作诗化浪漫的设想，或者去寻找所谓神性的绝对价值。这跟我们前面强调的政治哲学现代特性是联系在一起的。综观起来说，政治哲学的现代品格是我们力图展现的该学科的核心特点。

这套丛书勉力保持一种现实政治关怀。第一辑出版的四部作品，虽然都是根据西方政治哲学展开的研究，但其现实性品格的体现还是显而易见的：

第一,我们的关怀是中国的。我们并不希望丛书到西方政治哲学的语境和脉络中去寻求位置,这实际上也可能超出了我们的学术关注和学术能力。客观地讲,身处汉语学术环境,学术关注主要还是汉语政治哲学建设;以汉语表达政治哲学,限制了国际社会发挥影响的学术能力。在西方背景下去讨论西方政治哲学的经验和能力,只能是学理性的,而难以是实操性的。因为从目前来看,我们既无西方的直接经验,也无超越西方的当下能力。第二,作者的中国经验引导。丛书收入的萧高彦教授《西方共和主义思想史论》,本来有对台湾宪政和西方宪政切近的分析,可惜后来因为一些特殊原因不得不删除。但通过后来收入书中的评论张旭东的文字,还是可以看出萧高彦教授虽然身处台湾中研院,但是他的关怀还是华人世界、华语世界的政治实践。因为正是这种相类的政治经验,决定了我们研究作品的中国经验底色。借助西方的话语资源表达我们的中国关怀与人类关怀,同时以我们的中国经验解析西方的政治哲学论述,区分哪些政治理念跟我们中国当代的实际生活紧密关联在一起,构成丛书跨越中西展开政治哲学缕述的三个支点。

我们这套丛书,从总的角度讲,试图树立一面旗帜,那就是"以'现代'理解现代"。长期以来,在我们的汉语学术世界中,以传统理解现代,以未来批判现代已成为主流。人们只要一讲现代,上来的问题就是传统与现代的关系怎么样。这不仅没有厘清传统与现代的关系,相反两者的关系问题越来越模糊。至于一谈现代就加以痛诋,那就更是误导国人,以为现代不过是过眼烟云而已。这种取向,近期有强化的迹象:在我们汉语学术世界,西方的"修正史学"影响愈来愈大,单一现代性被多元现代性颠覆,这当然是一个伟大的历史学突破,但同时却也让人们对曾经确定的现代与传统关系手足无措——现代在中国日益模糊化,以至于要不要现代都成了问题,甚至非痛诋现代不足以表明自己的学术主张之正确。

　　这首先显示了现代性蕴含的极端丰富性，但也引出一个巨大的麻烦：现代之为现代的特质反而严重模糊化了。因此澄清何为现代，恐怕至少在知识上还是有其必要性和重要性的。至于在实践上，周全的考量也许不需要太过僵化的划界。但相对清晰的知识划界对合理的实践行为，还是有帮助作用的。为此，我们试图通过确定丛书的现代性、理性性、开放性和现实性，来展现政治哲学之所以谓"现代"的品格。以"现代"理解"现代"这一命题，前一个"现代"打上引号，这个意思是它具有规范性，"现代"是有其基本价值指标的，比如法国大革命书写的自由、平等、博爱，对之闭口不谈，那"现代"就变得模糊难解了。从制度上讲，"现代"一定与民主、法治、立宪紧密联系在一起，如果没有这些因素，那么在制度上就不知道何谓"现代"了。进一步讲，没有工业革命、市场经济、多元文化这些社会要素，人们也不知道什么是"现代"。虽然说"现代"指标的综合性表现是一个动态的、复杂的过程，一定是在西方就会有西方特色，到中国来就会有中国特色。但总的说来，"现代"之为"现代"，一定有它比较确定的知识边界。我们想通过这几个特性的凸显，以"现代"理解现代，把现代与传统、与未来的边界鲜明呈现出来。从而在人们致力于传统与现代关系的梳理之外，展现"现代"的确定性面目，避免以传统和未来来理解"现代"，陷入要么传统的现代性因素发现得越来越多，现代之为现代的辨析反而越来越模糊；要么未来的希望表达愈来愈清晰，却愈来愈脱离真实的现代，以至于未来成为无源之水、无本之木。

　　第二，这套政治哲学丛书试图在传统与现代的两个节点之外，呈现现代与未来的两个节点。乌托邦的政治理想是未来和现代边界不清晰的另一个表现。乌托邦的走向是一个未来的理想社会。中国的意识形态一直是以对未来的理想期望来批判甚至是颠覆现代的。乌托邦的理想固然可贵，但麻烦在于，我们对未来社会的完美期望，常常必然模糊我们对于当下政治哲学问题的描述、分析、解剖和出路设计。它诱导人们忽略现实的政治生活和政治理论问题,寄托于一个虚幻的、遥不可及的未来。这正是中国近代以来没能很好解决国家基本政治制度设计的一个重要原因。在这个意义上,我们也不采用面向未来和完美的乌托邦的思路来解释"现代"。"现代"当然有很多弊病,需要我们去批评、去剖析。但是我们没理由因为"现代"的不完美,就试图以回到传统来超越现代的完美或不完美;或者把"现代"掩盖起来,以对未来的完美展望取而代之。

我自己所写的《公共的政治哲学》,主要是针对近年汉语学术世界中下述主张展开的论述:以公共性替代、以古典公共取代现代公共,以公共的社会哲学代替公共的政治哲学,以缺乏公共预设论道某些制度的进路。为此,我特别强调一些对汉语政治哲学界来讲必须要辨析清楚的重大理论界限。

第一,我们长期以公共性(publicity)的名义来讨论的公共问题,其实是模糊了the public的固定界限,也就是公共之现代与传统的界限。因为按照康德对于公共性的定义来讲,那是一个形式化的概念,任何政治体,不管它是一个专制、极权的政治体,还是一个立宪民主的政体,它们都共同拥有底线的公共性。但极权政体绝对没有一个权力归属的公共建构。换言之,也就是没有一个分权制衡的政治制度。当我们只从形式上讨论公共性话题的时候,就把现代民主立宪制度的特定边界给彻底模糊了。在这一点上,20世纪90年代中后期汉语学术界流行的"公共性"概念,在被阐释时产生了严重的理论误导。这使得我们对现代公共的特定的理念差异、制度边界和生活模式都不清不楚。21世纪初,汉语政治哲学界又流行以古典公共来颠覆现代公共。我在书中强调指出,从古典公共到现代公共的转型是不可逆的。不可逆的原因并不是因为我们已经从古代发展到了现代,而是由于三个重大的因素导致了这种不可逆。

其一,古典公共自身经历了复杂演变,你说可逆,逆到哪一个古典公共?因为根据古典学家的研究,希腊最初的公共和柏拉图三代师生的公共完全不可同日而语。说回到古典,回不去,因为古典的方案也非常多。其二,现代的公共政治也在演进,从1215年到现在804年的时间,公共方案层出不穷,要说从现代公共回到古典公共,哪个现代公共也说不清楚。其三,更关键的是,古典的公共和现代的公共,都是以政治的经验性生活为归宿的,离开某种政治生活经验,试图返归一种特定的公共,那公共基本上是无所指的。换言之,这个说法本身就没有意义。在这个前提下,我分析了"公共"和"公共性"的差别,"私人"与"私人性"的差别,强调避免"私密化"和"公共化"两个极端。斯大林式的共产主义乌托邦以彻底公共化为突出特征,晚期罗马则让人们普遍遁入私人生活,缺乏公共关怀。这是两个必须避免的极端:人们的生活绝对不能彻底公共化了,而在私密世界无需讨论公共问题;反之亦然,彻底私密化也不值得肯定,因为人类必须过的公共生活被彻底遮蔽了。公共与私人的均衡态势必须维持,人类正常的公共生活模式才能坐实。

以此奠基,《公共的政治哲学》对公共的政治建制与非政治建制,对足以维持正常的公共政治生活必需的国家权力、社会自治与市场机制之三元结构进行了阐释,并给出了一个具有我自己论述特色的、复杂的公共结构图。跟着我讨论了维系正常公共世界的、创制和捍卫公共的行动主体,指出无论是上帝还是哲学王,抑或民主选民,都可以创制和捍卫公共。不能说只有上帝才能创制和捍卫公共,或者说只有哲学王才能创制和捍卫公共,民主选民也是能够完成同样任务的。至于在思维结构上讲,信仰和理性是不是同样能为公共提供正当化论证,本书给予了肯定的回答。不是只有信仰才能将公共正当化,理性同样能将公共正当化。在政治基本制度的安排上,公共为宪制奠定了最坚实的制度理念基础。在国家权力一端与公民自主一端,双方向公共宪制的建构着力,共同维护着宪制的制度运作有效性。在公共的历史建构上,公共的凸显,英国的渐进发展并不是唯一的方案。那种由哈耶克坚守并申辩的自发秩序,实在是太奢侈了,只有英国才可能迈进在这样的公共建构道路上。所有后发的现代国家,几乎都必须经历一场或久或暂的革命。革命社会能不能成功创建公共,端赖阿伦特所主张的那种共和主义观点,即拒斥为革命而革命,坚持为自由立国而革命,那么曾经缺乏公共特征的公共政治世界是可望建构起来的。通过这种人为建构的公共世界,共同体成员可以生活于一个所有成员共享的自由、平等的政治社会之中。这就是我的结论。

我再简单讲两句,作为答谢。特别感谢各位仁兄,隆情高义,感人至深!各位仁兄都是各行各业的知名学者,分别从自己的角度对于我们这套书多加提醒、多加肯定,也有更多的期望,使我们这套丛书有改善的空间。我们的丛书负载的东西过多,因为政治哲学的东西,说不好听点,其实是我们无法直面政治生活而产生的知识形态。真正能够直面政治生活的主要的政治知识形态不是政治哲学。

首先,政治哲学之所以成为政治学的一个重要的知识形态,就是因为今天我们在中国不能自由言说政治,否则它就是政治科学,这是主流的知识形态。因此需要我们把某些比较玄而又玄的东西讲出来。我们这个就是简单澄清一下,各位仁兄要理解,我们并不是说要通过理性的政治哲学的言说去挑战或者宣布政治神学和政治诗学的终结,没有这个意思;而是说政治神学和政治诗学以这个名义登上政治哲学舞台,以至于把政治哲学里面知识的必要性和重要性都遮蔽了,所以我们想亮出这个旗帜,如此而已。

第二,我是想特别强调中国关怀的所指。跃进兄讲我不需要亮出中国关怀,但是我们确实不是空穴来风地去关心西方政治哲学,主要麻烦的是我们中国的政治哲学没搞成。所以我们不想接受别人的批评和指责,好像啥都是西方的,西方的月亮都比我们的圆。在这一点,万兄的批评也有道理,其实虽然我们力陈的现代方案不是既定的、不是西化的,但是我们动用的知识资源都变成了西方的东西,所以我们不得不表白一下。

第三,我们这套丛书,其实有一个权衡者的意愿,这不太好讲明了。我们是想要为现代主流的方案作一个理论辩护,因为近几年,超越和颠覆主流方案的作品、意图和政治倡导都太明显了。我觉得我们中国还是要努力向现代去深度推进,提供相应的理论辩护是必需的。所以有这个意图,我们不想把现代主流方案界定为自由主义啊什么的,我们不想这样界定。但是现代主流方案如果被遮蔽,将是中国现代化进程夭折和中断的一个悲剧。对我们这辈人来讲,我们是不愿意的,除了跃进兄是77级,其他我们78、79级以后的这批经历者,我统一称为改革的参与者、观察者和研究者,我们不愿意我们的现代化进程中断,因此我们有辩护的义务,尤其我自己这本书这个意图是非常明显的。

我这本书,万俊人兄的提醒非常重要。其实我和洪霞编审在讨论的时候,就已经涉及这个问题。原来的封底介绍“公共”是打引号的,本来我这本书应该是关于公共的政治哲学。我翻译为the public,如果是英文的话应该是political philosophy of the public。这里头呢,端洪的提醒也是重要的,就是作名词的public和作形容词的public是不一样的。其实我的主要目的不是去澄清你所看重的作为形容词的public。我在导论里就特别强调,桑德尔的public philosophy,我认为它是关于public的社会哲学(social philosophy)。桑德尔其实是个社会哲学家,李普曼也是一个社会哲学家,我们说关于公共的政治哲学应该解决什么问题。如果说这个公共的建构是从马基雅维里开始的话,那么人们究竟要塑造什么样的审慎政治品格以谈论政治问题? 究竟卢梭是不是以情感颠覆了现代政治? 我们要去回答这些问题。因为有些人一直认为卢梭对现代无比仇恨,这一点我想端洪也有深入体会。你一直在端正卢梭的这个研究,是吧? 所以我们的意图是非常明显的,就是现代政治体建构的成员与政体的平等关系是如何可能的,要解决一个政治体建构的问题,这也是章润特别关心的问题,即如何以文明的精神来建构一个适当的政体。

我们解决这样一个基础性问题的时候,不指望去颠覆谁,也不指望固定化某个东西。我们希望通过一种言说,陈述一个现代主流方案还是一个值得辩护的方案,不是一个需要被颠覆的方案。在这一点上可能有时为了表达我们的主观意图,未免把这个边界划得过于鲜明了。这就给人一种印象,好像我们就要宣布现代性的方案,就要政治神学和政治诗学退场。我永远坚信,政治哲学、理性的政治哲学都不是政治神学和政治诗学的对手,我们没有办法像它们那样诉诸非逻辑的或情感的、诗化的言说。自近代以来都是如此的,主流的现代性方案都是在艰难地为自己的合理性、正当性辩护的。我们想做这个吃力不讨好的工作,但是做得不好,得慢慢去推进。

建构真正直面现代的儒学

——在《当经成为经典》①研讨会上的发言

首先,我尽量简单地说一下我为什么写这本书。有朋友见到这本书时对我说,怎么你又客串起了儒学研究?我说你搞错了,儒学研究是我的本行。在座朋友都知道,这是我关于儒学主题的第四本书。但是就现代儒学作专门研究,这是第一本。我想谈论的核心问题,主要是强调如果儒学要想有一个现代知识创造的话,必须直面中国的现代变局。所谓现代变局,就是儒学已经无可挽回地丧失了自己的古典官方意识形态地位。因此必须面对这样的现状,去努力竞争文化发展的资源,而不能耽于想象,重归国家意识形态。从国家意识形态的角度重建现代儒学,此路不通。这是我写这本书的一个大背景。

接下来,介绍一下本书的结构。全书分为三个主题。第一个主题,处理儒学面临的现代变局,本来叫儒学现代变化的"权力杠杆"。显然这个"权力杠杆"的提法不合时宜,因此改成"经典之变",第一、二、三章处理的是国家权力结构改变与儒家经典地位的相应变化。在国家展开的权力批判运动中,儒家

① 任剑涛:《当经成为经典:现代儒学的型变》,社会科学文献出版社,2018年。

经典与新生经典在相互关系上发生的替代变局:马列主义的著作成了国家意识形态的经典文本,而儒家丧失了相应的位置。因此在这个意义上,无论是重写儒学史,抑或是重新提倡读经,对这个背景变化都应有充分的考量。

第二个主题是"学思人物",举证了一系列人物,如冯友兰、钱穆、梁漱溟、牟宗三、徐复观等,以及大陆学者如在座两位,方朝晖、干春松,还有一位张千帆,虽然他不被认定为新儒家,但是他称颂儒家的人性尊严论。另外一位是我的老师,杨荣国的助手李锦全。这部分主要通过一些学术人物,经由他们如何适应或者拒斥第一部分所谈到的经典之变,来推进儒学的现代发展。

第三个主题是"顿挫前路",主要谈儒学需要在现代背景下获得发展的生机。一是要面对"儒门淡泊收拾不住"的残局,别单纯设想儒学经学的发展一途,这样的政治儒学前途有限,其实其他途径如哲学和史学对儒学的现代发展也都非常重要。"大陆新儒家"中有人对牟宗三先生提出严厉的批评,说他把活泼的儒学变成了课堂上的哲学。这一批评有些不当。在我看来,现代儒学不仅面临与社会互动的压力,更面临一个现代知识重建的压力,儒学必须要有自己的现代知识表述。所以儒学的专门知识如哲学和史学表述也是非常重要的,应该与经学并驾齐驱。更关键的是,儒学面对西方汉学和中国学的研究,面对西方政治理论的相关争论,如自由主义与社群主义的争论,必须正面予以应对。进而在承认在东西方的现代性共同出现断裂的局面下来展开相应的研究,积极应对中国现代社会治理变迁,尤其是按照法律主治的要求来作出自我的超越。我的这本书的基本结构就是这样。

从著书的目的性上来讲,我是想对儒学有一个基于信念而非信仰的知识性梳理。以儒家信仰为前提的研究者,可能会拒斥我这样的研究。另外,对儒学有严厉批评的朋友,可能也会拒斥我这类颇带认同色彩的研究。但是没关系,这不过是儒学研究的多元化局面,如此而已。

按自美的说法,我这本书可能有三个意义。

第一,确实有利于激活已经显得有点疲乏的"诸神之争"。我这本书,作为一本关涉价值问题的、理论性的书,它就是一本"诸神之争"的书。在座的有各个流派的"大神",陈明"跳大神"跳了三十年,是最不容易的。所以我特别把陈明请来,既触犯一下陈教主,也请教主训话。当然这是开玩笑的说法哈!不管各位朋友对我自己在意识形态的光谱上作什么归类,我觉得大家其实各自都有自己的主张。但我特别同意治平兄的"剑涛是从现代知识人角度讨论问题"的归类。我出这本书,并不是想作什么意识形态的表态。我在这里非常不同意陈明和陈壁生的归类,给我贴上"自由主义"的标签。事实上,我这本书并没有亮任何立场。刚才也有朋友说我这本书显得很温和,有的话似乎没有说到位。我跟火生有个交流,他说我书中有些断定很强势。我说是的。那是为了掩盖我有些断定很弱势,因此要在有些地方表现一下强势。从整体上讲,我是想从现代知识立场的视角讨论儒学。因此我拒绝对我作内外的判断。在这一点上,我可以很坦率地讲,干春松、壁生和陈明自认为自己是全整儒学的代表,自认为是内在之儒,我是外部之儒,我认为这样的断定是不对的,在立场之外缺乏一种知识建构的支持。

当然,我这样的主张也显得比较尴尬:"自由派"阵营的朋友经常讽刺我,你不是"半个儒家"吗?而对自认为是儒家内在立场的人而言,我没有资格讨论儒家,因为我是外部立场。但在我看来,这样做是非常有意义的,为啥呢?我觉得我这一立场的意义,在于促使"诸神"争论起来。因为在思想市场不发达的情况下,不同的流派、不同的主张出来说话,大家讨论或争论某种主张是否具有正当性,这本身比提出什么主张更为重要。虽然各家各派确实也有一种诸神各自立教的冲动,但立教的效果如何,就依赖于它在思想市场中竞争的结果了！刚才有朋友如朝晖，说我其实是想把经典说成经，也在立经、立教。我从自主的意识上来讲，没有这种冲动，否则不符合我作为"现代知识人"的主张。但我即便这样主张，也逃不出朝晖的立教归类。可见，竞争性的思想市场不会让人自己就确定下来自己的观念立场。诸神之争一定要争起来才显出各自是"神"还是"不神"的能耐。今天的讨论会使诸神争起来，这挺好。

第二，各位朋友提到我这本书讨论问题的视角。我非常同意，书里提出的有些问题，价值信念还是比较强的，尽管我努力想把它弱化。可能所谓的"自由派"知识分子都有明显的难言之隐，因此不得不弱化其立场。但另一方面，现代知识人单纯亮立场，已经没有什么意义了。因为单纯亮立场，很难进入思想市场。我这本书如果在儒家研究的某方面作出了啥努力的话，那就是试图清理儒家的现代知识进路。何谓现代儒学？我的判断，至少在两个方面要显示出它的现代品质:第一，必须具有现实感。大陆新儒家阵营有人虽然把蒋庆抬得很高，但我认为蒋庆是明显缺乏现实感的儒家政治制度的设计者。他吁求建立全国儒教协会，但进路颇为反讽或者颇不现实。讲一个得罪朋友的说法，蒋庆如果不处理好全国儒教协会跟中国共产党各级党委的关系，单纯申言建立儒教协会以解决社会政治组织建制的问题，那就是胡扯。至于通儒院、国体院与庶民院的设计，不过是现代的两院制复加中世纪的政教合一体制的产物。如果大陆新儒家在制度上没有切实可行的思考，那么相互的夸奖就变成了小圈子偏好的孤芳自赏。以往在这一点上，我的表达可能过于隐晦。这是立场与友谊共同限制的结果。刚才有朋友表扬说我这本书的表达像我的口头语言一样有气势，谬赞了。很多朋友对我的文字表达深恶痛绝。

第三，我这本书纸上的文字还是有些迂回的。为什么要迂回呢？大家在评论拙作第一个主题时，就都没有揭橥我字里行间的潜在主题。在显线索上，我处理的问题是儒家典籍的"从经变成经典"；其实还有一条隐线索，暗示了马克思主义的革命真"经"在与儒的经与经典替代过程中，也从经变成了经典。在两条线索的比较中，儒家必须面对一个在由共产党领导的世界中经典之变的局面，并思忖怎么应对的问题。在这一点上，我的基本判断是，大陆新儒家具有强烈的反现实性品质。因为没有一个知名的大陆新儒家处理过这个问题。你们自认是内部的大陆新儒家，但我认为你们逃避了自己必须面对的重大话题。你们都在躲躲闪闪，这是没有政治责任感的表现。如果你们不服，那就从干春松说的制度儒学做起，让制度儒学具有现实性。如果你们只是说传统制度如何美好，西方制度如何糟糕，那仍然还是一种逃避。我想改变我的判断，当然也改变不了。

得先行承认，我这本书有些篇章其实处理得是非常粗糙的。治平兄批评得非常有道理，我那篇谈法治的文章，是在党的十八届四中全会之后写的表态文章。执政党表示不再以党治国、以人治国，而采取以法治国，我觉得可以表扬。按照治平兄对中国法律文化的深入系统研究，我表态式的写法根本就没有进入话题。这是确实的说法。

另外，壁生批评，书中只有两篇跟书名是搭的。我一方面赞同这一说法，另一方面也略表委屈。我全书的主题是鲜明的，大多篇章都涉及书名的主题，只不过没有采取教科书式的写法，不断直接地标明出来。导论的主题鲜明性似乎最能被确认下来，第一部分的第一、二、三章，处理的就是马克思主义之经与经典和儒家之经与经典的互相替换问题。第一部分的后面两章，处理的是当经变成经典，经典的重写与读经问题。只不过因为采取了双线进路，又不好讨论马克思主义的经变成经典了，可能因此导致误会，似乎脱离了书名所示的主题。陈明几个人的批评都有道理，好像我把从经到经典的变化看成了一个衰变的曲线。这一误会与我的表达技巧欠缺有关。我并不这样看问题,你的说法与我的看法是一致的:我不仅重视经典,而且视其为文化精神血脉的必须载体。不过经典的崇高文化地位,并不同时显现为相应的政治权威、宗教权威。关凯提到了这一点。我其实特别强调经典的重要性。这是我强调儒学的复兴还有经学一途的缘故。甚至即使我对朝晖"三纲"的说法抱有强烈不满的态度,但我仍然持同情的理解。

我这本书话题很多,大都是朋友邀约的、偶然性的写作产物。前些年陈明就批评过我。那年台湾研究院陈宜中访问他,他邀我见面。宜中问陈明,任剑涛跟儒家是什么关系,陈明答曰:"任剑涛跟儒学没有关系,他就是靠做儒学混了个博士论文。"我一直对陈明这句话耿耿于怀。其实陈明老不放过我,搞儒学的活动老找我。中大的陈少明教授也邀约我论述有关话题。我书里前几篇论及经典的,都跟少明兄有关。当年他开过儒家经典的系列讨论会,由杜维明先生主持,几次会我都参加了,参会文章也收入了这本书中。

不过我真得检讨一下。近期我做儒学研究,有点票友性质。因为1999年到哈佛燕京学社做访问学者后,主要的研究精力确实放在做政治哲学研究上了。我做的也不是完备学说意义上的政治哲学。涉及的论题主要是两个,一个是公共的政治哲学,朝晖给我的研究著作评奖捧过场(当然评不上,那么晦涩的书,没几个人会喜欢)。是书2016年出版,明确批评新左派以公共性替代公共。这种公共性理论贻害无穷。我特别强调"publicity"和"public"是两个概念。他们编的《文化与公共性》促使人们谈论"公共性",而不关心更为根本的"公共"。如此等等的辩论,不必多言。

另一个是从柏拉图的《政治家》出发,讨论国家建构处在悬而未决状态的时候应怎么办的问题。国家建构从"理想国"走出来,还没有落实到依法治国框架中,建国者必须审慎处理相应问题。柏拉图的《政治家》常常被人们认为是从《理想国》到《法律篇》的过渡，因此不被重视。其实国家建构处在悬而未决之际，政治生活中的所有人怎么决断，还真是一个重大问题。所以柏拉图的《政治家》非常重要。我们今天恰恰就面临这个棘手问题。这也是现代儒家之为"现代"儒家必须处理的重大问题。在这一点上，我跟梁涛的呼应还是比较强的。本来我以为跟干春松的呼应应该是比较强的，但他的制度儒学走向了反制度儒学，让我觉得好生奇怪。干春松的"制度儒学"没有制度思路，尤其没有现代制度思路，有的只是传统文献中的制度思路。就此而言，我觉得大陆新儒家应该往现代迈进，而不是我向你们的立场退后而去。我走到今天这一步，已经很危险了。我不会牺牲我的现代主流立场，尽管可以将之表述为现代儒学立场。

儒家研究是一直开放的话题。我的儒学研究下一步计划已经展开了，主题是"普世儒学"。可能各位自认是内部儒家的朋友，会觉得我靠你们更近了。为什么呢？因为我正在写的"普世儒学"，上篇叫"人同此心"，专门讨论儒家心与性的问题，全球人心同然。下篇叫"心同此理"，专门讨论普适制度问题。目前大概有七八万字，慢慢写吧。前几年台大的黄俊杰先生觉得这个话题蛮有意思，第二次给我三个月访问研究员身份以便去台大专心写作。惜乎我被俗事牵扯，已经办好手续，竟然没去，现在看真有点遗憾，去了兴许就把它做完了。

我相信，不管今天到会的各位朋友，尤其是自认是儒家"内部"的朋友对我的儒学研究如何作"外部"的断定，都不会影响我继续研究儒学。做中国传统研究，要想逃出儒家的天地，是不可能的。不过，宣示仁爱的普遍立场与兑现仁爱的制度设计，应该是两回事情。在这一点上，我不同意干春松的断定，说牟宗三先行站到了自由主义立场上，然后冒充儒家与儒家对话。我觉得这是对牟宗三先生的严重误判。如果是这样的话，那陈明谈公民宗教就属于胡扯了。而陈明的这种论述，恰恰是他适应现代社会变化作出的重要理论尝试。应接西学，不应该成为评价这类尝试对接中西的儒学研究品质高低的理由。就像蒋庆从基督教、从政治神学汲取精神资源以阐释政治儒学，唐文明接引康德、黑格尔以论述儒家思想，都有其知识上的必要性。我愿意再次强调，儒学的现代知识建构比单纯亮出认同儒学的立场要更为重要。这才让人们具备认同儒家价值的知识高度。否则单纯亮立场的儒家研究，就只能在小圈子中获得先行认同基础上的相互欣赏，而无法在可公度性的基础上让儒学展现其本有的普适品格。

但是不管怎样，我愿意与各位朋友一起积极互动，我的态度绝对是开放的。尽管我有时说话好像有点不容置疑的感觉。我永远都认同新斯多葛主义的主张——友谊比立场更为重要。谢谢各位！

留学运动、模仿建国与自主建国

——在《建国之惑》①研讨会上的发言

最近我出了一本小书《建国之惑——留学精英与现代政治的误解》,想跟朋友们一起讨论一下书中提到,但仍然使我感到迷惑的有关问题。不过这仅仅是我发起这个会议的由头而已。发起这个会议的真正目的,主要是想有个机会跟同道们一起反思一下中国的现代建国问题。从晚近古典以来,我们"中国"已经经历了四个政治体,即(晚)明、(晚)清、民国、人民共和国,这四个政治体面对的问题是,将中国的古典帝国转变为现代的民族国家。

从晚明以来,最明显从晚清以来,权力集团的自私本性就表现得非常明显。他们主要是围绕权力的自我维持来展开政治活动的,无关维持权力的其他一切问题都不予考虑。在这样的政治取向中,自晚明以来,中国实行了令人匪夷所思的海禁政策,从而保证了国家权力在封闭环境中的自我维持。一种对内嚣张和对外绥靖的政治局面,逐渐成为定势。

如果说晚明遭遇到清朝的打击因此丧失了政权的话,那么明朝封闭政治

---

① 任剑涛:《建国之惑——留学精英与现代政治的误解》,中国政法大学出版社,2012年。

的教训,却并没有被征服者所吸取。有清一代也行走在对外封闭的统治道路上,马戛尔尼事件就是最好的证明。迄至晚清,国家全面失败,造成帝国衰变之后最严重的结局:整个国家对如何走出困境,将国家转轨为民族国家,完全不知所措。我借助"离散"这个概念,来形容晚清以后中国人的总体处境。即中国人从精神上、制度上和社会生活秩序上整个被彻底打乱,从而逐渐形成了将当下建国的无能,转到怪罪和摧毁传统的流行思潮。

由于这个时候中国人总体上丧失了自我筹划现代建国的能力,因此一心想到外国,尤其是发达国家,或迅速崛起的国家那里去找寻现成的建国与治国答案。于是,留学运动兴起了。留学就此具有了寻求救国方案与提高治国绩效的双重目的。这样的留学运动,在现代世界史上,可以说是绝无仅有。

从整体上讲,我充分肯定中国现代建国过程中留学运动的积极性。这种积极性体现为三个方面:一是对中国人形成现代国家观念发挥了正面作用;二是对中国建构现代制度起到了推进作用;三是对中国人形成现代生活方式发挥了引导作用。但是由于留学运动中人基本处在一个留学定位的学术研究与政治决断、实践选择的模仿建国和超越西方、知识研习的接受熏陶和致力于创新的多重紧张关系之中,因此中国的留学运动对现代建国的影响,就肯定是极为复杂的。除开三大积极面之外,毋庸置疑,留学运动也存在明显的消极面。只不过因为留学运动是在中国现代建国之际兴起的浩大运动,因此人们一般将眼光聚焦在它推动中国现代建国的积极作用上,对其消极效应多捎带而过,甚至绝口不提。本书力求从政治学视角,对留学运动与现代建国关系中被人忽视的消极面相,进行一个宏观的勾画。

当然,全书的宗旨是在高度肯定留学运动积极作用的基点上展开的。但因为确立了讨论留学运动消极面相的主旨,因此不能不着重申论留学运动遭人忽视的种种消极效应。这并不是要否定留学运动的积极作用,而是试图刻画留学运动的全幅画面。事实上,远在留学运动兴起的初期,看到这样的消极作用,不是处在留学大潮中的国人,反而是留学运动早期中国人趋之若鹜前往的日本,日本人替我们指出了这一点。日本人指出,中国的留学运动不是在中西之间进行思想的碰撞,以求解决中国自己的建国问题,而是放下自己传统的国家理念、制度遗产和生活秩序,去悉心模仿所在的留学国家的建国方略、制度安排和生活秩序,结果必然造成双失的局面。日本当时也有留学运动,但他们的留学宗旨似乎跟中国不一样。日本留学西洋的学生,主要的精力花在蒐集适合于日本建国的西洋方法,而不是在具体做法上机械模仿西方国家。这就不像中国,处在一个离散的状态,失去了国家的依托,丧失了国家的自信,结果在留学中得不到西方国家现代建国的真经。在这种思维不清的建国追求中,经过留学生尤其是其中那些致力于建国的精英群体的努力,中国确实作别了传统的帝国,但却没有建立起规范意义上的民族国家。可见,从留学运动开始,即早期为留学运动兴起而"预热"的严复那一辈留学生,到晚近阶段持续不衰的留学热潮,对中国的现代建国,都未能发挥留学的预期效用,中国至今仍然没有走上民族国家运行的规范轨道。这不能不促使人们去认真求解造成这一结果的原因。

全面考察留学运动不是我所关注的问题。即使是从现代建国的特定角度,一个论者也无法窥其全貌。因此我选择了从留学英、美、德、法、日、俄的留学生精英与中国建国的关联视角,讨论留学精英,即那些既影响中国的现代国家理念,又影响中国的现代建国实际状况的留学生,与中国现代建国的紧张关系。我关注的主题大致有三个。

第一,在肯定留学运动积极面的基础上,依据重要的留学精英或留学生精英群体,对留学运动与中国现代建国的消极关联进行较为宏观、系统的梳理。这是一个在留学史研究中基本被忽略的问题。经过研究我发现,自晚清、民国到人民共和国,三个政治体的当政者对于留学生都相当重视,留学精英一直都是这三个政治体所倚重的建国与治国人才。而且在三个政治体能够正常运作的时候,留学生也确实成为国家权力的中坚,成为治国理政的重要支柱。可是,每每在建国的关键时刻,即国家处在政体选择十字路口的时候,这些留学精英所发挥的作用却并不值得肯定:他们要不在建国与治国观念上把持不住现代主流的国家观念,要不就干脆向人们推销反主流的非理性国家观念;或者要不在国家的制度选择上撇开国家结构的合理性而落到具体制度的改良上面,要不纯粹在技巧的层面上处理国家建设问题;抑或要不在中国的处境中紧张地应对所留学国家的国家建设问题,要不在所留学国家的处境中为中国解决自己的建国问题而设计方案。留学精英们的这些误置时空的政治见解,实在是误国不浅。一些留学精英对民族国家扭曲形态的政党国家缺少基本的政治理论鉴赏能力。因此顺应政党国家的逻辑,为之提供合理性的证明,以为这样就能将难以驯服的政党国家反扭成为规范的民族国家。在民国时期的民主与专制之辩中,主张专制的留学精英就是这类人物的突出代表。人民共和国时期主张跳出立宪民主、专注于国家建设的留学人物,则是误解现代政治的当下象征。在中国现代建国中一直流行的国家主义思维,便是留学精英误解现代政治的一个副产品。

第二,在考察留学精英学习专业知识与寻找建国答案的双重努力中,对留学运动究竟如何与中国现代国家建构发生错位的问题进行解释。本来,留学生前往所留学的国家是去学习人家的现代知识的,否则就不能叫作留"学",而只能被命名为更适当一些的名称。但晚清以来出国留学的人士,大多并不是去专门求取现代知识的,而是竭心尽力去发现现代建国秘密的。于是,在留学生那里,学术与政治、知识与实践、模仿与超越发生了严重的对撞。结果使他们求解中国现代建国问题答案的努力出现了明显的错位:一方面,他们在学术追求中树立政治价值,从而将中国现代建国的政治问题看作是一个学术研究的话题。另一方面,他们以对西方的知识探究,开列中国现代建国的药方,错把知识逻辑认读为政治安排。再一方面,他们试图将中国直接安顿在超越留学国家的位置,而实际上超越的仅仅是他们所体会的西方当下实践,与中国的现代建国需要相当疏离。

在这些错位的认知引导之下,留学生很难稳定地树立起现代政治的基本信念。加之中国人所处的离散境况,就更是将他们推进一个不计代价、急功近利地"建国"的思维陷阱。何谓"现代""国家",不曾为留学精英群体所仔细考量。他们对中国现代建国的思考,几乎都落在国家的运行功能上面。认为只要在各种关乎国家运行的功能性安排得到改善的基础上,中国的现代建国任务就可以顺利完成。岂不知这个现代立宪民主性质的"国"之现代架构尚未搭建起来,又如何能发挥这个"国"的各种功能呢?现代立宪民主的国家,其立国的个人主义、普遍主义、进步主义与理性主义几乎都被留学精英排挤到了边缘的位置,甚至明确加以批判和拒斥。而像德国、日本那样有利于国家疾速崛起的军国主义,像苏联那样迅速称霸世界的极权主义,支配性地塑造了留学精英的建国思路。国共两党建构的政党国家,恰恰就是依赖这些留学精英建构并维持的。留英、留美且稳定地树立了现代国家信念的精英人士,在这两个政治体中都居于边缘地位,就是情理之中的事情了。

第三,在考察分析晚清以来留学精英的建国思维模式基础上,凸显出中国现代建国中浮现的留学精英所共同具备的模仿建国的思路。就根本的意义讲,除英国以外的所有现代国家,都逃不掉模仿建国的命运。因为只有英国人在长达四百多年历史(1215—1688年)的渐进摸索中,才趟出了一条波澜不惊的、现代国家的发展道路。英国以后发生现代转变而建立起来的国家,势不可免地具有效仿英国建国进路的特点。但如果这样定义模仿建国,就没有什么意义了。因为这样势必掩盖除开英国以外的所有现代国家建构其国家的独特性。因此所谓模仿建国,是与自主建国相对而言的一个提法。它指的是一个国家不去寻求自己国家建构现代政治体的进路,不去寻求突现现代国家所具有的基本特质,反而将建构现代国家的一切资源,投入到机械模仿别国建构现代国家的基本模式和具体举措上面,从而丧失了自主建国的独创性努力。结果,这样的模仿建国,脱离了致力于建构现代国家的自身特点,陷入了别国建国的观念与制度陷阱。

自晚清以来,中国建构现代国家陷入了逃不掉的模仿建国的歧途。在这种建国思路中,人们尤其是得风气之先的留学精英,在表达自己的建国理念时,总是撇开中国政治的长远、全局、理性的筹划之需,急吼吼地将西方国家得以发达的技艺,作为可以现成模仿并拯救中国的良方,从而慌慌忙忙、急于求成地为中国"设计"各种制式的建国方案:诸如日式的、德式的、英式的、法式的、美式的、俄式的建国进路,却唯独没有设计切进中国实际的现代国家建构方案。留学精英提供的种种建国方案,促使中国人在其中不断跳跃,而从来没有促使中国人的思维真正落定在中国走出传统帝国、建构现代民族国家、落定立宪民主政体的建国目标上。自然,这样的建国思维,不断夯实着政党国家的理念、制度体系和生活模式,而难以将中国稳定地落在民族国家的宪政民主政体平台上。

这种功利化的模仿建国,借助留学精英的建国思考,一方面在发达国家的建国进路中间左冲右突,陷入模仿谁似乎都有道理、但模仿谁似乎又都不妥当的局促状态。另一方面在凸显中国自身建构现代国家方案的时候,陷入国际主义与国家主义的对峙局面而无法自拔,结果丧失了稳定把握中国现代建国根本要领的可能。再一方面因应于不同发达国家显现出的不同建国优势,在留学精英们的诱导下,中国人一会儿认定模仿某个国家的建国方案就足以解决中国建国与治国的所有问题，一会儿又认定模仿另一个国家的建国与治国经验有利于中国解决一切相应的难题。结果是中国的建国与治国问题都被彻底转换成别的国家的问题。中国独特的建国与治国问题陷入云遮雾障之中。人们对任何一个留学精英提出的具有挑战性的中国建国与治国问题，都会以自己所在留学国家的建国与治国经验来应对，却唯独无法切进中国的建国与治国实际问题之中。甚至在他们表述自己这种跨越国家情景的建国与治国思路中，连基本概念、表述方式和判断准则，都是留学国家的制式，跟中国风马牛不相及。

对留学精英产生的现代建国负面影响作出较为系统的描述与分析，自然是一件吃力不讨好的事情。因为这与人们心目中留学精英发挥的作用，似乎相差太远了。人们会质疑，论者是不是太"欺负"留学精英了。你要对中国现代建国的结局表示不满，不敢直接声讨"建国精英"也就算了，但也不能柿子专捡软的捏，把现代建国的失误都推到"留学精英"身上。人们断然将留学精英与建国精英切割开来，这样的主张是有道理的。但不能不指出的是，在留学运动中成长为精英人物的，多数具有两重身份：既是知识精英，又是政治精英。前者使他们成为中国现代知识建构的杰出人才，后者使他们对现代中国的产生发挥了极大的影响力。留学英、美、德、法、日、俄的精英人物，几乎都在中国的建国史上留下了身影，甚或发挥了决定性的影响。对国共两党的政党国家建构和治理来讲，缺少上述六国归来的精英人物，几乎是无法完整加以描述的。尤其是留俄的精英人才，在国共两党执掌国权时，就更是决定性地影响了中国的国家走向。无论这种影响体现为蒋经国的改制，还是留苏群体在国际共产主义运动转轨时期的政治执着。只不过因为政治的因素，书中不好明确点名进行论述而已。就此而言，人们没有理由将晚清以来的"留学精英"与"建国精英"断然分割开来。

或问,留学精英引进功能性的建国技巧又有何不可？难道人们审视建国问题只能从结构的视角切入,不能从功能的维度进入？人们不能期待日积月累地引入发达国家的治国经验,从而渐进地建立起现代中国的国家结构吗？这些质疑,自有道理。但不能不指出的是,一切关乎现代国家建构的功能化思路,都只能解决国家建构的功能性问题。或更为直接地说,解决国家建构的枝节问题。当渐进的国家建构触碰到国家结构问题时,就不得不致力于解决功能化思维根本解决不了的结构性难题了。我完全坦然地承诺留学精英在治国细节上的长期努力及其积累效果。但我也直率指出,正是完全无视结构意义上的建国问题,将眼光局限在现代治国的细枝末节上的进路,局限了大多数留学精英的国家建构眼光,使他们出现了不少思考建国问题的重大盲点。自近代以来,在这种几近错把治国当建国的乡愿思路中,人们总是善意地对待建国与治国的精英人士,不断地表达自己的殷殷期待之情。但在今天的处境中,我们需要断然与乡愿切割,铮铮指出,回避国家结构问题的治国思路,是不足以解释和解决中国的现代建国问题的。

说起来,这本书是一个偶然机遇的产物。2010年我去台大做访问研究员,台大的黄长玲教授邀请我去政治学系作个午餐报告。我去作了一个反思德国政治理念对中国影响的报告,描述和分析了德国人为什么在中国国家主义思维的形成上发挥了如此决定性的影响。这个报告之后,一些同道聊天,认为我可以就这样的主题对留学运动作一个总体考察。于是,我蒐集相关资料,选定六个国家,展开相关论述。由于在留学史的阅读中得到一个强烈印象,就是论者大多极力强调留学对中国现代转变发挥的积极影响,以为再沿循这样的论述进路,已经没有太大意思,因此决定转换角度,对留学运动中凸显的精英人物发挥的建国作用进行专门审视,并对他们发挥作用的消极面相进行集中揭示。

　　出于论题的宏大性质,全书厘定了论述的基本主旨:不执着于数量化的展示而着重典型个案的分析,不停留在个案的细节描述而展现其发挥的建国效用,不针对留学精英而的知识成就而聚焦在他们以新知谋建国的行动取向。试图就此凸显的论述目标是:超越留学精英急功近利的模仿建国,不以留学精英以所留学国家的理论思维和实践经验来审视中国的现代建国与治国问题,力求从中凸显一条概括各国现代建国的基本要领,从而展现中国自己原创性地建构现代国家的思路。换言之,在现代建国的进程中,原则可以归纳,进路不可模仿;结构可以归纳,举措必须创制。不过,这样的论述宗旨,也许只是论者的一厢情愿。因为直到今天为止,留学运动仍然蓬勃发展,但留学的国家思维还维持着模仿建国的陈旧思维,这让人具有了大胆提倡超越模仿建国的强烈现实针对感。

边界刻画与边际互动

——我写《中国现代思想脉络中的自由主义》[①]

研究"中国现代思想脉络中的自由主义"，首先要面对的问题，不是自由主义的理论难题和政治禁忌，而是如何离析作为思想史问题的自由主义与作为政治理论问题的自由主义。不将这两个问题的区别显示出来，就会将作为政治理论问题的自由主义，淹没在作为政治思想史问题的自由主义之中。

中国政治理论的研究总是包装成政治思想史的研究。形成这一局面当然有其复杂原因。试图突破这一妨碍政治理论研究独立发展的格局，要追究的不是导致政治理论研究伪装成政治思想史研究的原因，而是要清理包裹在政治思想史中的政治理论问题，将其独立出来，作为政治理论研究的对象，使政治理论研究的问题得以浮现，使政治理论研究的架构得以勾勒。否则，活生生的政治理论研究就会演变为单纯寻找思想关联的、"死气沉沉"的政治思想史研究，致力于建构现代政治价值的政治理论研究就会演变为沉静的政治思想史的学术研究工夫。这两者是有紧密联系的，政治理论研究总

---

① 任剑涛：《中国现代思想脉络中的自由主义》，北京大学出版社，2004年。

236

是在政治思想史研究中借取思想资源。但是就以政治理论研究为政治筹划、以政治思想史研究为学术活动而言，两者的区分是显而易见的。

"中国现代思想脉络中的自由主义"，就是要深探中国现代政治思想史的堂奥而重建中国现代政治理论研究逻辑的一个研究课题。从政治思想史研究中清理政治理论研究的对象、问题与架构，有两个相互联系的理论清理工夫：一是刻画政治思想史诸流派的思想边界，二是凸显政治思想史诸流派的边际状态。刻画边界，就是要将现代政治思想诸流派的分界显示出来，将现代政治思想诸流派各自关注的思想焦点呈现在人们的面前，从而将现代政治思想丰富多彩的思想内涵显示给人们。边际互动，就是要将各自显现出不同关注的现代政治思想诸流派的思想交叠处昭示给人们，从而将政治思想诸流派的思想资源边际互借的可能性 作为政治思想研究的一个重大课题。两个工夫有一个共同目的，就是要将长期显示为进入了"历史"的政治思想史问题"还魂"为影响"当下"的政治理论问题。

以中国现代政治思想史而言，政治思想诸流派的关注焦点是共同的，那就是中国政治从传统到现代转轨的过程中，中国传统政治思想与现代政治思想的关系是如何的。为了解读这种关系，就得努力挖掘中国传统政治思想的资源。这就成为促使中国现代政治理论研究变成政治思想史研究的重要原因。同样也促使中国现代政治理论的研究，思考作为一个严肃的政治理论问题的"传统与现代"的关系结构问题。在这种关系结构中，自由主义与传统的关系无疑是一个没有得到认真对待的理论问题。原因很简单，人们以往对于相类问题的思考，思想资源大都集中在马克思主义与传统的关系问题上，使同样作为中国现代政治理论重大问题的自由主义与传统的关系研究缺乏研究资源。因此将研究资源相对均衡地分配给自由主义与传统这一课题，就不是什么令人惊怪的事情。这样反而有助于致力于研究中国现代政治思想史，并以这样的面目来使研究中国现代政治理论的人们关注到以往的一个巨大研究盲点，并且更有利于人们认识中国传统与现代主流政治思想之间的多重边界。加之处理中国传统与自由主义、与马克思主义的关系，就是处理保守传统与接引现代的关系问题，因此现代政治思想的另一主流派别——保守主义，也就登上了政治思想的演舞台。于是，中国传统政治神学与现代政治理论主流体系，诸如马克思主义、自由主义、保守主义的边际界限，就成为中国现代政治思想史和中国现代政治理论研究"当仁不让"的重大主题。

在"中国现代脉络中的自由主义"这一话题里，现代自由主义与中国古典传统的边界、自由主义进入汉语政治理论后出现的儒家自由主义与西化自由主义的边界、以大同为核心价值的传统政治思想与以自由为核心价值的现代政治理论的边界，就是我们不能不认真描摹的现代政治理论的"边界线"。在此，显示为历史的儒家政治思想，与显示为"现代"的主流政治理论体系之间，存在着一种我们可以称之为突破"历史"的、"当下"的政治理论纠结关系。忽视这种纠结并且无视在纠结中复杂的理论边界的勾画，就会使中国现代政治理论的研究成为"搅糨糊"的事情。这正是我在《中国现代思想脉络中的自由主义》中，尽力处理现代政治理论诸流派与中国传统政治思想关系的理由。

在中国"现代"政治思想的边界划分问题上，情形一样的复杂，但问题一样的重要。原生的现代政治思想，流派众多、价值奇异、诉求不同、立论歧出。因此努力将中国诸现代政治理论体系力图显现的中国"现代"政治蓝图，比较保真地加以重现，就不能不将价值主张、制度安排、生活诉求大不一样的中国诸现代政治理论各自的边界刻画出来。在一个没有强烈的政治判断的前提下，以"左""中""右"为刻画政治理论的边界，作相互移动的光谱还原，就是值得借重的政治理论研究方法。

一方面,尽管中国现代诸政治理论实际表达的政治观念差异性很大,但是他们都努力地在建构自己的"现代"社会理论,并以这一理论尝试作为支持自己阐释现代政治理论的基础性工作。

另一方面,当保守主义尽力维护摇摇欲坠的中国传统大厦的时候,它的理论创新意图就总是被价值维护意图所影响,于是它处理复杂的现实政治中的问题的能力就有所下降。尤其是中国现代政治理论中的保守主义,主要是借助文化保守主义的理论形式来为自己的价值主张张目,因此妨碍了他们简洁地申述自己的政治理论主张。

再一方面,试图重现中国现代政治理论的不同主张的边界,就不能不在政治保守主义、左派思想与自由主义之间寻求理论差异。左派政治思维一直主导着中国现代政治思想,成为中国现代政治理论研究中具有文化霸权的理论体系。在极端"左"倾、温和"左"倾的左派政治思想走向中,中国现代"左"倾政治思想逐渐显示出从极端向温和的思想运动倾向,"左"倾政治思想逐渐地放弃了极端的政治思想主张,转而采取了温和的理论形式,从革命话语的表达转进到理论话语的建构。

这种转变,除了社会经济形式转变的动力以外,就是人们面对和平的社会政治生活所推动的结果。但是这并不意味着激进的政治思想彻底转变为渐进的政治思想,而渐进的政治思想就主导了中国现代政治理论的研究。新左派的政治理论建构与自由主义的政治理论阐释,就显示出即使政治理论研究者都具有认同现代政治社会运动的前提,但政治理论的研究路向还是有巨大差异的。因此我在写作《中国现代思想脉络中的自由主义》的时候,将相当部分的理论关注,放到了辨析"左派"与"右派"的不同政治理论取向上面。进而在辨析了"右派"内部政治价值偏好的差异性上,对于现代政治理论主流派别内部的价值诉求的微妙区别,保持了浓厚的理论兴致。这是我极其关注古典自由主义与新自由主义差异性的原因所在。

现代政治理论的研究,以刻画不同的理论体系之间的边界为研究的先导性工作,但这并不意味着现代政治理论的研究仅仅以此为鹄的。各种现代政治理论确实有其明确的理论边界。然而在他们对政治理论问题进行阐释的时候,并不采取完全的对抗姿态。他们在显示自己理论边界的同时,表现出边际间的互动特性。这种互动,既能从不同的现代政治理论体系共同分享着某些政治理论主题上表现出,也能从不同的现代政治理论沿循切入实际政治生活的道路,往下坐实自己的理论意图上观察到,更可以从他们各自从不同的方向上推动"现代"向纵深发展的理论功能上获知。因此仅仅着眼于指出不同的政治理论流派迥异的理论构成,远远实现不了研究政治理论,并使政治理论脱离政治思想史的庇护,成为具有学科尊严的专门研究的目的。为此,看他们各自如何为人类的现代政治社会提供了什么政治方案,审查这些方案的有效性,就成为政治理论研究的重要任务。

同时,需要仔细分析他们共享的政治基本理念,诸如人民、公民、选民这样的现代政治主体观念,理性、传统这样的现代政治价值理念等,在他们各自的理论体系中安顿的状况。从中勾画出现代政治理论与现代社会政治发展相互勾连的状态,寻找推进并改善现代政治发展格局的思想方案。这对于兴起中的中国现代政治理论研究尤其重要。因为中国现代政治理论的研究既需要走出被政治思想史研究遮盖的命运,又需要告别政治理论研究仅仅是陶冶性情的自娱境地,更需要切入极其需要政治理论指引的中国现实社会政治发展的实际生活之中,这种客观需要使我们没有资本去浪费已经显得非常稀缺的政治思想资源和理论储备。

为了中国"现代"的健全发展,诸政治理论流派携手致力于政治理论研究,并为推进中国的现代社会运动努力,就成为中国政治理论研究不得不直面的头等重要的事宜。这正是我考察中国现当代政治理论流派共同阐释某些政治理念的状况的动力。相信在具有不同政治价值偏好的政治理论研究者中,这一点是可以达成共识的。

为现代国家扎牢"公共"桩脚

——我写《公共的政治哲学》①

　　我写《公共的政治哲学》，一是尝试进行现代政治哲学基本命题即何谓"公共"（the public）的理论辨析，二是致力于矫正汉语学术界对"公共"一词的滥用，三是试图为中国的现代建国提供理论支持。前两者都是为后者服务的，但并不急功近利地为中国的现代建国开处方，而是想为之开拓一个一般的理论空间，以便国家建构的现代意识能从中确立起来。因此拙著的核心命题，还是思索现代建国的"公共"基础理论。

　　现代建国不同于传统建国。如果将传统国家区分为政教合一的神圣国家与君主当政的世俗国家两类，那么相比而言，世俗国家的建构大多依赖于军事暴力。现代建国中的战争因素也不可小视，但战争对国家建构发挥的作用，不再是全面有力的。至少在国内建构上，抑制暴力，实行法治，保护成员，追求公平，成为国家的主要职责。在国际层面，虽然现代建国也有康德的"永久和平"设想，但现代国家对内保护、对外御敌的设定，本身就潜含着诉诸暴

---

　　①　任剑涛：《公共的政治哲学》，商务印书馆，2016年。

力解决国家间纠纷的意思。因此在国际秩序的建构上,要不依赖于国家间的谈判妥协,要不就诉诸国家间的战争手段,要不就是仰仗"世界警察"的强力维持。但这已经大大不同于传统国家对内、对外的暴力征服。即便传统国家在可以维持其政治秩序,也就是一个或一帮统治者尚能保证其统治地位,而国家权力不需易手的情况下,也常常致力于抢占道德高位,偶尔表现出对成员的宽容厚待,但专制暴君与姓族统治在本质上都是以暴力为其统治奠基的。

政教合一的传统国家,最典型的就是西方中世纪的国家形态,是一种既要管成员的精神生活,又要管成员的衣食住行的强有力的国家结构。在这样的国家形态中,宗教权力与世俗权力之争一直僵持不下,但在统治成员的大局面前,教权与王权仅仅将成员作为精神统治与世俗统治的对象,双方全力争夺成员所可以提供的物质利益,以维持自身的强大权力。中世纪孕育了现代。因此单单以"黑暗的中世纪"看待那个时代以及政教合一的国家形态,可能失于简单和草率。但中世纪的国家成员既要承受教权的统治,又要承受世俗权力的压榨,确实是一个黑暗的时代。而且教权的统治并不限于精神生活领域,它还与王权争夺税收资源。因此无论是在有形之间,或是在无形之中,都明显加强了统治压力,塑就了一种高压统治机制。

现代国家是有限国家,不是全能国家。有限就有限在,一者,国家不再试图控制成员的精神生活,政治与宗教、政治与教化,分流而行。政治的事务,在权力与权利的博弈机制中被解决。宗教或教化的事务,在信众与社会成员的范围内被处置。那种将精神生活与世俗生活统统纳入一个强制性的权力机制的国家形态终结了,一种由国家与社会分别担负其职责的政教分离型国家诞生了。二者,现代国家是在自然社会基础上建构的政治社会,自然法构成政治社会建构的前置条件,立宪建国、依宪治国成为国家建构(state making, state construction)与国家建设(state building)的基本进路。这是两个问题,但在政治学界存在混用。国家建构,指的是在国家搭建其基本框架,也就是在立宪建国的时候,以人民主权与人民同意的双重理由,诉诸立宪的宪章制定程序,为国家制定一部切实可行的基本法。国家建设,指的是国家基本框架搭建起来了,不再追究这一框架的搭建是否合理,而努力以既定的国家机制,全力寻求解决国家存在的种种实际问题。

在现代国家的发展进程中,这两个问题的出现与解决是有主次先后、轻重缓急之分的:建构一个国家,如果没有在初创之际就搭建好国家的基本框架,那么即便之后再努力为之,也很难将国家装修得美轮美奂。所谓“根基不牢,地动山摇”,正可以用来说明国家建构与国家建设之间的关系。为现代国家搭建一个根基扎实的框架,让国家不仅能够经得非常时期的风吹雨打、惊涛骇浪,而且能够在常态情形下呈现风调雨顺、太平盛世的景象。现存世界的近二百个国家,之所以在国家治理绩效上出现天渊之别,就是因为大多数国家在草创之际就根本没有全力搭建好国家的基本框架,国家的桩脚没有扎牢,其后随代际而起的一国治理者,即便全心全意、奋力而为,也无法让国家达成善治的目标。因此国家只能成为“维持会”,而是否能够成功维持,或者径直风雨飘摇,最终国家大厦不可挽回地崩塌,那就依赖于种种偶然因素的作用了。

搭建现代国家的基本框架,自然远远不止制定宪法这一单事情。制定一部好的、切实可行的宪法,需要极为复杂的内外部条件。所谓内部条件,涉及立宪者的宪制信仰、制宪机制、立宪技巧、修辞技艺、妥协能力与政治动员,也涉及立宪建国的宝贵契机、政治博弈、社会发育、文化传统、现实需求和发展态势。所谓外部条件,涉及国际环境、外部施压、典范寻找、政经关系、国际思潮、国家处境与国家能力,也涉及国际法制、谈判机制、利益计算、外交技巧、国际人才和世界目标。这些条件，往往是相互叠加、微妙互动的。因此要想为国家建构储备极为优良的内外部条件，几乎是天方夜谭。任何现代国家的建国过程，都是在有利条件与不利条件交互出现的情况下展开的，建国者必须具备最大限度利用有利条件、全力将不利条件转变为有利条件的能力，才能成功建构一个根基牢靠的立宪国家框架，并为后续的国家建设提供优良的国家环境。

从政治哲学的角度讲，现代建国需要认真清理立宪建国的基础理论问题。设问，如果一个国家立定了立宪建国的目标，怎样才能为其提供可靠的政治哲学支持呢？无疑，作为一个现代国家，必须充分保证立宪建国与国家公共特质的高度吻合。将国家公共特质拆解开来，呈现给建国者们，俾使建国者们理解建国的政治问题，从而保证其所创建的这个国家的现代品质。这里所谓的建国者，不单是指那些掌握着建国的政治权力的人士，这些人士由于种种机缘而直接参与立宪的法制过程，并且直接掌握行宪的政治或行政权力。他们是建国者集群的中坚力量。但现代建国者包括所有公民。如果公民被排斥在建国进程之外，那么创建起来的那个国家就可能缺乏公共品质，公民与国家就可能处于一种疏离的状态。建国者所搭建起来的国家框架质量就缺乏保证，国家很可能是沙滩高楼，壮观却危险。在以公共为导向的立宪建国之际，公民身份尚待宪法确认，他们是以手握主权的人民身份，或者是以即将建构起来的政治共同体成员身份加入到立宪建国的进程之中的。处在从自然社会跃进到政治社会的关键时刻，建国领袖与普通公民携手制定或通过的宪法，必将成为新生国家的基本政治规则。如果人民对立宪建国置身事外，那么国家建构也就缺乏社会土壤，完全不知扎根何处！这种关系到"你我他"共同利益的公共创制，将"公共"所具有的政治哲学的决定性意义烘托了出来。

在设定的建国关键时刻,也就是立宪建国的时刻,制定宪法的政治家们要处理的是权力属性问题,准公民们要关心的是立宪建国有没有公正无私、无偏无党的基本法精神与制度建制。处理权力属性的原则,自然是想方设法保有权力的公共特质。关心宪制的建构,自然是千方百计保证权利的不受侵害。前者的天堑是后者,后者的保障是前者。公共权力与私人权利之间的界限所具有的极端重要性,就在立宪建国的当下呈现出来。

这就注定了"公共的政治哲学"也就是专门论述"公共"问题的政治哲学,笃定要以公私及其关系作为基本主题。注意这里的短语,"公私及其关系",首先是区分"公共"与"私人"二者,然后才能讨论公私关系。这是三个问题,不是一个问题。换言之,讨论公私关系,不能将三者混为一谈,不是一句公私兼顾就可以打发掉的。尽管在当代西方政治哲学领域,堪称重要流派的共和主义、自由主义与新左派各持一说,自由主义相对偏重私权的维护机制,共和主义与新左派比较看重公共或集体的价值,但他们共同呈现出公私必须相对平衡的理论论述特征。即便跳出西方文化的范围来看,在公私相即、富有张力的情况下讨论二者关系,不同文化—文明体系之间,都是可以取得一致看法的。这意味着一种论及公私关系的"重叠共识"(overlapping consensus)。

私权是建构公权的起点。无私则无公,公不能忘记私,有力维护私权得仰仗依宪治国的公权,但公权不能逾越私权的天堑。这就必须建构一种具有双重杜绝能力的宪制体系:一方面,不能让公权有任何机会尝试"私人权利公共化",也就是不能将一切私人权利如生命、财产与自由等自然法意义上的权利都置于公权监督与控制之下,尤其是不能将私人生活秘密暴露在光天化日之下。这些权利是自然状态转变成政治社会的时刻,人们没有交付给国家行使,它们一直为公民自己所持有和行使。另一方面,不能走向"公共权力私密化"的另一极端,也就是将公共事务、公共利益、公共话题在公共领域中强力遮蔽起来。以至于在私人生活空间中,因为"天知地知,你知我知"的隐秘性,让公共问题悲壮地变成茶余饭后的谈资和笑料。公私关系一定是张弛有度地联系在一起的,健康的公私关系一定是公私两端间的均势状态——合法的私权是公权必须倾力保护的,这才足以显示国家对内保护公民的公共特性;同时,正当的公权必须是私权高度尊重的,这才能够让公权保有维护私权的权威性。

私权不是专私的,即不是一个人内心的隐秘东西,而是可以互动地存在。私权最悠久的存活空间是家庭。现代私权的存活空间主要是市场领域和公民兴趣组织。国家公权不是完全放手私权在相关领域的活动,而是必须为之制定供给秩序的法律法规。只不过即便再善意的国家公权,也没有权力去随意干预私权的活动。就此而言,政治公共领域与非政治公共领域的适度区隔是十分重要的。政治权力不能侵入非政治公共领域,非政治公共领域的问题也不能换算成公共政治问题。否则国家的治理就会乱成一锅粥。

建构现代国家的公共权力机制,必须基于公共理性(public reason)来展开相关进程。公共理性,主要是那些已经掌握国家公权或准备竞争国家公权职位的人们必须保有的理性形式,没有偏私,秉持公心,遵纪守法,崇尚程序,诉诸论辩,寻求妥协,等等,都是他们具有公共理性的外部表现。对公众而言,自然也应当具备公共理性精神,杜绝以满怀激情、不知所谓的悖谬去处置关系到你我他的公共事务与公共利益。但公众舆论常常处在来无影去无踪的流动状态,要体现出公共理性精神,谈何容易?!但这并不等于就让人们,尤其是掌握国家权力的人们有理由蔑视,甚至禁止公众舆论发声。正是在公众舆论的相互碰撞中,公共理性精神才逐渐成长起来。

从公共政治哲学的原生结构上看,它与基督教信仰、基督教教权体系与世俗王权体系的斗争有关，也与古希腊的民主政治实践、罗马的法治政治紧密相连。但是不是说没有基督教传统的国度，没有古希腊、罗马政治奠基的民族，就没有办法建构基于"公共的"立宪民主国家呢？答案是否定的。从政治机制上讲，立宪民主国家在发生阶段依赖基督教与古希腊罗马的奠基，不过一旦它基于现代诸现实条件确立其政治运作机制，它的类型意义和可模仿性就可以脱离它的创生条件，变成其他文明文化体系可以借鉴的政治形态。从政治活动主体上讲，立宪民主国家的建构曾经以上帝与哲学王为载体，孕育出有助于公共精神发展壮大的政体理念。但是不是除开上帝与哲学王，现代公民就无法创制立宪民主机制呢？答案也是否定的。一旦人被放置到"人为自己立法"的位置上，人们就不得不经过政治操练，习得建立和运作宪制的理念与能力。

现代国家的建构是一个相当复杂的社会工程（social engineering）。这一社会工程，既不是基于乌托邦的预先设计，也不是基于琐碎现实问题的救急，而是在国家建构的实际处境中设计蓝图、进行施工的复杂项目。回观这一社会工程的早期施工，可以发现它落定为一套立宪民主制度的框架结构：从国家权力机制上讲，区分国家与社会空间，确立权力制衡体系，树立法治权威，按照程序治国，都是需要强调的一些基本点。从公民的角度看，国家必须保障公民与潜在公民的权利，必须落实自然法意义上的所有权利形态，必须与国家携手处置公共事务。这就构成国家与公民针对立宪民主机制的双向限制。

人们常常认为，立宪民主的现代建国应该是一个自然历史过程的产物，人为的设计与构建很难成功，因为"强扭的瓜不甜"。这是一种貌似合理的偏颇之论。现代建国肇始于英格兰，1215年签订的《大宪章》是一个历史节点。到1688年光荣革命，英格兰为全球建构现代国家树立了范例。由此推向欧洲大陆、北美及世界各地。对英格兰来讲，这个过程是自然历史进程与人为建构国家的奇妙统一。此后一切国家，要建构现代国家，都命定将以人为建构为主，并主动而为地塑造建国历史。这段历史证明，经过革命的社会，是完全能够成功建国现代国家的。与建国同时诞生的公共生活模式，也完全可以与现代国家共同成长。革命与现代建国既不是天然的孪生子，也没有天生的对立性，关键是看建国者们如何理性处理"为自由而建国"的立宪机制建构问题。

公共的政治哲学需要处理上述基本理论问题，同时也需要力避一些似是而非的立论：譬如断言历史与现实中的所有政体都具有公共性，来混淆公共与公共性的根本差异。公共性弱化现代公共所具有的政治价值与政治安排的特定内涵，让人们无视建构现代国家必须守持的确定无疑的边际界限。

又如有人认定，离开基督教与古希腊罗马传统，历史的渊源条件阙如，就无法建立起发达国家那样的立宪体制。这也是一种混淆视听之说。历史发生与类型选择并不是绝对对峙的，只要后发国家认同立宪国家为其建国目标，那么朝这一目标作出的建国尝试，就总是"功夫不负有心人"。

再如有人强调依宪治国仅仅是保底的政治形态，由于缺乏道德想象，因此很难上达政治理想的层次。这也是一种不知现代国家为何物的武断之说。现代国家将道德责任放置到每一个成员的肩上，这是此前致力于卸掉个人道德责任，总是将其推卸到上帝或哲学王身上的传统机制所完全未曾虑及的刚性道德责任。现代国家的道德机制不同于古代，但绝对超越了古代国家那种将一人的德性或一神的道德赋值用来遮蔽人人的德行的境界。

还如一些人认定的，现代建国丧失了传统的有力支持，因而总是处在摇摇欲坠的危险状态，需要夯实现代国家的传统根基。这同样是一种扭曲论断。因为现代国家正是在传统的漫长发展中孕育出来的，现代国家中存在的诸多传统因素表明，它不是横空出世的，而是从古至今国家演进的结果。它自身也只是国家继续演进的一个特定阶段。

如此诸类质疑现代国家的论断，拙著都有辨析。全书共分八章，涉及八大论题，导论交代论题缘起，后记作了研究表白，算是对公共的政治哲学作了一个较为系统的理论清理。进一步的研究，还需展开，并有待贤者加持。

向西方寻找先进真理

——"当代西方政治学前沿译丛"①总序

政治学理论的发展与政治生活的演变是紧密联系在一起的。

目前,中国的改革开放正向纵深推进——改革从单纯的经济体制改革推进到各种社会要素相互匹配的综合体制改革。回顾改革开放的历程,以经济体制改革为起点的中国改革开放,已经创造了令世人瞩目的经济—社会发展奇迹。如何营造一个经济与社会稳定、协调、可持续发展的环境条件,保证中国改革开放向纵深推进,客观上需要人们思考在经济之外如何为经济发展提供理论与实践支持。这个时候,社会政治的思考与社会的现代发展问题就紧紧地扣合起来。现代政治学的理论需求也就随之产生。

中国深化改革开放的现实,亟须政治学理论给予理论支持和实践筹划。这就需要我们积极地聚集政治学的理论资源。聚集政治学的理论资源,要求我们认真严肃地思考现实社会政治生活提出的各种理论问题,这将有助于把人们思考所显示出的社会政治问题的实践资源聚集起来。同时,要求我们将

---

① "当代西方政治学前沿译丛"由任剑涛主编,中国人民大学出版社2008年起陆续出版。

眼光放宽,"向西方寻找先进真理"(毛泽东语),尽力翻译出版现代西方政治学理论的前沿著作,使我们的政治学思考与最新的理论发展相贯通。

之所以我们一方面要强烈关注自己的政治生活,另一方面要努力接引现代西方最前沿的政治学理论,是因为西方政治学界对于现代政治生活的体验最为紧贴和最为深刻,他们的现代政治学的理论推进与现代政治生活的演变直接关联在一起。想了解现代政治生活的状态,以及想了解现代政治学理论最新进展的人们,不能不将自己的视野投向现代西方政治学理论的发展上面。对于"现代"的体验,我们仍处于初级阶段。西方人的体验,则比我们长久和深刻。这是西方现代化的历史先发性特点所注定的。他们在现代化的体验中,对于现代化提出的诸政治问题的解答,对于现代政治行动方案的设计,对于不同价值立场的政治学言说的评论、建构、解构与重构,对我们必定会体验到的相似处境,都是具有启发意义的。

西方的古典政治学理论发展源远流长,近代西方政治学的发展也颇为壮观。承接这种理论传统,现当代西方政治学的演变既非常复杂,又线索明晰。撇开价值立场不说,现当代西方政治学理论沿循几个线索展示自己的理论内涵:在政治学的基础理论上,政治学对于现代政治生活的基本问题,诸如自由、民主、法治、人权等问题,继续进行着富有理论力度的阐释。从说明政治生活的现实问题的角度看,政治学拓展了研究视野,将统治的传统主题逐渐转变为治理的主题,并将全球治理、国家治理、区域治理、组织治理等具体的治理问题凸显在政治学理论的研究领域中。在比较的视角,政治学研究以更为宽阔的视界,显现出类型的比较、历史的比较、现实的比较等不同的理论角度,对于我们理解复杂的现实政治世界提供了多角度的研究成果。在方法论的新探求方面,现当代西方政治学结合经济学、法学、文学、历史学、社会学的方法,开辟了政治学研究的崭新方法路径。这些方面的成果,我们确实有必要加以筛选、甄别、翻译,结合我们的政治学理论需要,加以吸收、借鉴、转化、提升,从而建构我们"中国的"现代政治学理论体系。

中国有悠久的政治学理论发展历史。在古典时期,从百家争鸣时代到晚清启蒙思潮,政治思想与政治生活密切互动,促成了政治学理论的历史发展。到了近代,我们的现代化晚发外生,政治学与政治生活就原来的关系结构而言脱离了。西方政治学理论、中国传统政治理论与实际的政治生活发生了复杂的关联。进入改革开放时期,取决于中西古今因素更加复杂的交汇,政治理论与政治生活的关系既更为密切,也更为紧张。正是在这种处境中,我们期待以西方政治学前沿理论的引进、消化,中国传统政治理论遗产的整理、转化,将政治学理论切入中国政治生活,消解政治学理论间的紧张,增强政治学理论服务于现代化政治进程的需要,从而有效推进中国的现代化进程。

本丛书属于中山大学政治与公共事务管理学院"985"二期"公共管理与社会发展"人文社会科学研究国家创新基地资助项目,由中山大学教育部人文社会科学重点研究基地——行政管理研究中心、中山大学政治与公共事务管理学院政治科学系组织翻译。这套译丛由马骏、何高潮两位教授主持。他们两位都是留美博士。他们对于西方政治学理论的最新发展相当了解,能够直接选取一些对于中国当代社会政治生活有助益的西方政治理论前沿著作,将其推介到汉语读书界。这对于建构汉语现代政治学、设计中国政治现代化方案,都是大有裨益的。丛书的推出,得到中国人民大学出版社的全力支持,特致谢忱。

"现代"面相的政治哲学

——"政治哲学研究丛书"总序

政治哲学业已成为汉语学术界的热门论题。

但究竟什么是政治哲学,则是一个莫衷一是的问题。

国学大师章太炎,曾撰有一篇题曰"原儒"的文章。他尝试对同样莫衷一是的"儒"的含义进行界定。他将"儒"的含义区分为三种:一是基于中国文明意义的"达"名之"儒",这是最宽泛意义上的"儒"。二是中国传统制度意义上的"类"名之"儒",这也是一种广义的儒家。凡"知礼乐射御书数"者,可归入此类。三是作为先秦诸家之一的"私"名之"儒",这是诸子百家中之一家的狭义之"儒",特点是"祖述尧孙、宪章文武、宗师仲尼"。

章太炎界定儒家的方式具有方法论价值,可以将之用来界定什么是政治哲学。如果对"政治哲学"作最宽泛的解释,一切追问政治根柢的学问,都可以归入其中。举凡从神学的角度解释政治问题的学说、从诗学的角度理解政治生活的言说、从文学的视角对政治进行的观察、从政治生活的特定角度作出的一般申论,都可以纳入政治哲学范畴。相对确定意义上的"政治哲学",是那些围绕政治生活方式如何可以实现美好生活、提升政治生活品质、改善政治组织方式的理论探究。这样的政治哲学探究，理论界限不是那么清晰，研究目标也不怎么一致，表述方式就更是多种多样。在特定意义上所指的"政治哲学"，则是现代社会诞生之时，萌生的一种特定的部门哲学理论。它的研究形式自具特点，主要是以理性的进路切入政治世界，提要钩玄，将政治基本价值、政治基本制度和主流生活模式刻画出来，并展开不同立论之间、进路之间的竞争性言说，从而凸显一系列供人们斟酌、选择的政治理念。这样的政治哲学研究，旨在"人为自己立法"，因此不再执着于神与人的关系，而是重在探究人与人的关系，尤其是人与人的政治关系。其展开的具体研究活动，不在诗意浪漫的言说中申论，也不在青灯古卷的故纸堆中缕述，而在政治基本价值、基本制度安排与主流生活模式的适宜选择中立论。

显然，汉语学术界的政治哲学研究，远不是严格意义上的或狭义的政治哲学研究。尤其是善于制造学术研究热点的汉语政治哲学推手们，主要从事的是达名意义的政治哲学研究。他们从政治神学、政治诗学、政治文学、政治古典学等视角，拉开了政治哲学的研究大幕。这样的研究，扩展了汉语学术界关于政治思考的视野，功莫大焉。但是达名、类名意义的政治哲学研究，已经掩盖了私名意义上的、也就是明确的现代意义上的政治哲学研究光辉。这是一种不正常的状态。

之所以说这是一种不正常的学术研究态势，是因为本该成为主流的现代政治哲学研究，被淹没在拒斥现代的政治神学、批判现代的政治诗学等自称的政治哲学著述狂潮中。国人似乎认定，政治哲学就是否定现代的那些个学术样式。一些政治哲学的论者强调指出，政治哲学就是批判考察西方政治哲学，就是深入梳理中国传统政治哲学。这样诱导人们远离现代政治生活的政治哲学研究意欲，很难帮助人们真正探入身处其中的现代政治生活。其研究结果，极易引导人们认定，现代政治生活乃是一场误会的产物。因此拒斥现代政治生活,似乎就具有了天经地义的理由。不是说现代政治生活模式没有缺陷,更不是说只能对之采取辩护的立场,但一味否定现代的导向,恐怕是不利于中国真正进入现代处境,并寻求超越现代的进路的。

以达名、类名的政治哲学替代私名的政治哲学,是今天中国政治哲学界的一种瞩目现象。这样的研究态势,是中国踏入现代以后,几乎所有专门学术研究的一种基本态势。批判的学术研究替代主流的学术研究,并僭越到主流位置,这是现代汉语学术界的一个反常现象。这自然跟现代汉语学术的晚起、后进有关,但也与汉语学术界不愿跟强势的主流话语强硬对话的决断有关。这是一个悲剧。这不仅让中国学术界无法跟世界主流学术界对话,无法对之做出推进性的贡献,而且也无力提供给中国社会融入现代世界的观念力量,让中国既徘徊在现代学术主流的大门外,也局促于非主流学术的伪批判情景中。

有人会说上述言辞有点危言耸听。笔者自然会因此对上述言辞保持一种克制的态度。换言之,政治哲学无需为中国进入不了世界主流承担直接责任。无论怎么说,政治哲学最多只能为中国尚未进入世界主流承担非常间接的责任。因此中国是不是进入了现代主流世界,不是一个判断中国政治哲学研究应当如何的恰当理由。中国政治哲学研究,需要确立自己的适宜进路。就此而言,达名、类名的政治哲学研究,也就有了充分的支持理由。只不过,私名的政治哲学研究,不能因此丧失其值得研究的根据。而且从人们研究政治哲学的经验性品格来讲,帮助政治哲学的关注者理解现代主流的政治生活,也许是一个有力推动私名的政治哲学研究的切实理由。自然这也不构成拒斥那些基于先验、规范或乌托邦理由的政治哲学研究的托词。

政治哲学研究需要继续在神与人、现实与理想的维度上展开其十分丰富的理论蕴含。托为政治哲学之名的政治神学研究,不管是宗教意义上的政治神学,还是世俗意义上的仿宗教性的政治神学,那种意图为政治生活托定神圣价值的研究意图,不会丧失其研究的动力。同样,自称是超越滞重的政治现实、寻求政治诗意浪漫本质的政治诗学表达,也具有它强大的言说依托。因为从单纯理性视角提供的政治哲学论证,总有些单调乏味,未能充分展示政治生活的多姿多彩,尤其是无法提供给人们以充分想象的政治空间。而这恰恰是政治诗学最为擅长的领域。

现代主流的政治哲学,断代在民族国家兴起之际。上帝之国、世界社会与民族国家的划界,是这一理论形式浮现而出的直接动力。它是依托于自由、平等、博爱等基本价值,依赖于宪政、民主(共和)、法治等基本制度安排,依靠国家与社会、政府与市场、权力与权利等相关机制的互动体系。这在中国政治哲学研究中,都缺乏深入、系统的描述与研究。中国现代政治哲学的玄谈性质,一直令人瞩目。政治神学与政治诗学强化了这一定势。这是需要改变的状态。

当代中国进入了结构性变化的阶段。此前,中国的经济发展“一俊遮百丑”,让人埋头发展并欣赏经济成就。经济发展到一个高位阶段,人们才发现,确立现代价值与现代制度的任务,远未完成。而且稍加审视,人们不难发现,现代基本价值与制度,远未成为国人的共识。原因何在? 一方面,这与中国发展的不均衡有关;另一方面, 则与中国人的现代认知滞后有着密切关系。批判思潮遮蔽了主流思想,构成这一怪现状的观念基础。

因此有必要对现代主流价值与制度安排进行深度清理。这样的深度清理,除开政治哲学之外,其他学科难以代劳。而且除开现代的理性政治哲学,政治神学与政治诗学也无法予以正面阐释。这正是需要私名的政治哲学适时出场的强大理由。在这里,申述神人之间的政治神学,只能作为背景论述存在;而阐述现代缺陷的政治诗学,也只能作为理想意欲的表达。它们都无法替代直接描述与解释现代政治生活的理性政治哲学。后者具有自我陈述、自我批判与自我超越的相对自足性。

这是一种旨在描述与说明人类现代政治处境的、特定的政治哲学理论形式。它不避神学问题,但将之作为背景文化处理;它不拒传统与现代的关系省思,但将之视为上下文脉络。它集中处理的论题,是现代何以构成为"现代"。现代的基本价值与制度是如何成为这样而不是那样的状态,是其言说的核心主题。在这里,现代诸意识形态及其竞争性关系,当然是回避不了的论题。但诸意识形态只有在民族国家的框架中,才有一个相互理解、相关诠释的参照系。在这种确定性关系结构中,现代政治哲学的相对确定边界,也就凸显出来。不过,这样的研究,不只是为现代国家提供正当化证明,超越的意欲同时潜含其中。只是这样的超越,不见得必然是政治神学、政治诗学这类选项,也不见得是以回归传统作为出路。

在汉语学术界,围绕"现代"处境申述的政治哲学言说,远未引起人们足够的重视。在中国步履急骤的现代发展进程中,这样的学术研究,切中现实需要。适应这一需要展开的政治哲学研究,自然不是顺从现实,甚至屈从现实的理论活动。相反,旨在帮助人们理解中国现代转变的政治哲学研究,恰恰是在古今中西之间展开的理性活动。它的意义,也就在理顺现实问题、超越现实欲求、逼近政治理想的尝试中浮现出来。

或许,这正是现代政治哲学研究者应予担负的研究责任?!

确立现代信念

——《挣脱现代经学——纪念真理标准讨论20周年》前言

1998年是一个具有丰富意义蕴涵的年份。

这一年，有历史纪念意义的事件，非常之多。

以百年为历史单元，开辟中国现代化新状态的戊戌变法，走过了百年历程。现代大学的官式确立，也悠悠一个世纪。以五十年为时间落差，象征中国现代乌托邦社会运动的人民公社制度，忽忽进入史册已半个世纪。这些与我们中国人当今处境密切相关的事件，在1998年，都钩起我们曾经沉睡的记忆，促使我们思考。

当然，这是由于"一切历史都是当代史"的缘故。当代人理解的历史总是"当代"的。那些以"还原"历史而对历史进行的拼贴，究竟因为远离当代人的生活而缺乏活力。

当然，落实到我们的实际遭际上，这也是由上述历史事件与我们当下正在进行之中的社会变革具有紧密关联性所致。当代人理解历史也总是"切己自反"的。

因此要说1998年更值得我们聚精会神地去思考的事件，还是恰恰于20年前蹒跚起步的改革开放。而对于这一思考来说，启动改革开放思路的"实践是检验真理的唯一标准"的大讨论，则又成为思考的实际起点。

从今天的视野看，真理标准讨论的学术水准并不是很高的。与其说那场牵动了中国人思绪的讨论是一次学术活动，不如说它是一次即将展开的、大规模的社会政治变革的前奏或思想演练。因而再思这场讨论，即联系过去、现实与未来的历史性反思，我们必须觉悟到这一反思的定位，既不在它的理论原创意义上——因为真理标准简直就是一个非常陈旧的哲学话题，并且几乎难于进入现代哲学的视阈；同时，也不在它的学术检讨的深度开掘意义上——因为哪怕就是古典哲学意义上的精致讨论文章，在这场讨论中铺天盖地而来的各种文章作品中，也未曾被发现。从理论上讲，这场讨论，完全是对于西方古典哲学论述以及经典马克思主义哲学原则的反刍。

但是这场讨论又确实具有不可轻忽的意义在。

这一意义，简直就在讨论的话题上直接体现了出来。讨论中对真理标准自身的哲学学理检讨，之不如对标准的实践性的极端强调，已经启迪我们，这场讨论，原本不是要在哲学上创造出什么新理论，而是试图为新的社会政治实践清扫地盘。

改革开放的20年进程，证实了这一点。

站在离真理标准讨论与改革开放起始点已有20年的今天，我们对于这场讨论的社会历史意义，可以有一个比之于讨论当时，更为理智和宏观的审视。从理智上说，我们早已经不必检讨这一讨论的"群情激动"；从视野上论，我们在20年延展开来的变化社会内蕴的审度上，则形成了政治思维之外的经济观念、文化意欲、学理视差。与讨论进行时拉开的20年距离，构成了我们反思的开阔空间和论域。

正是这种机缘,我们策划、组织了一次传媒行动。由《粤港信息日报》支持,我们邀约对真理标准讨论问题感兴趣、同时又愿意对这一讨论所蕴含的社会历史意蕴,进行基于自己专业学术立场思考的学者,从各个方面对这场与当代中国社会变迁吻合的准理论行动,加以分析、论道。

这一意图,决定了各位作者所写文字的切入视角,既不是完全理论的,也不是完全实际的。这与当初真理标准讨论时的情状是内在一致的。在理论与实践的边缘上,也可以说在理论与实践相结合的交叉点上,对这场讨论进行再检讨,是最适宜的。这样,既可以再现这场讨论的历史意蕴,又可以深思这场讨论的实际影响与当下意义。

因此作者们的文章,总体上讲都是对这一讨论的理论与实践双重意义的同时检讨。围绕的中心是,这场讨论促成了中国人告别经学时代,走向现代社会。告别经学时代,即告别一个社会治理者以某种教条主义的态势压制思想自由、以一副掌握了经典权威的姿态统治社会、以全知全能的控制方式约束社会生活的时代。走向现代社会,即走向一个统一权力受到有效约制,公民权利获得保障——思想自由、经济自由、政治自由得到充分尊重,每个公民都可以以"权变"的方式在各种生活遭遇中自主地抉择的时代。

中间,则有三类文字:一是直接讨论那场"讨论"的。这对于经学思维的"破块",不无启发作用。二是从这场讨论所具有的政经蕴含上进行的再思。从小农社会向市场社会的转变,从集权社会向民主社会的迁移,从人治状态向法治社会的迈进,从集中控制向宽松自由的转化,是这类论述的主旨。三是从各种具体的社会领域视野对自真理标准讨论20年来的社会、政治、经济、文化、教育、学术、艺术问题的变化,进行的描述与解析,旨在揭示中国各个方面20年来的渐变状况。最后,以附录的形式,收入了一些对本书所言所道可资理解的回忆、访谈、座谈纪要及20年理论讨论大事记。

从文章来源上讲,本书大部分文章是在《粤港信息日报》1998年纪念真理标准问题讨论及改革开放20周年专刊"与真理同行"所发表的作品的基础上,经作者再次修订、扩充后编辑而成的。其中,有一部分文章则是编者考虑到"与真理同行"组稿时的仓促,另外约写的。该专栏曾在国内读书界引起广泛反响。现编辑成书正式出版,以利读者进一步的阅读与收藏。

当初,"与真理同行"专栏得以按策划者意图实施、刊布,要感谢《粤港信息日报》有关领导的大胆支持与大力部署。同时,则要对完善策划以及组稿、编辑的有心人士,表达我们的谢意:袁伟时教授是其中应当特别提出来的一位。他从约稿到出版,费心费力,令人感动。当时准备加盟报社的魏甫华硕士,也贡献甚大。何清涟、陈少明诸位四处为之联络,自当铭记。念及反思当代中国社会变迁,乃是学人应尽之责,我们对应约参与到我们策划的这次讨论中的各位学人,就不见外致谢了。

本书所收文章,大都具有较强的问题意识和理论穿透力,以及较为深厚的历史感和强烈的现实感。一切关心中国改革开放历史与未来走向的人们,相信都会在本书中得到启发。

当然,对于我们所论的话题,反思将会是不间断的。

品人

师法方家

"我们已经冲破旧格局"

——读《当尼克松遇见毛泽东》

今年初,特朗普正式走马上任新一届美国总统。选前任后,他对中国发出的挑衅性言论和做出的冒犯性举动不少。中国领导人阐述国内外形势时,罕见地使用了人们久已生疏的"斗争"字眼。考虑到中美之间意识形态的根本差异、地缘政治利益的不同、经济贸易纠纷的频仍,人们完全有理由担忧,中美关系可能又一次陷入全面对峙状态。

在中美两国乃至国际社会思忖双边关系走势之际,适逢1972年中美打破外交僵局45周年。这是一个值得纪念的年份——这一年中美首脑联手打破了近二十五年的全面对峙格局,促使当时世界的三大国走向一种相对均势的新局面。这对中美关系走向成熟,对整个国际关系格局的稳定有序,意义都非常重大。在中美关系可能陷入新一轮对峙之局的时候,回顾当时情形,反观当下处境,可能对中美重新布局双边关系,具有启人心智的作用。

《当尼克松遇见毛泽东:改变世界的一周》①适时出版,让读者有机会重

---

① [加拿大]玛格雷特·麦克米兰:《当尼克松遇见毛泽东:改变世界的一周》,温洽溢译,天津人民出版社,2017年。

温这一当代世界史上的重大事件,并从中得到深刻的历史启发,催生求解令人困惑的现实难题的灵感。

1949年,中美关系陷入泥淖。双方片面偏执的外交理念,将两国关系硬邦邦地落在了全面对立的国际关系平台上。其时,美国陷入恐共氛围,麦卡锡主义出台,强化了冷战格局。而中国也在社会主义与资本主义的意识形态对峙中,进而在国家利益的判断基础上,向苏联"一边倒"。中美关系自是陷入极度紧张状态。在社会主义阵营与资本主义阵营全面对阵的一段时期,人们完全看不到中美关系解冻的希望。直到20世纪60年代初期,中苏关系紧绷起来,双方意识形态的对立引发了两国关系的对峙,蜜月般的中苏关系迅即宣告终结。不过在一段时间内,深陷在阶级斗争泥淖中的中国,不仅没有丝毫缓和中美关系的意愿,而且陷入了同时与美苏两个超级大国敌对的糟糕局面。这对急于改变贫穷落后面貌的中国自然是极为不利的。中国需要打破外交困局,寻求国家发展生机。

同一时期的美国也陷入了国家困境:由于美苏的长期对抗,美国需要花费巨大的资源以应对两个阵营的对立局面。想方设法阻止蔓延的恐共症,让美国耗费不菲且陷入中印战争泥潭不能自拔。国内的反战运动之激烈,国事衰微趋势之明显,让政客们急于改观,以求获得政治主动权。

当时的国际格局被形容为"瘸脚的三角关系":即相对较弱的大国中国,与超级大国苏、美的三角关系。这种关系,只要其中任何一方积极主动联络另外一方,就足以完全彻底地制约放单的一方。这是一种极为微妙的国际局势。但任何一方也都受到意识形态、国家利益与国内政治的牵制,很难打破三方僵持对立的局面。对美、苏而言,由于双方都将对方视为首要对手,相互之间的外交局面很难有重大的突破。可能的突破局面是,美国与中国联手,遏制苏联与美国的恶性对峙。这一选项,成为打破三方兀自对立、达成某种带有恐怖平衡意味的和平秩序的唯一出路。

但要打破中美长期分道扬镳、表面完全对立的局面，谈何容易。对美国来说，恐共症时代的对华外交被亲台人物主导，谁出面倡导中美破冰，都很可能彻底牺牲自己的政治前途。对中国来说，人们已经习惯了反帝、反修的"双反"政治定势，要与自己的"世仇"美国和解，那等于掀翻人们的政治世界，其挑战性之强，可想而知。中美要打破外交僵局，需要两个国家的领导人展现非凡的政治勇气、谋略智慧、推进技巧、妥协能力、合作精神、谈判艺术和协约技艺。

《当尼克松遇见毛泽东：改变世界的一周》忠实记录了两国领导人突破千难万险、不避政治风险，寻求改善两国关系，书写世界政治传奇的这段历史。如书名所示，在人物上凸显的是尼、毛两人，在时间上限定的是极为短暂的、尼克松访问中国的一周。似乎全书的人物与空间极为有限，不足以呈现1972年尼克松访问中国一周时间所显现出的那种改变世界的伟大意义。其实，全书所写，涉及当时世界三大国的主要领导人物，且令人惊异地纳入了改善中美关系的所有外围国家与关联人物；时限上从冷战起始一直到中美外交僵局的惊人突破。正是这种书写定位，才让《纽约时报》将此书视为"第一本关于中美建交的史料翔实的著作"。

说起来，此书岂止史料翔实。撮要言之，这本书具有三个可圈可点的优点：

一是视野宏大。就中美双方1972年惊动世人的外交突破进行的事件与人物描写，著作可谓是汗牛充栋。但此书有国际政治的宏大视野，不仅在中、苏、美的三角外交关系视野中写尼克松访华的重要意义，而且在冷战局面中审视意识形态对峙僵局的必然突破，更加在国际政治的不断变化趋势中强调国家间关系的必然重构。当作者将中、苏、美三国及其领导人纳入书写范围之余,再将曾经发挥过中介桥梁作用的波兰与巴基斯坦引入叙事,进而将东西方国家合纵连横的局势展现出来,最后落到国际组织如联合国的格局变化上。这就让人们看到中美改善外交关系所具有的世界意义,使人们真切理解到中美两国领导人如此看重尼克松访华的广泛意义和重大历史突破价值。尼克松访华,不仅将锋线对峙的苏美两个超级大国的关系,改写为中苏美三角均势的关系,促成了一个更具有制衡作用的国际秩序;而且将冷战国际秩序高峰时期的那种尖锐对立打入历史冷宫,开启了后冷战时代的国际新秩序。最值得重视的,当然是因应于两国国内局势的微妙变化,展现了国际社会发展的崭新局面。这次重大外交活动具有的引发两国国内政治演变的意义,不容小觑。

二是观察独特。中美两国领导人要相聚在一起终结紧张对立,寻求合作,不是一个简单的政治胆略就可以解释清楚的事情。此书对这一重大政治事件的描述,不取还原历史的政治叙事进路,而取交叠叙事的复杂方略。全书对国家间关系的现实主义取向,有令人兴叹的全幅展示。但对政治人物的不同层次呈现的千差万别状态,有着更为吸引人注意的差异性刻画。尼克松与基辛格对中美外交突破所具有的深刻世界意义的共同理解,与他们试图争取突破性历史事件的主角权的各自权能的表现,活灵活现地呈现在人们面前。毛泽东和周恩来对中美关系突破表现出的政治决断权与政治计谋性的不同,也为人们所感知。美国政治运作中的总统、国务卿、国家安全事务助理之间的制度性安排及其相与争锋,也让人们意识到政治权力运作的极端复杂性。全书对这些领袖人物的政治心理刻画,更是入木三分。在让人感觉饶有兴味的同时,更领略了政治心理学的无穷趣意。

三是可读性强。此书副题可能让人兴味索然。一部旨在呈现改变世界的大事件的著作,恐怕很难与娓娓讲述历史的有趣叙事联系起来。这种著作常常让人望而却步。"高大上"的历史著作让人敬畏,但难以让人发动披阅之心。但这本书不是那种高头讲章式的历史著作,而是一部可读性极强的历史读物。不是说这本书没有历史信息量,仅仅是让人眼花缭乱地对1972年过一遍电影,然后以"戏说历史"来打发时间。这本书史料翔实,史实、评价均详细具引。尤其是它特别重视提供历史细节,让人一下子进入打破中美外交僵局的细微情境之中,既理解身入其中的人物之不易,也懂得改变外交僵局之艰难困苦,更亲切了解了陌生国度之间开始打交道的那种怯生生的感觉。当封闭的中国外交人员短平快地温习英语、借助电影和小说了解"五里雾"中的美国,当美国人尝试用中国方式夸奖中国人时,当中美两国涉事人员琢磨互送礼物的小事儿时,人们完全可以在字里行间看到相互隔绝的国家走到一起时的微妙有趣。大历史的小叙述,是这本书激发人阅读积极性的强大动力。

阅读者对阅读一本书常有的一种期待是,它让人能够读出书外,引发广泛的联想,启发人们求索相关棘手问题的答案。当下中美关系可能再度陷入紧张,中美两国领导人是秉持斗争哲学,重回高度对峙的过往历史旧局之中呢?还是以高度的政治智慧,化解国家间必有的纷争,开创中美关系的崭新局面,并借此建构起新的国际秩序呢?毫无疑问,中美两国曾经受制于自己国家内部的政治需要,悲剧性地走上了长期对立的道路。1972年的经验启发人们,那种国家间关系是极不成熟的国家间关系——既不利于两国整合国内资源,也不利于两国寻求国际合作,更不利于两国共同打造和平的国际秩序。1972年中美两国突破历史僵局,是从国家间对立的那种不成熟状态,走向国家间寻求合作的成熟状态的标志性事件。今时今日再次遭遇合作困难的中美两国,恐怕应当在1972年经验的引导下,重寻合作契机,既杜绝国家间关系倒退到不成熟的对立状态,也保证成熟的国家间合作关系长期绵延下去,并以此带给世界各国以协同发展的福祉。当年中美两国领导人自豪放言的"我们已经冲破旧格局",便有了当下建构新格局的引导性价值。

面对中美两国领导人经过艰苦努力创造的成熟合作新格局,今天中美两国没有回到尖锐对立的旧局面中的理由。但人人心知肚明,幼稚对立易,成熟合作难;冲破旧局易、维持新局难;制造问题易,解决问题难;相互敌视易,彼此友善难。一旦国家间对立局面形成,非得付出高昂的代价才能化解历史的恩怨,面对国与国之间必须相互尊重、平等协商、合作共进的现实,开辟共同走向未来的理性道路。当下国际秩序正在紧锣密鼓地重组,这是各个国家,尤其是大国面对的崭新国际局势。大国间如何理智相处,又一次成为影响人类前途和命运的重大事宜。回望1972年,人们应当从中受到极大启发。

阅读这本书的大意义,也就顺势浮现出来了。

大国与大战略思维

——写在布热津斯基离世之际

布热津斯基离世了。具有世界声誉的美国战略双雄——基辛格与布热津斯基，今后要上演独角戏了。况且，基辛格也处在"廉颇老矣"的状况。因他们俩曾经亮眼的大战略研究会不会就此衰颓了呢？

回答这个问题需要时间。从眼下看，试图回答这个问题，需要先行回顾他们的教益。如果说盖棺定论是个定势的话，那么基辛格的教益还需要稍后归纳。就布热津斯基而言，已经可以概括他在大战略研究上的功过了。

面对布热津斯基，中美两国的反应会大不相同。对美国而言，布热津斯基不过是一个曾经上演"旋转门"大戏的历史人物。即使是他在退出政坛以后，还发挥着不小的学术影响力，但实际的政治影响已经渐趋式微。在具体的政治史演进中，布热津斯基被限定在卡特总统的时代。跨过任职期限进入大战略的观念史视野，布热津斯基以其宏大的学术视野，留下了足以让人们礼敬的经典作品。

汉语出版界跟进翻译布热津斯基的作品相当及时。他的代表作被命名为五"大"著作：《大失败——二十世纪共产主义的兴亡》《大棋局——美国的首要地位及其地缘战略》《大抉择——全球统治或全球领导》《大失控与大混乱——21世纪前夕的全球混乱》《大博弈——全球政治觉醒对美国的挑战》。其实，这些著作的书名，颇有译者和出版者对"大"的故意为之。因为只有《大失败》与《大棋局》两书的原名直接使用了"大"这个概念。不过，类似的汉译作品倒是画龙点睛，准确标明了布热津斯基政治学理论、战略研究、国际关系著作的特点：他正是在宏大视野中处理相关主题的，也正是以这样的宏大视野展示了他慧眼独具的理论能力——他是二十世纪国际局势演变的准确预言家，也是美国的国际战略布局大师。

不需要重复布热津斯基对苏东局势预言的先知性预见。不管人们将其归之于布热津斯基的意识形态狂热，还是归之于他的理论预见性，抑或是归之于他的政治领悟能力。历史印证了的预言，人们就不得不谦逊地承认它的价值。布热津斯基并不是时时处处都具有这样的预见力。他在任职国家安全事务助理期间，对苏联国际行为完全失察，对伊朗局势判断失准，对印度国家状态错误估价，这些都让人诟病。但从总体上讲，他对国际形势，尤其是纵横捭阖，维护美国国家利益的设计与实践，只有基辛格能与之媲美，国际社会罕有其匹。

从意识形态与国家利益的角度看，中国人有理由对布热津斯基悲喜交集。布热津斯基对共产主义的怨怼，让部分国人绝对接受不了，其实也不需要接受他的相关说辞；不过他当年力主联华制苏，促使中美建交，让国人一定心生好感。需要断然指出的是，这些激发国人对布热津斯基的复杂个人体验的经验感受，大致是不能用来评价他的历史地位的。因为这些事件不过是具体历史处境中的政策应对而已，常常不具有超越历史阶段的恒常价值。

有问，布热津斯基是一个具有超越历史阶段，因而足以进入历史深层记忆的人物吗？即刻回答，有些轻率。但起码从几个角度讲，布热津斯基的大战略研究,对于所有热衷大国建构的国度来讲,是极具启发意义的。这让布热津斯基的有关论述与做派,确实超越国境界限,具有普遍启发意义。对于一个大国而言,如何真正抓住成为大国,尤其是长盛不衰的大国的国之根本,确实是一个难题。布热津斯基提点人们,一个被民族主义、共产主义等意识形态交错撕裂的国家,是不可能长期维持国家稳定和繁荣的。即使这样的国家像苏联那样曾经显得相当成功,也于事无补。一个大国,必须在广泛的国际视野中观察国家问题,必须在制度的建构上夯实国家根基,必须在纵横捭阖的国际战略中赢得发展先机,必须在国际核心战略(如欧亚大陆战略)中稳住阵脚,必须在复杂的国际国内局势中适时调整国家战略。这正是布热津斯基大战略之"大"的特性体现。

对中国今天而言,战略研究似成热点。但具有布热津斯基那样宏大视野的独到眼光和力透纸背的真知灼见者甚少。既定政策诠释的热情,常常让人们对国际大势视而不见,所述所议,常常让人觉得是孤陋寡闻的产物、井底之蛙的物议、谄媚权势的说辞。走出这样的战略研究窘境,恐怕是强力支持中国复兴,并在国际社会发挥日益重大作用的前提条件。有鉴于此,布热津斯基对国人最大的启发,不在意识形态的对垒,而在国际眼光的塑造。

何以布热津斯基具有独到的国际眼光,以至于可以生发如此具有预见性的战略研究成果呢?简而言之,原因有三:一是"旋转门"的独特体验,让战略研究的考量足以打通政治理论与政治实践的玄关。致力于研究大国战略的学者,常常只具有单一的经验体认,要不限于书斋的玄想,要不落于对策的媚上。结果两头不靠岸,战略言说自然就没有太大的价值。布热津斯基从学术研究出发,得有宝贵机会进入政界,直接介入国家高层的外交决策,两相结合,观察国家战略的视野自是不同他人。一个缺乏国家战略领导实践的人,是很难具有他那样的洞察力的;一个缺乏扎实理论训练的人,同样是很难阐述清楚他亲历的国际政治事件的。唯有两相叩击,才能高人一头,发出振聋发聩之声。

二是国家立场和超国家视角的精巧结合,让战略研究超越单纯的国家主义立场表达,具有纵横国际社会,维护国家利益的两头兼顾的能量。布热津斯基是那种具有不同国家与制度体认的学者与政治家混合体,因此他不会自限于狭小的国家天地来谈论国家战略问题。诚然,在他漫长的一生中,美国从中、苏、美瘸脚三大国的国际体系中,一跃而成孑然独立的超级大国。这对纵横国际政治舞台的布热津斯基来讲,确实是一种难得的历史体验。这种国家体验,非置身美国处境之中,可能很难真切理解。但即便置身美国的处境中,如果缺乏超国家的大眼光,也是无法准确捕捉到其中的大战略信息的。一味限于美国的自卖自夸,是人所熟悉的、大多数美国国家战略论者的陋见;一些具有自我批评和否定立场的美国学者,则限于一味地自我痛斥。这都是缺少启发作用的战略思维。正是在传统地缘政治战略的基点上,开拓当代地缘政治思路的布热津斯基,才揭示了欧亚大陆不变的国际战略地位,让美国抓住了国际舞台上的战略机缘,真正维护了美国的国家利益。致力于建构大国的国家,从中可以获得建构自己国家战略的宏大进路。

三是意识形态的热情与政治克制的约束性结合,让布热津斯基既具有捍卫自己国家利益的精神支撑,又具有克制意识形态冲动的政治洞察力。布热津斯基无疑是二十世纪冷战的理论产儿。必须承认,正是由于某些意识形态的局限,造成他无法准确预见某些重大国际事务的盲点,以至于出现前述决策失误。但总的说来,他的意识形态立场并不直接构成他的国际事务研究结论。他某些具有深刻启迪价值的国际关系结论,来自于他对研究对象的深入研究和全面透视。这样的结论,绝对不是意识形态偏执狂可以提供出来的。这就告诉大战略的研究者们,缺乏价值信念的人,无法勾画战略研究的稳定框架；而完全受制于意识形态的大战略研究者，又只能发出一些毫无价值的意识形态呓语。以政治克制规训意识形态，是一个大国战略的研究者与设计者超越常人而有所见的前提条件。

布热津斯基走了。他留下的，不仅是予人启发的专门著作，更可宝贵的，是留下了全球化时代思考大国战略的高超方法。他值得人们纪念。

民主转轨与巩固的几个难题
——评裴敏欣教授的民主转轨与民主巩固论

我觉得裴敏欣教授对民主转型与巩固的解释很有趣,各方面因素都得到了肯定。不过我觉得在他的解释中还有几个问题需要澄清。这几个需要澄清的问题,可以称之为几个解释的悖论。如果不化解这几个悖论的话,似乎就不足以在民主转型和民主巩固的理论阐释中,给大家提出令人信服的结论。

第一,裴教授对民主转型与巩固解释的定位,可能还需要有另一面向的关照。由于裴教授的解释是实证路向的,这一解释定位没办法从操作性解释上升到规范性的结论。因为这一解释定位不能回答一个关键的问题,即为什么民主转型是当今世界普遍的潮流? 之所以出现这一普遍转变,是因为民主可作为一个值得期待的价值,而不仅仅是因为事实上的一些好处。这就需要在描述民主转型与巩固问题之前,首先确认各个转型国家对民主的选择,是基于他们的价值期待,而不仅仅是政治妥协,甚至是投机的结果。在民主转型和民主巩固的诸理论解释中,往往说服力有限,根本原因大都在于忽略了这一转型的价值层面。在民主转型的实证解释中往往容易颠覆价值决断的结论,而引导出两种偏颇的结论:一是专制的结论,就是专制的暂时有效性绝对高于民主的有效性,这一结论很可怕。二是高调民主,或者直接民主的结论。

第二,裴教授对民主转轨解释的多样性和相对性非常有意思,而且非常有价值。但是又会导致另一个问题,即当这种解释进路呈现出一种反决定论解释的面目时,可能会陷入一种相对主义的困境。民主转轨解释的相对主义的困境是什么意思? 就是我们在面对东欧、南欧、中欧、苏联、南美、亚洲,甚至现在北非的民主转型事实时,由于采取一种反决定论或偶然的解释立场,因此这种偶然的解释不能说明一个关键的问题, 即民主转型为什么是必然的趋势? 一些国家的民主转轨如此困难, 你有什么理据说它们必须这样转轨? 如果解释者只是对之进行偶然化的描述,就没有办法显示出一种趋向性的结论。因此有必要在偶然的解释中插入一些规律性的变迁概括。否则的话,一旦人们觉得民主转轨全然是偶然性的,那么我们就只能期待着偶然性因素的出现。这不仅无法自觉推动一个国家的民主转轨,而且我们对民主转轨解释的可靠感会感到严重不足。在民主转轨解释的决定论和相对论之间,需要有一个平衡。

第三,几乎所有的民主转轨与巩固的解释,都是对社会基本要素的一个互动性解释。我把它统称为相关解释的"技术性进路",或者是不顾结构只谈功能的进路,这可能是政治科学的民主转轨解释的一个基本套路。政治科学在美国当然是主流学科,但是一个最大的麻烦是什么呢? 从政治科学的技术性因素进入解释会把一个国家的结构形态忽略掉。其实,国家形态对政体选择具有决定性影响。比如精英论的民主转轨解释广为流行,但精英群体的政治态度不一定就是民主导向的。只有在民族国家的基础上,精英群体内部的多元竞争才会逼向一个宪政、法治和民主的国家建构向度,并最后落定到自由民主的政体平台上。而在政党国家中,民主的信念都是工具性的,比如我们反思"文革",就不是基于民主信仰,而是基于政治的工具性需要。反思"文革"没有通向民主,就可以证明这一点。现代政治史表明,民主信仰来自于三个东西:青少年时期的公民教育、心灵习性、政治博弈。裴教授对政治博弈有精细的分析,但对前两者似乎有所忽略。将裴教授的分析进路放到中国的民主转轨中来看,影响民主转轨的精英政治博弈也远较其他国家复杂。中国存在两种路向的精英博弈,一是右的机会主义,一是"左"的机会主义。这在近期中国政治生活中有鲜明的呈现。这种博弈的机会主义特质,究竟会将中国引向何方,则是无法预期的事情。可见,像中国这样一个政党国家,出现民主转轨的结果很难预测,也更难进行规范分析。

如何走出循环革命的怪圈？

——评荣剑的中国革命与改良论说

荣剑兄对于中国革命与改良问题的探究，至少有三个方面值得肯定：一是他以明白晓畅的语言，直白地将当下"中国向何处去"的种种思虑，向公众进行了深入浅出的宣示。二是他善于聚集问题，将当前中国思想界的各种主张收拢起来，方便人们在专业之外，一下子弄懂复杂微妙的学术主张真正想表达的政治意见。三是他以处在学界之外的优势，直率切入问题，不必经过太多的人事纠缠、得失考虑，避免了微言大义、云遮雾障、不知所云。

但论及革命与改良，并不是那么容易说清楚的。一是因为这样的话题是个现代话语的首级难题。多少睿智哲人的论说，让人无从信服。二是这样的话题似乎不是理论上说得清楚的问题。因为它更多地属于社会运动呈现出来的结果。一切理论论道，都是事后诸葛亮的说辞。三是处在革命与改良决断的关头，一切论及两者关系和主观倾向的话题，多是出自论者的个人偏好，与社会自身的变迁趋势，关系不大。

就此而言，荣剑兄选择了一个容易令人挠头的论题。这是他的勇气所在。他的论述，在古今中西之间展开。这是一种典型的20世纪80年代思想界

"遗老遗少"的思想进路。他的落点,当然还是挥之不去的"中国关怀"。自20世纪80年代以来,学人表达中国关怀,就不能不在古今中西之间纵横穿梭。原因很简单,中国始终是在落后于西方的现实处境中面对相关问题的。加之90年代兴起了所谓学术取向的研究,这不仅没有将中国学人从动辄古今中西的宏大思考中解放出来,相反一定要在这样的思考进路中借助繁复的学术论证,才能印证自己某些简单的设想。一些简单明白的问题,也因此被弄得复杂无比。荣剑兄有种化繁为简的才能。他对相关问题的论述,即使穿越在古今中西的密林中,但在娓娓道来之余,答案也呼之欲出。

这不是说荣剑兄已经解决了百余年来中国人不得其解的究竟是倾向革命,还是宁愿改良的问题。从其论说的对象上来看,中国远未走出晚清以来的革命循环。晚清政府愿意改良,但步子甚为拖沓,最后被革命扫荡进历史。民国立定了宪政的目标,可惜被军政与训政的快感所迷惑,最终被中国共产党领导的革命推翻。中国共产党赢得全国政权以后,结果又成为革命议论的对象。百年历史,不长不短,但竟然已经出现三波既成的和席卷而来的革命,这不可不谓现代革命史的奇景。回答中国今天要不要告别革命的质疑,恐怕不能在革命与改良之间寻求答案。因为革命从来就不是芸芸众生试图化解就可以化解的。革命的深层动力来自于人对自由的追求。只要社会政治的权力建制压制人们追求自由的冲动,人们在忍无可忍的情况下,就一定会投入革命。虽然革命并不能保证追求自由的人们获得他们所希冀的宝贵自由,但现实的无可忍耐,促使人们忘情地投入火热的革命运动。至少,革命中的自由追求与打击豪强的政治快感,已经为革命者的行动价值背书。这正是晚清以来中国三波革命的深沉动力。

不是说暴力化的政治—社会革命就无法遏制,但不是在革命与改良之间给出遏制革命的出路。关键的问题是,革命取得胜利后执掌国家权力的集团,不能遗忘自己投入和领导革命的初始承诺:革命就是为了个人的自由和平等的秩序。这不是一个小修小补、中修中补甚至大修大补的自私权力集团经过改革所可以兑现的目标。只有将自私的国家权力掌控者约束在民主与法治的制度笼子里,公众的革命烈火才燃烧不起来。只要国家权力的掌控者以利己的行为行使国家权力,国家陷入革命循环的危机就无法解除。就此也可以说,学人基于良好的主观愿望敦促整个社会告别革命,或者吁请统治集团改革不适宜的种种做法,都对遏制革命于事无补。

一部现代世界革命史告诉人们,唯有行宪,才能阻止一个国家陷入革命的恶性循环。

深圳学派建设与城市文化自觉

——简评"深圳学派建设丛书"

最近,海天出版社推出了一套"深圳学派建设丛书"①。丛书的第一辑收入了六本著作,分别是《城市文化论》《艺术原创与价值转换》《深圳人口变迁研究》《审美学现代建构论》《当代资本运作与全球金融危机》《碳交易产品与机制创新》。六本书的作者,都是深圳较具有代表性和知名度的学者。可能这正是编者将之集中起来出版,并命名为"深圳学派建设丛书"的重要原因。六部著作,主题各异,所涉研究领域,既有人文科学,也有社会科学。因此无法在一篇书评中对这几本书的主题加以专门评论。书的具体内容,需要专家另作评价。但将这六本书命名为"深圳学派建设丛书",倒是值得读书界注意的事情。

之所以值得读书界注意,一方面,固然与深圳学界的群体意识自觉有关。另一方面,当然也与深圳文化领导机关的组织自觉性有关。前者,是一个城市的学术同人之间,对自己肩负的学术文化使命的自觉。后者,则是城市的

---

① "深圳学派建设丛书"(第一辑),海天出版社,2015年。

领导群体对引导城市发展的文化责任的认领。这对当前中国疾速发展的城市来讲，都是稀缺的东西。当今中国的城市，尤其是大都市，都处在一种盲目扩大城市规模，追求城市的国内生产总值数量，将城市的物化目标看得无比重要的窘迫状态。如何跳出这种畸形的城市发展思维，超越城市发展的简单物化套路，已经是中国城市健康发展必须面对的严峻局面。

深圳是一座具有改革气质的城市。国家之所以在深圳设立城市，初衷自然与这座城市承担的、完成大物质总量的任务，具有密切关系。深圳在一个很短的时期里，完成了这样的城市建设任务。完成这一任务之后，深圳一时被质疑为一座没有文化的城市。这让深圳的建设者们感到气馁，甚至自认自己在国内城市体系中确实是一座没有多少文化积淀的城市。深圳就此仅仅以"改革"二字为自己的城市定位。

其实，深圳能够担负起为中国改革探路的责任，这本身就是崭新的现代城市文化特质的体现。只不过，这样的城市气质，需要居住在这座城市里的学者们和领导人去认知、去阐释、去升华，从而以凝练的理论形式沉淀下来，并由此赢得海内外人士的认同。这是需要时间的，更是需要认同周期的。深圳的学界，一直具有锐意进取的精神。建城三十多年来，深圳的学术界出版了代表改革城市精神特征的重量级作品，曾引起学术界的广泛关注。但作为学术界的群体意识来讲，深圳相对缺乏精神的自觉，缺乏集体亮相、引人注目的文化事件，缺乏集中展示深圳学术实力的中介和平台。这次深圳学术界集中出版代表其实力的"深圳学派建设丛书"，可算是建城三十多年来学术界精神自觉的体现、学术能力的呈现。已经出版的六本书，就有一本直接讨论城市文化问题，具体的讨论是在一般城市文化的视角展开的，但落到深圳这座城市来看，这本书有着城市文化精神自觉的标志性意义。而关于艺术、审美的两部著作，集中呈现了深圳老一代学者和中生代学者的文艺学研究成果,在一座被人认为是极度务实的城市中,这样的审美探究,象征着这座城市的人们对美和艺术的追求一直萦怀于心。有关经济、金融的两本著作,论题直探城市发展的动力机制问题,值得重视。关于深圳人口变迁的著作,论述了这座城市的人口现状、变迁动因、与经济的互动诸问题,是这座城市积极自我认读的表现。

这六本书还只是深圳学派建设刚刚启程的标志。在专业视角看,可赞可叹。但相信深圳学术界会以此为坚实起点,出版更为引人瞩目的高水平著作。人所共知的是,一座超大型城市,一旦在城市文化发展上有了自觉,它就会相应地聚集起城市的丰厚精神资源,来展示文化发展的厚实成果。这也是"深圳学派建设丛书"的编辑组织机构发愿编辑这套丛书的动力。一方面,这套丛书是补缺性的出版工程。诚如深圳领导指出的:"'深圳学派'的提出,源自深圳学界的文化自觉。……作为中国改革开放的'窗口'和'试验田',深圳创造了工业化、城市化、现代化发展的奇迹,但作为一个新兴城市,深圳缺少深厚的文化积淀,缺乏大师级文化人才。因此,深圳要建设'文化强市',就必须大力培育学术文化,以'深圳学派'的旗帜来凝聚一流的学术人才,向城市文化的高端进军。"可见,主事者并不认为这几本书一出,"深圳学派"就横空出世了。这是一个起点、一个标志、一个象征。

另一方面,"深圳学派"还是一个需要深圳学界去擦亮的学术品牌。深圳要以"学派"建构,坐实城市的文化意义,超越一般性城市就必须面向中华文明复兴的伟大理想,提升对中国文化转型的理论阐释能力。这不仅需要深圳学术界提供具有地方性特点的著作,而且需要深圳学术界致力于求解国家层面乃至世界层面的重大问题。主事者强调的"全球视野""民族立场""时代精神""深圳表达"正好构成"深圳学派"的四个精神指标。唯有这样,"深圳学派"才能凸显其作为学术研究派别的直观含义,进而凸显其作为现代中国文化流派的深层含义。

"深圳学派建设丛书"就此承载了远远超过一套丛书的重大文化使命。这当然不是对丛书第一辑的六位作者而言的使命。而是针对整个深圳学术界、文化界而言的群体使命。丛书今后推出的作品，便成为人们辨认"深圳学派"的载体。这就不能不强调，这套丛书的作者、编选者和出版者，绝对不能仅仅把选入丛书作者队伍当作获得一次免费出版著作的机会，而是担负着显示深圳城市文化自觉水平高低的责任。基于这样的写作、出版定位，"深圳学派建设丛书"一定会越做越好，真正呈现一座新兴的现代化城市刷新中国文化的喜人面貌。

无声之时,有蒙共启

——在2016凤凰评论优秀评论人颁奖会上的演讲

非常荣幸能够收到凤凰评论的邀请,出席这次盛会。令我感动的是,在2016年这一年,有这么多优秀的评论人依然在坚守。

在某种意义上,新闻是重要的,因为它报道事实,但新闻评论是更重要的。因为在一个并不愿意主动思考的族群当中,怎样去刺激人们的思考动力,怎样去激活人们内在的良心,怎样去葆有社会的正义感,怎样去让公众携手挺过中国现代化的十字路口,评论在其中发挥的作用,绝对是这个社会的其他言论所不能替代的。

我在大学课堂上可以做一些知识的启蒙和传播工作,但是我很难像我们的评论人那样针砭事实,一针见血,向人们指出各种新闻事件背后,还有什么重大的指向和时代的意义。评论之所以会引起有些人的不安,那是因为它总是能透过新闻现象,向人们指出这个社会实质要面对的问题究竟在哪里。评论人在新闻业界或者传播学界,都应当受到人们的高度尊重。

今天的中国,谁都知道我们处在一个现代化转型的关键时期。在这个关键时期,我们面对着的是迟疑、徘徊、批评、颠覆甚至是诋毁,中国的现代化已经历经了晚明早期的波折,晚清严重的挫折,民国彻底的失败,以及新中国成立前三十年的政治折腾,而今天我们终于又走到了转型的十字路口,要么挺而进入现代,要么退而打回传统原形。

从某种意义上来讲,现代化的困境,也许是中国人耳熟能详,淡然处之的一种社会状态。不过只要在五千年的大历史当中来看,从近三百年晚明以来的早期现代中国来审视,或者看近一百多年的现代化起伏跌宕,或者看近四十年改革开放以来的曲曲折折,于无深处听惊雷,我们就会对中国历史所发生的深刻变化,以及这个深刻变化背后的世界历史的大前景内存于心。

但中国的现代化始终不是那么顺畅,从我自己的专业立场来说,我们自晚明以来,在现代化的关键时期始终面临权力的铜墙铁壁。现代化在政治的意义上来说很简单,那就是落实人民主权。既然"权为民所赋",实际上就有一个建构人民都能分享权力的机制,人民也都有权利去批评甚至弹劾权力。但是谁来承担这样的责任?它需要催生一个新生的群体,而站在第一线的,恰好是今天我们凤凰评论致敬的这些评论人群体。

虽然今天启蒙遭遇着重大的社会压力和专业批评,但如果我们把启蒙不再设定为先知先觉者对于后知后觉者的启发,而是因为我们每一个人可能都被宗教、被权力、被理性,或者被迷惘所蒙蔽的话,那么有蒙共启就变成我们共同的责任。但是有蒙共启,并不等于每一个人都能及时出来自我启发遭遇的蒙蔽,它需要有人有犀利的笔触,理性而又葆有温情,从而成为推动人们有蒙共启的"牛虻"。

中国走到现代化的十字路口,走到现代化发展的艰难时刻,走到人民赋权且人民能够共享权力的关键时刻,评论何其多矣。但真正启人心智的优秀文章为数又总是那么令人不满。因此评论界如何真正深入,点出中国现代化遭遇到的本质性困难,引导公众免除情绪化地看待社会公众事件,使我们在每一个"有声之年"葆有我们最重要的公共声音,就更是弥足珍贵。

对于媒体评论人来说,承担公共责任,发出公共声音,乃是判断是否履行了承担正义的责任,是否推进了中国社会向正义、良序发展的重要依据。当年李普曼在民主建构的社会中承担了发出公共声音的责任,事实上,他也面对着所有公共言论共同面对的尴尬局面——评论指向的是所谓的"幻影公众",公众从来就不是一个固定的群体,他们可能来自于党政机构的官员队伍,也可能来自于社会的文盲群体,也可能是随意流动的农民工……。幻影公众要求评论针对的,只能是社会正义。

建立一个公义社会,乃是中国挺过改革艰难期,克服权力瓶颈,破除非理性声音盲目主导幻影公众尴尬局面的最紧要的问题。我们必须看到,千百年来,权力对社会的规训给公众带来的普遍迷惘。因而中国社会在最艰难时刻的境遇中,还会面临另一种危险,那就是公共舆论被情绪主导。今天所谓民族主义、民粹主义、国家主义,乃至于更极端的社会政治思潮对幻影公众的主导,在持续的作用上超过了其它现代主流思潮的作用。因而通过传统媒体和新媒体富有睿智的评论,让人们看到中国面对的所有琐杂问题的关节点,于评论人而言,不仅是坚守理想的问题,而且是承担责任的问题;又不仅是承担责任的问题,而且是甘冒风险的问题;更不仅是甘冒风险的问题,而且是要实际付出代价的问题。

对于中国来讲,坚守常识不是能轻而易举做到的事情。在业界来讲,李普曼当然是一个人格典范,李普曼所写作的《公共舆论》,呼应公众以及启人心智的各种社会文化评论,是我们所期待的,是我们所敬仰的。但是在中国,我们面对着的是一个缺乏稳定的现代制度建构的社会,中央改革的目标也是要建立社会主义民主和法治,在民主和法治还在路上的状态下,就更需要我们以坚韧的行动,通过我们锐利的笔法去解剖这个社会。

这样的解剖当然要拒斥非理性的情绪化。在转型期,情绪化是非常容易爆发出来的状况。回想法国大革命前夕,法国最流行的,不是各种启人心智、富有见地的评论,而是四处张扬情绪的各种小册子。当法国人陷入受小册子鼓荡的情绪之际,也就陷入了互相砍头的革命灾难深渊。当我们总结法国的经验教训,我们会发现,免除小册子的情绪化,进入真正的理性、公意和正义的评论时代,方能帮助一个在现代化转型关键时期的国度,免于情绪泛滥而陷入苦海。

在某种意义上,中华民族跟法兰西民族在情感结构上是相当接近的,我们常常是情绪有余而理性不足。我们是一个唐诗宋词的民族,我们只要登高望远,诗情大发,理性就要瞬间消逝,而前途茫然一片。此时此际,我们回望2016"有声之年"的时候,我们就知道以"有声之年"克服"无声之时",将是多么令人尊重的事情。

引我发现书山门径的人

——我的大学老师

1978年，我还是一个16岁的懵懂少年。

幸运的是，因为高考制度的改革，我参加了"文化大革命"后的第一次全国统一高考。由于十年中小学都没有认真读书，考试可是费了大周折。那年我考的是文科，可是我中学从来没有上过历史和地理，浓缩学习，一阵狂背，好歹考得还行。可惜放下的数学，因为几乎没有时间复习，彻底考砸了。考试总分仅超出本科线十几分，最后录入南充师范学院。那个时候，我也好，家里人也好，朋友圈子和社会大众，可都没有认为我没能进入名校、仅仅入读南师是个失败。因为当时高考的录取率仅仅只有8%左右，进入大学本科，那可是空前的成功。

我高高兴兴地到南师报到了。当时我是完全不懂大学学习特点的。只是一个劲儿地听课、做笔记、死记硬背地读书。机械学习的结果就是大一期末考试基本拖尾巴。这可是伤了我的自尊心。我中小学虽算不上是学霸，但起码也是学习成绩优秀队伍中的一员。但在大学学习压力山大的时候，面对掉尾的悲催状态，还真有些不知所措。因为太年轻，缺少人指点，到大二时学习成绩也只能交错地提高。那个时候,不只是学习上有点一筹莫展,职业谋划和人生规划,似乎离我也有十万八千里的距离,几乎没有认真考虑过。

到了大三,我们年级两个班,因为要分高教师资班与中教师资班,一半对一半的人数,我运气尚好,进了高教师资班。这个时候,我有些摸到大学学习的门道了,成绩在大二的基础上有明显提高。更加幸运的是,高教师资班的班主任是当年风华正茂的阳正太老师,由于他的引导,我不仅开始形成了专业兴趣,而且对未来的发展有了一些相对明确的想法。

阳老师主要做哲学原理和中国哲学史的研究。尤其是他教我们高教师资班中国哲学史的时候,对我产生了极大影响。人在少年,是很容易受到自己敬仰的老师的影响的。阳老师当时参与国内中国哲学史界的争论,可以说是四川在全国中国哲学史界有影响力的中年学者。他不仅书教得好,做人也富有热情。书教得好,对正在形成知识兴趣与寻找人生目标的学生会发挥积极的引导作用。做人富有热情,不仅会让一个老师积极投入教学工作,而且也会让一个老师发挥榜样作用,有形无形中激发学生的学习兴致。

正是在阳老师的影响、培育和激励下,我才下定决心、投入精力,研习中国哲学史,并且在毕业的时候报考了中山大学的中国哲学史专业的研究生。虽然由于没有学过现代西方哲学,再加上糟糕的外语,让我首考以失败告终,但那次考试,不仅是对阳老师平时培养的中国哲学史知识兴趣上的一次检验,而且阳老师还提供了极为重要的帮助——他当时参加了李锦全先生共同主编的中国哲学史教材审稿会,带回了两册著作审稿本。这对我考试有莫大的帮助。同时,由于阳老师的介绍,我与李锦全老师建立了通信联系,这对后来我通过考试入读中山大学哲学系,有不小的作用。

记得阳老师在教中国哲学史的时候,不仅对整个中国哲学史有完整的叙述、恰当的评论,而且尽力引导学生进行研究型学习。当时的墨子研究是一个热点。在"实践是检验真理的唯一标准"的讨论热潮中,学术界也积极挖掘中国古代哲学中的相关资源。墨子的三表说,成为相关讨论的一个热点。阳老师组织高教师资班对中国哲学史有兴趣的同学讨论,并要我和班里的老大哥、学习委员蔡晓牧一起写了一篇讨论综述。这篇综述刊登在《南充师院学报》1981年某期上,这是我的名字第一次变成铅字,当时那种高兴劲儿就甭提有多高了。后来这篇综述又收入了新中国成立后第一部《中国哲学年鉴(1982)》,对我从中学跳到大学谋职,发挥了决定性作用。阳老师的这些教学方法,对我此后在大学从教,发挥了潜移默化的功用。

在南充师院读书四年,是我求知欲最旺盛,而且心无旁骛的四年。当时任教的各位老师,老教师大多刚从"牛棚"出来,中年教师刚刚发现专业用武之地,年轻教师努力争取上进。南师因此形成了一个极好的教学氛围。那时整个国家也弥漫着"为中华之崛起而读书"的气息。像阳正太老师那样全情投入科研、教学和班主任工作的,不是个别人,而是所有人。记忆中,像李佛生老师的哲学原理课、王代敬老师的政治经济学课、李培湘老师的西方哲学史课……都对我有着深刻而持续的影响。

那时读书,喜欢在课余跑到相关系科蹭课。我原本受高中历史老师的影响,想报考大学历史系的。进入南师的时候,填报的志愿正是政史系。但入校时恰逢分系,我被分到政治系。不过爱好历史的兴趣似乎没有降低。历史系就成为我蹭课最多的地方了。当时历史系的李耀仙教授,受教于汤用彤先生,因为政治运动,阴差阳错,"流落"到南师。他在历史系教中国思想史。我几乎在一年中,周周不落,去听李老师的课。李老师那种想挽回浪费时光的愿望特别强烈,上课极为认真:他一直自己刻写讲义,次次上课都会给每个学生分发油印的小册子。而且他对中国思想史,尤其是先秦思想史有极为深刻的见解,每每让学生有醍醐灌顶的感觉。

南师四年,遇上的好老师很多。略记一二,以重温年少时期的大学本科生活。

阅世相

淘书论教

依法治教的行政改制

——在中国教育三十人论坛第二届(2016)年会上的演讲

需要提出一个问题,我们一再呼吁的依法治教究竟是什么意思?显然,这种呼吁,并不是单纯呼吁以法律文献治教。国人对法律文献的钟爱、制定的热情,远远超过按照法治精神、法治原则来治理中国教育的愿望。

首先要清楚,依法治教的"治",不是统治,而是治理;教是教育,不是教化。据此,依法治教,是针对一个现代职业开展的复杂治理。治理,一定是多元的,也必定是民主的。因此依法治教的着重点在于,把教育的各方面因素约束在法治原则之下,而不仅仅是依照法律条规,为教育谋求权力、聚集资源,为教育机构提供制度规章,为教育具体管理提供实际规则。如果是这样的话,依法治教来的越早,教育被严格约束以至于丧失活力的可能性就越高。在这样的依法治教局面中,中国教育界试图解决"钱学森之问"的能力和可能性,绝对不是更高,而是更低。因而依法治教怎么治是一个关键问题。

取决于现代治理是多样治理、民主治理,教育治理作为其中一个组成部分,并且依托于现代社会的职业分化,就此需要强调,现代教育不是令国人非常紧张的教化问题。依法治教,就是把教育约束在现代国家治理的总体框架,也就是法治原则之下。这就凸显了依法治教的另一个重要问题——依什么法来治教。

党的十八届四中全会特别强调法治国家的建设。其中,对法的性质,这次全会的文件作了非常重要的区分,那就是依法治国乃是依良法治国。法,必须是良法,而不能是恶法。如果仅只在一般意义上强调依法治教,强调对法条如何如何看重,那么人们辨别一个法律的恶法、良法性质的热情、能力势必会下降。

其次,要明确依法治教这一命题所包含的是与不是两重含义。简单讲,依法治教是什么? 第一,是将教育约束在法治的总体治国原则之下。第二,是要对关乎整个国家教育的不同分工体系进行全面监督。概略说,依法治教不是什么呢? 一不是以法律法规约束和控制教育。二不是单独将教育系统抽出来作为法律治理的对象。

教育附载有意识形态功能,对教育进行某种政治控制也是必须的。刚刚召开的全国高校思想政治工作会议就是体现。但教育主要承担的是现代职业分科、学术分类、学生训练、全人培养的责任。而落实这些责任,一定要着重解决的问题,是依法治教的行政管理和教育自身运行规则的关键性问题。

可以说,依法治教的重点,在于教育本身作为社会分工部门,必须承担起整个学生的知识性教育和公民的终生性教育的责任。依法治教的极端复杂性由此可见一斑。为此,准确定位依法治教是非常重要的事情。依法治教,应当合理地被切分为相互依存的三块:一是依法治教的法政基础问题。这个问题在中国过于复杂,为了保证政治正确,暂时不讨论。二是依法治教的行政改制问题。这涉及教育资源的配置、教育管理体制、教育机构自主治理等问题。三是当涉及教育的法律纠纷出现之后,如何依照法律程序加以处理。

这是针对司法个案讨论的问题，不是我们通过一般原则陈述就能弄清楚的问题。

收缩视野，依法治教的落脚点，正在于依法治教的行政改制。因此我们既不谈司法意义上的依法治教，也不谈政治体制意义上的依法治教，而是着重谈谈行政改制意义上的依法治教。行政改制意义上的依法治教，人们常常认定，关键的问题是政府简政放权，落实教育机构独立自主的自治机制，让教育机构按照教育规律办事。基于此，依法治教变成一个呼吁简政放权和学校治理体系改革的问题。这样的呼吁，永远都对。但问题在于，对依法治教的行政改制自身而言，简政放权是关键吗？学校治理结构是关键吗？从我自己的专业视角来讲，视野也许比较狭隘，答案可能出人意料，我认为这些都不是关键。

依法治教的行政改制，首先涉及整个国家行政资源日常配置方式的改制。教育部门的行政改制、简政放权，不是在国家层面上讨论依法治教的行政改制的当然意义。这一改制的聚焦点是，能不能使我们的教育行政管理体制得到改变，释放教育机构的办学热情，规范教育机构的办学程序，确立教育机构依法治教的程序性安排，落实教育机构的法人治理模式。如果把教育部门从整个国家依法治教的整体中抽取出来，那是解决不了依法治教的行政改制问题的。必须把依法治教的行政改制植入整个国家对待教育的行政总体改制之中。因而教育体制的行政改革应当是整个国家有效行政改革的组成部分。当整个行政改制过程并没有把国家权力从中央到地方厘清，从一类职能部门到其他职能部门厘清，仅仅试图从教育部门自身厘清行政职能便是不可能的。

从这个意义上讲，率先确定在整个国家的总体教育布局当中，在国家各个行政平行部门的定位当中，教育究竟是什么位置，就非常重要。如果不落实这一定位,仅仅直观地讨论"钱学森之问",我们的讨论不仅不能提供这一质问的答案,反而会越来越沉重,而我们对之的关心也会越来越郁闷,我们的努力也就越来越艰苦,而最后的收效更会越来越令人伤心。因此依法治教的行政改制,首先需要放置到党的十八届四中全会全面深化法治改革的总体框架之中。只有在依法治国的总体治国结构中,依法治教才有望落实。

人们常说,应当把教育部门放到中国发展最关键瓶颈的高度来加以观察。此言不虚。无疑,教育涉及国家未来的战略布局问题,断言教育地位和功能在一个国家多么重要都不为过。原因在于, 从最狭隘的人力经济学角度讲,教育关系到一个国家人力资本的再生产。这是当今中国观察教育问题最流行的专业视角。一个国家人力资本的代际再生产问题,直接影响这个国家的生产与消费。从相对开阔的视角看,对一个国家来说,教育是关系到整个国家前途与命运的国本——一个国家能不能维持稳定、持续、可协调发展,教育在其中发挥着重要的传递功能。只有在教育的传递功能顺畅绵延的情况下,才能解决人力资本再生产和国家延续的再生产这类重大问题。这是依法治教的行政改制最重要的战略布局含义。

在这样的战略布局中,依法治教的行政改制还包含另一层意思:教育制度的中观体制改革问题。所谓教育制度的中观体制改革,就是在教育行政部门与相关部门资源有效动员的情况下,教育部门对人权、财权、事权的把握能力得到国家其他行政部门的高度尊重。依法治教的行政改制需要厘清国家整个的行政体制。教育部门需要的资源, 不是教育部门自我呼吁就可以获得的。在整个国家行政体制布局当中,各个部门之间的资源配置,依赖于国家层面的法治保障。否则就会在无序的资源争夺中丧失平衡配置资源的可能。

今天的财政部门在管理体制上尊重教育部门的资源需求吗? 通过近四十年的改革开放,教育部门获得的资源丰富了,地位提高了,国家重视程度加强了。但从一个现代强国的高度看，教育部门在国家行政体系中的地位，各位一定要认识清楚，仍然是不高的。因此真正要做到依法治教，必须在国家资源配置的立法上向教育部门倾斜。而不是教育部门一头热，在学校治理结构、纠纷裁决等方面，为教育部门立法。这些法一旦立起来，可能捆住了教育部门的手脚。结果可能是，人们大力呼吁发展教育的立法，变成了捆住教育手脚的法律规章，情何以堪。

强调依法治教的行政改制，教育主管部门和具体教育机构之间，教育管理人士与从教人员之间，需要形成高度的共同体意识。不要以为教育主管部门管住了教育机构，就特别兴奋、特别有成就感。这种管理结果，其实没有什么成就感可言，那只不过是以行政控制手段强化了教育主管部门对教育具体机构的行政约束和行政驾驭而已。这在行政管理的境界上来说并不太高。教育主管部门获得了教育机构的认同，教育机构成员衷心拥护主管部门的行政管理，那才值得赞赏。只有教育部门的资源广进，职业评价上社会赞誉，教育从业者具有高度的职业责任感，依法治教的良好效果才能真正呈现出来。此时，从教者浑身上下都会是前行动力。

中华民族一向是一个勤劳勇敢的民族，也是一个智慧睿智的民族，只要国家在日常资源的行政控制上稍微松绑，就一定会迎来一个中国教育发展的辉煌时期，这是我们的共同期望。

谢谢各位！

掂量大学，莫负青春
——西华师范大学2017年开学典礼校友代表发言

各位师弟、师妹，尊敬的家长、老师和领导：

非常高兴受母校之邀，荣幸地与2017级师弟师妹们相聚。祝贺师弟师妹们度过高中烦人的备考岁月，进入自主性甚强的大学学习阶段。这是你们与家长共同努力的结果。从今以后，你们将与西华师大的老师们一道，在接受知识与创造新知之间，重塑自己的知识世界，打造自己的成熟人生，谋划自己的未来事业，夯实今后的人生道路。

进入大学，究竟要学什么？究竟能干什么？在一个知识爆炸的时代，在一个信息革命的时代，在一个遍地都是学习机会的时代，读大学还有什么特别意义吗？在人生极为重要的社会化最后阶段，大学能赋予我们什么具有不可替代的价值吗？这是需要师弟师妹们与我们一道共同仔细掂量的问题。

这些问题，对师弟师妹们有些沉重、有些陌生、有些距离、有些古怪！二十岁上下的年纪，恰同学少年，风华正茂，人生岂能被这些哲学味儿十足的问题所纠缠？书生意气，挥斥方遒，人生不正处在情感鼓荡、一木独秀的自信状态吗？刚刚走出被教师和家长驱动学习的境地，难道又要走进一个四顾茫然、自寻前路的孤寂探究天地？我们是不是可以拒绝思考这些艰深的问题?!

拒绝思考当然是可以的。但拒绝思考的结果不是人类可以承受的。因为人是思想的动物。人只有在思想中才能获得尊严和价值。如果说中小学阶段是为独立思想奠定基础，那么当下就到了必须独立思考的阶段。大学学习，就是一个自由思想、独立思考的全新学习过程。不经过慎重的掂量，大学四年，就会度过一个缺乏重力的轻飘人生，就会没有知识与价值所获地抛洒岁月。

大学的学习不同于中小学的学习，也不同于纯粹基于兴趣的学习。大学学习有几个重要特点：首先，它是专门的学习。当代大学强调通识教育，博学自然是重要的。但大学的分科教育，是其教育的特点所在。对分门别类知识的专门系统学习，促使师弟师妹们准确落定自己的知识兴趣，从而在令人望而兴叹的知识海洋中发现自己的前行之路。

其次，它是创造的学习。中小学致力于传播一般知识，大学在致力于传播专门知识的同时，着力于创造知识。因此大学不是简单追求考试分数的地方，而是发现知识突破口，并且亲身探究崭新知识的地方。师弟师妹们可以尽己所能，去发现人类知识的创新之所，为增进人类新知付出努力。

再次，它是为职业谋划的学习。功利性地对待职业谋划，将大学仅仅视为职业培训场所，固然不对。但现代大学的特质，就在于它与社会分工体系的高效对接。中小学学习无需受职业意识驱使。但大学学习阶段必须努力找准职业兴趣，为自己在分工与合作的社会体系中谋求职位奠定坚实基础。

最后，它是为理解人生真谛的学习。人生苦短，此话对师弟师妹言之过早。对我这个大师兄而言，又显得有些晚了。我进入西华师大求学，忽忽已近四十年。壮年学兄与少年弟妹言人生，有些脱臼。人往前想，前路漫漫；人往后看,日月如梭。人生究竟在悠悠岁月中要怎样度过?恐怕这是随时叩击心门的大问题。无论年龄、性别、成败,都回避不了。在大学四年的学习中,没有职业压力、没有利益计较、没有成败催逼,是思考人生的最佳时段。在专业学习之余,努力发现人生真谛,那是最不负大学生活的。

掂量大学,就如掂量人生一样,总是那么沉甸甸的。好在人从来就不是孑然前行的。师弟师妹甚众,广泛的交谊,可以帮助大家欢愉地寻找知识与人生答案。更为重要的是,西华师大是一所学风淳朴、教学相长、促人奋进、素有积淀的大学,师生之间在知识的汪洋大海中探幽索隐,会带给人乐以忘忧的欢快。青春莫为忧愁困,前路携手相伴行。知识探究有趣致,人生索问凭借力。读大学的意义,隐然从中浮现出来。

祝愿各位师弟师妹愉快度过四年的大学生活!

守护"两张皮"

——中山大学2017年毕业典礼校友代表发言

尊敬的罗俊校长,各位老师,各位家长,各位最亲爱的学弟学妹们:

你们好!

非常荣幸,受罗校长的邀请,和各位今年毕业的师弟师妹们相聚!首先给各位送上我最热烈的祝贺、最诚挚的祝福!祝贺大家过关斩将,学有所成,顺利毕业。祝福大家扬帆起航,顺风顺水,成家立业。

各位师弟师妹,你们是幸运的。你们恰好是在中山大学强势发展之际就读的。一所学校的发展,与这所学校学生的发展相辅相成。当学校发展强势时,学生发展的空间也就广阔无比;当学校发展峰回路转之际,学生发展态势也就前路漫漫。今天的中大,风正扬帆,发展业绩,可圈可点。这是各位师弟师妹与学校参与发展、共谋成长的结果。

一所学校不独依靠顺境塑造自己的独特气质。顺境出风采,逆境出气质。中大正是在顺逆两种处境中,催生出自己的大学精神,赢得同行赞许,获得社会认可,跻身顶尖高校行列的。

我在20世纪80年代入读中大,接着留校任教,在这个校园里生活了二十几年。那是一段贯穿我学生生活与职业生涯的黄金岁月。我对中大的感情之深、爱护之切，非言辞所可表达。但在我就读的那段时间，中大的发展并不顺利。那自然是国家处于转折时期的学校景象。那时，我常听老教授感叹，中大衰落得只剩"两张皮"了：中区的草皮，孙中山的脸皮。师生心里，都为中大的发展前景感到焦虑：学术研究缺乏突破，同行赞叹甚为罕见，师生情绪明显低落，未来状态令人担忧。

但中大毕竟是中大。即使从低潮时的"两张皮"来说，那起码也证明中大是一所绝对兜得住底的大学。中区的草皮，总能给人以希望；孙中山的脸皮，一直是现代中国的象征。在中大发展不尽如人意的时候，希望仍然在师生的内心中升腾，现代总是给人们以巨大激励。

当中大师生不断励志，不懈奋斗，世纪初年，重新崛起；当今之时，张力凸显；预期未来，"会当凌绝顶"。从负面看"两张皮"，明显落后；积极地看"两张皮"，顺理成章。中区的草皮，春天的盎然生机、夏天的昂扬勃发、秋天的迎风傲立、冬天的不惧寒冷，让中大人对个人、学校、国家与人类的过去寄托、现实处境、未来前景，触景生情，深深感念、深怀希望、深为鼓舞。这岂是一片草皮而已，这是中大与绿色世界紧紧相连的标志。人固有得失，但拒绝患得患失，心怀期望前行，注定不负此生。那此刻就在室外展现蓬勃生机的草皮，不正对我们发出震撼人心的希望召唤吗？——"让暴风雨来得更猛烈些吧！"

孙中山的脸皮，表述略显不雅。雅一点说，应该是孙中山高尚的人格，对国人与世人的长期垂范。国人一向注重脸面，但何以中山先生的"脸面"格外具有人格示范的伟大力量呢？那是因为他将个人生命融入了国家命运与人类前途的历史洪流中。当你念及"世界潮流浩浩荡荡，顺之者昌，逆之者亡"的时候，他在提醒你，一个现代民主、法治的世界，是你必须为之奋斗的目标;当你念及"博学、审问、慎思、明辨、笃行"的时候,他在启发你,一个崇尚理性、科学的社会,是你必须为之尽力的义务;当你念及"革命尚未成功,同志仍需努力"的时候,他在告诫你,人生大大小小的目标,只有在坚韧行动中才能兑现。矗立校园的中山先生铜像,那慈祥抚摸莘莘学子头顶的经典姿势,具有持续激励人终生怀着希望前行的不竭力量!

这是中大人必须全力守护的"两张皮"。它们促成人与环境的有机相融,德与才的内在互动,家与国的情怀激荡,它们必淬炼出中大学子的领袖气质。

未来之门已徐徐敞开,迈开你的流星大步,进入一个崭新世界吧!

读来读去又一年

——2017年度个人读书报告

我的职业要求必须读书。写与读书相关的事情，显得有些没劲。这就像王婆卖瓜自卖自夸。是职业没意思，没得写？自然不是。是读书只为稻粱谋，不好写？好像也不是。可能只是因为读书已经成为一种习惯，见惯不惊，反而对读书本身落不下什么文字了。

山峰总编约我写写2017年自己的读书情况，几天无从下笔。催稿微信发来，我不得不想想写点啥了。想来想去，一些片段也好像有些意思。尽管不全是读书的，但都与读书有关。读书，当然得先买书。今年我买书、读书，还参与评书。间中在职业研究需要时还写书。写书做甚？自然还是为了教书。循此，一些相关片段就浮现出来。

买 书

读书先得买书。不是说此前没买书，无书可读。每年新书和先前没买又显然需要的重印书很多，必须买。因为跟踪专业知识发展必须这样做。而买书也是我唯一称得上的兴趣和爱好。

2017年买书，品种很多，很难一一写下来。假如这样，就成了书目胪列，太没劲。买书的片段之片段，有点小意思。这一年买书的总印象是原创思想作品少见，翻译作品量很大。也许是我买书的偏好变了？也许是因为这一年原创的思想性作品出得很少？看着上千本今年购进的书，翻译作品占一大半。这对汉语学术似乎不是好事儿。

购买或得赠的翻译作品不少。印象较深的，都与我的专业有关。雷蒙·阿隆的《回忆录》，是之前已经出版且买过的。今年得到社科文献出版社的新版，虽然由于读书惰性，赠书少看，但因为新版添齐了早先版本被删除的几章，所以又翻看了一些。这本书不是一般的回忆录，乃是一个思想家对20世纪惊心动魄的五十年进行的人生与社会反思，西方社会左左右右的思潮再现字里行间，想来还真是佩服作者的笔底波澜。

一个致力于揭示过知识分子何以饱食精神鸦片的著名思想家，通过对真真假假的知识分子德性的揭橥，将西方社会的当代状况展示在人们眼前：工业社会的剖析、1968风暴的分析、意识形态对垒的描写、西方衰落问题的思考、苏联及其理想的透视，幕幕历史大剧，力透纸背，惊人再现。这本书值得所有关心政治的人士仔细阅读、细心体会。尤其是对迷醉乌托邦的知识分子，有些清心明目的作用。这本书是近年著名图书品牌"甲骨文"中的一种。说来这个品牌的每种书，都值得买，也值得读，更促人想。

商务的书年年买很多。今年因为偶然的机缘，得到不少商务的赠书。其中托马斯·阿奎那的《反异教大全》是绝无异议的经典。译者称该书是"基督宗教思想史上一项开天辟地的创举"。因为他将"上帝的事情"清晰明白、全面系统地再现出来。这本书与阿奎那的《神学大全》被人称为"两全"。在基督教思想史上的地位毋庸多言。在写作风格上，这部书的个性特点鲜明。《神学大全》按教材体例写作，《反异教大全》按专著体例写作。这对理解作者的思想所具有的重要性自不待言。该书译者近年潜心翻译托马斯·阿奎那的作品，将这位西方思想史上超级大腕儿的代表作呈现给汉语读书界，实属难得，值得称道。

相比于政治学、神学图书，近年历史著作在中国的出版算是最顺畅的。今年的历史著作，可圈可点者甚多。其中，著名史家何炳棣的著作集相当引人瞩目。中华书局最近所出的何著五种，本本精彩。其论题广泛，新见迭出，一定会对国内学界产生不小影响，其中尤其当推《何炳棣思想制度史论》，这本书所收的文章，从克己复礼的考证到商周社会性质的辨析，从老子与孙子的关系到天与天命探源，从礼的考辨到华夏人文主义的申述，从古史史实重考到考古工程信度，篇篇启人思考。

读书与评书

今年所读之书，其实与买书关系不大。新近买入的书，几乎没能仔细读过。因为今年自拟的研究主题是国家建构理论，所以读得较多的反倒是历年购进的国家主题的图书。

所读的国家主题的书，开启理论源头的著作，当数柏拉图的《政治家》。很可惜我不通希腊文，英文也不够好，所以偷懒读了汉译本。这本书的汉译本有几个，流行的是王晓朝译本。但据说这一译本有些问题。对照其它译本也确实发现翻译的明显不同。但我一向对古典、经典，都重在大义，不执着于小词小句，因此也从不对译本的细处斤斤计较。着紧这本书的大义，是柏拉图对悬而未决之际的国家建构的论断。试想，在最优的理想国虚悬一格的时候，国家又尚未落在依法治国状态，此时，政治家的技艺便极为重要。如何抓住建国的网上纽结，织造出国家的密密实实之网，那真是显出政治家品质高低悬殊差异的重要方面。以往人们简单将《政治家》视为柏拉图从《理想国》到《法律篇》的过渡作品,未免有些失之草率了。

由于关注政治家的建国技艺,所以今年读了一些政治家传记。处在顺畅状态的政治家通常平淡无奇,读他们的传记,也无甚惊奇之处。但在建国关键时刻出场的政治家,每每都创造奇迹,在历史上留下了浓墨重彩的一笔。古代如亚历山大大帝,近代如俾斯麦,现代如罗斯福。这些人的传记,版本很多,读者自选余地很大。

往年很少有机会参加评书,因此也少与出版社打交道。去年开始参加出版社的评书,机缘就来了。结果今年又得有机会参加出版社和机构的评书。评选前后与评选中,都得到了赠书。不仅满足了对书的占有欲,而且评书很可以看作读书的另一种形式。在别人评书时,可以看看他们怎么看待自己看重或不看重的图书,也可以通观今日中国读书界的趣味。

评书嘉宾多是报纸书评版、读书杂志编辑,以及书店经营者、书评写作者。他们的趣味代表公众读书取向:多重通俗易懂、老少咸宜、妇孺皆知的图书。这自然没什么不好。但在专业癖如我等的眼里,颇不敢苟同。因此,评书时有些分出两派的味道:专业学者重经典著作、长篇大论、论述系统、论道深入的著作。非专业的评委重深入浅出、短小精悍、文字活泼、促人阅读的作品。两类评委总能在评书时不期然达成一致:评出的好书或十佳图书,几乎总是各占半壁江山。一种让人惊叹的品书平衡!

京城的评书,一般采取虚构类与非虚构类、专业与非专业图书混评的方式。大约这有利于出版社推销当年的图书。想来这是一种显得粗糙的评书方式。评书应该走向一个相对精细化的阶段。比如学术专业书与大众读物,应该分开来评。前者针对进入了某些专业知识门槛的读者,促使他们阅读专业品质高的作品,也敦促进行知识创造的作者潜心经营推动知识进步的鸿篇巨制。后者针对对各种知识和趣味都怀有兴趣的普通读者,让他们在评书、荐书中发现自己的兴趣,得到阅读的快乐与满足感。混评两种图书,对社会公众的分类阅读帮助不大。尤其是在大多数读者满足于浅尝辄止的非专业阅读的当下,精致评书的意义尤显突出。

写书与教书

由于拿了个名为"国家建构理论研究"的国家课题,今年的读书重心也就围绕这个论题展开。为了完成课题,通常就得写本书交差。去年,我围绕课题提交了结项成果,但一些论题还没有最终完成。所以今年还得继续《立国技艺》这本书的写作。

我买书也好、读书也好,并不是为读书而读书。也许是功利心驱动,也许是阅读惰性所致,我一向号称为写作而阅读。这个读法不太值得提倡。因为明显有些偷懒不说,而且不利于系统深入阅读一些经典。但在职业压力面前,这种阅读方式可以有效缓解随性阅读积压的职业负担。

写《立国技艺》,我采取的仍然是论题式的写作方式。这与我为写作而阅读的习性是相关的。因为就一个重要论域选定数个论题,方便找到相关论题的重要著作和论文,也可以相对独立地展开写作,不至于陷在一个系统问题里拔不出来。当下人类的知识产出,岂止汗牛充栋,简直惊为无限。一旦感觉付出终生都无法读完穷尽一个专题的所有作品时,人就可能望而却步,放弃阅读。对付这种天生的惰性,只好以阅读有限论题、重要作品的方式来自我激励。我等非天纵之才,得承认阅读的动力不足。因此为写作而阅读,定论题而选读,既可以不断激发阅读的勇气,也可以获得阅读成就感,还可以经由阅读而产出作品,何乐而不为之?!

写作总是一定时期阅读与思考的产物。有些读者总想读尽想读之书，下笔写尽人类能说之话。这是一种不可能实现的阅读与写作目标。就拿我自己这几年集中阅读的国家建构主题的图书与论文来说，即使专注精力、心无旁骛，也绝对不敢奢想将这一主题的所有论著和文章读完。不遗漏重要作品，已经很不容易。想想还可与其他阅读相关主题作品，撰写相关主题著作的同道一起，才可望推进相关研究，也就心下释然。

买书、读书、评书、写书，纯粹基于兴趣的成分不多，职业的驱动因素更为重要。这既表明我乃一凡夫俗子，未脱滚滚红尘的功利之心，也表明我力图将阅读兴趣与职业要求结合起来，让理想不至于与现实完全脱节。我以教书匠为业。教书匠读书，天经地义，既无夸饰的理由，也无推脱的道理。教书匠这个职业，与一般工作对象较为固定的职业很不相同。每年教书匠都会送走一批学生，迎来新生。因此教书匠必须尽力尝试满足新生们的新趣味、新需求、新目标。知识更新就成为必须。这就推动教书匠买书、读书、写书。否则，一个知识上日显陈旧的教书匠，就会落到职业要求的底线以下，不但自己会感到无地容身，也愧对新生们的知识期待和职业敬意。

写书不是穷尽知识的活动，而是推进知识发展的尝试。即使推进知识发展，也常常让教书匠们心生"虽不能至，心向往之"的浩叹。每每到图书馆一望，内心的挫败感油然而生：你还写啥书哟，在浩如烟海的一堵堵书墙面前，你的一本书一定会被淹没得无影无踪！但翻看前贤时贤的大著，在字里行间细加琢磨，总会发现还有一些有表达价值的话要讲，一种跟先贤时贤对话的冲动，就在读书之际冒将出来。写作的某种神圣动力就在心中萌动了。这种喜悦感，非实践过而无从体验。

人生就在这样一年一年地读来读去、轻松快意中度过。2017年就这样向2018年挥手作别了。年复一年……

盘桓潘家园：京城淘书记

　　每周六，我会一改一周几乎天天晚起的慵懒，早早从床上爬起来，匆匆吃点东西，急忙赶去乘坐地铁十号线。目标：潘家园。

　　潘家园是我近两年淘书盘桓之地。曾经隐然消逝的淘书之乐，借周周盘桓潘家园，回到了我的日常生活中。说起来，从我住地的北三环西路，一路奔袭，到东三环南路，还真是路途遥远！这路途，自然不是说地理距离的长短，而是说心理距离的远近。这年头，人们几乎都在网上书店买书。足不出户，心仪的图书到手。况且网上书店折扣较大，方便又划算。人们何苦满城窜去找书呢？！

　　从北京西城窜到东城，只为潘家园的周末书市。这个买书劲头，实在是太大了，大到有时候我自己都觉得有些莫名其妙。是少小养成的习惯？还是经年伴书的陋习？或是专业工作落下的病症？虽不得其解，但实在觉得潘家园有这个魔力，把我这个书迷的胃口吊得老高。其实，我自命书迷有些腼腆，甚至应该脸红。我买书不为搜求文物一般的罕见书籍，更不愿意付出太高的书价，搜罗的也都是我的研究需要的一些专业书籍。买便宜，是我去潘家园淘书的最大动力！

　　几乎每个周六去潘家园淘书,潘家园都不负我,总是能让我能淘到十本以上便宜的好货。珍贵自然是说不上,但绝对符合我的研究兴趣需要。这就足够了。更为重要的是,相比于新书店买到人人唾手可得的新书,到潘家园这样的旧书集散地淘书,可以收获购买新书不易体会得到的独占之乐!上到书店架上的新书,复本甚多。潘家园书市,一家摊档,一般是一书一册,多是独本,在人人争抢之际,夺人先声,成功购入,满足感无需多说。

　　潘家园的书市,凌晨有"鬼市"。这自然是我赶不上的了。我淘书有一种吸食鸦片的劲头,但从来没有一种与天争亮的豪气。每每到潘家园书市,已是上午九点左右。看着那些从全国各地赶来买卖图书的客商、书痴,已经忙忙乎乎地打包,心里总是有些失落:好书早被人买走了。不过。潘家园总是不负有心人。在书商、书痴淘过一遍的地摊上,还是能发现不少于我研究算是有用的书来。

　　偶尔,在潘家园也能淘到一些专业有用,但市面上少见的图书。王铁崖编的三卷本《中外旧约章汇编》,就是因为我在潘家园以20元淘到一册,然后再到孔夫子网买到另外两册而凑齐的。"文革"中出版的一些人文社会科学译著,在潘家园就更是容易淘到。改革开放初期出版的古籍和西方名著,是我这类在潘家园想凑齐一些专业必备图书的买书人,最能满足心愿的图书了。商务印书馆的汉译世界名著丛书初版书,就有不少是在潘家园淘到的。这些书,便宜的仅只两三元钱,贵的也就是十来块钱。

　　潘家园书市的开放性是自然形成的。有买贵入藏、搜求瑰宝的,有待价而沽、等待升值变现的,有纯粹满足藏书之乐的,不一而足。像我这样专买职业上有用的图书,恐怕不在多数。不管这样的淘书有没有高尚的动机,甚至是仅有职业的功利心态,但潘家园确实供应了数量充足的有用之书。

　　近两年,随着台海两岸政治气氛的宽松,潘家园的旧书市上也出现了一些台版学术书。这是以往少见的。一些政治掌故和政坛轶事的台版书,偶也见到。只不过我一向对这类图书心存疑虑、不愿信从,因此从不购买。倒是一些台湾学人下过功夫的学术书,我愿下手。说下手购买,是由于潘家园书市的老板们,几乎不约而同地抬高港台版学术书的价格。很难说他们懂得这些书的价值,抑或是他们太懂得这些书的价值,只要看是港台学术图书,价格一定杀不下来。不久前,我买到一本台湾研究院学者写的《孝治天下》,书摊老板死活叫价近一百元。因为正好需要,也就只好狠下心来,放入购书小车。不过,相比于所谓"正常渠道"的进口港台学术图书,这价格还是划算得很。

潘家园淘书,不只是享受淘书之乐,还可享受其它的乐趣。我的家人、小孩,间中也随我一起到潘家园游逛。尤其是我的小孩,从两三岁开始,到现在将近九岁,经常随我逛潘家园书市。开初,小孩连翻书的兴趣都没有,我在书摊走走停停,她就总是说累了、困了,想要我中断淘书,陪她游玩。但在淘书中成长的她,这两年也开始加入家庭淘书队伍。只要一到潘家园,她就会随自己的兴趣所在,到书摊翻阅小人书、画册。乱翻书的结果,居然是她在妈妈备课写到苏格拉底、恺撒的时候,给妈妈提供了某本书里写了两人的参考书线索!至于乱说中外故事,那就更是她在潘家园瞎逛乱翻的收获了。只要我带她逛潘家园且收获颇丰的时候,她也总会说她是我的淘书福星,少了她,爸爸就淘不到书咯!

几乎每周六的潘家园淘书,已经成为我京城生活难以割舍的一部分了。在我经常胡乱翻书的时候,一不留神,就会拿起一本在潘家园淘到的书来。尤其是在写文章、弄专著的时候,更会用到潘家园淘来的著作。心中那个乐啊,像浪花翻腾起来。我常常想,在这个网络阅读的时代,兴许我辈已是最后的纸张崇拜者了。与电子阅读相比,纸质书似乎越来越不受市场的青睐了。在潘家园淘书,大多是中老年人,很少见到青年人。若是偶遇一二,大多是买教材的学生。这兴许是阅读的代际分界吧?!

在潘家园淘书的老年书痴不少。这些书痴,嗜书如命。有时,我会碰到老年书痴与书摊老板面红耳赤地讨价还价,三五块钱的议价,绝不相让。偶尔老板固执,多数是老年人执着。我想,这不只是书的价钱问题,更多计较的是这本书所值几何的判断。一次,更是看到一位年纪估摸早过七十的老人,一周前在潘家园买过一本日汉词典,一周后到书摊要求退货。在退货的时候,却发现一本更详实的日汉词典,于是要求加上少许银子,换购这本词典。女老板说啥也不干。两人争抢起来,老人一下子跌倒。吓得周围人赶紧扶起老人,批评书摊老板小气。老板也吓得不轻,拔腿就跑,一边跑一边请侧边的老板帮忙守着书摊。倒是跌倒的老人从容地站定之后,拿起那本词典,放下差价,融入茫茫购书人群之中。说不清楚这究竟是趣事轶闻,还是购书悲剧,但无疑丰富了我的潘家园购书的记忆元素。

我的购书行当颇接近农民工:一辆在地坛书市淘书时购得的、颇显破旧的蓝色小推车,内装一本记得密密麻麻的购书笔记本,外带一支用以记录已购、待购书目的签字笔。每次这样上地铁,总觉得有人投来异样的目光。或许是心虚,或许是想向人表白而不得的压抑,心中总有点怪怪的感觉。在一个以衣帽取人的时代,不知这属不属于正常的心理反应?!但只要在潘家园购书归来,碰巧有个座儿一坐下来,我便会心情释然,在地铁里旁若无人地一本一本地翻起书来,好像刚刚打了一场胜仗的士兵,心无旁骛地欣赏自己缴获的战利品。

潘家园的书市,一般是周六、周日两天开档。别小看这两天之差,周六、周日的图书质量,那真可以说是差出个天壤之别来。周六来卖书的书摊老板,指望以好书卖个好价钱,因此书的质量、书品一般都不错。周日书市,老板大多采取甩卖策略,以销量保收益。起初我到潘家园淘书的时候,不分周

六、周日,哪天稍闲,便哪天前往。后来才发现,周日收获与周六相比,不可同日而语。于是,周六淘书潘家园,才成为不定之规。

到潘家园购书,其实是我购书败退的结果。六年前我来京工作时,不大去潘家园。那个时候,去潘家园还只有坐公共汽车的份儿。太远,太麻烦了。地铁通了以后,起初也不经常去。不是不爱书,而是因为我供职机构的附近有太多书市,徜徉其中,已经可以满足淘书之乐,且得到研究所需的参考图书了。近两年,北京的书店业大大衰颓。先是海淀图书城的溃不成军。这里,是我以往在广州工作到京出差淘书的必去之地。近两年衰败得不成样子,新生代不太热衷读书,乐意电子阅读,可能是这里衰败的主因。但经营的问题也不容否认。不过衰败就是衰败,一个淘书人也无可奈何,只是这里不再成为淘书的去处了。再是连由国家主席题写的牌坊"中国海淀图书城",也悄然换成了落地牌匾的创业城了。曾经依附在这里的地摊书市,也几乎消失殆尽。更让人唏嘘不已的是,主导海淀图书城的中国书店,近两年大大收缩地盘,只留下一间店面,而且从三层楼经营图书变成仅剩一层楼经营图书了。其价,形同买卖文物,贵得让人难以负担。北京的图书业明显衰落了。

海淀图书城的附近,原有北大小西门内的周末旧书市。相比于仍然在经营中的、我供职单位的旧书市,北大书市品种更为齐全,书的品质也高出许多。价格,自然也就明显高出一截。我刚刚到北京工作的时候,每周周末必去海淀图书城、北大周末文化市场、人大周末旧书市。去年就只剩下人大周末旧书市了,而且店家数目也在逐渐减少,书的数量和品质也明显不如以往了。听书摊老板说,中国书店有意转向非图书经营项目,因此卖的书不仅越来越少,价格也越来越贵。而北大书市的倒掉,听说是北大老师不愿学生在书摊买到便宜的旧教材,以致不愿意购买新出的教材版本。这些话,自然只能一听了之,不辨真假了。否则,岂不是自讨苦吃,得不到自己内心认可的答案不说,还会得罪相关人等。

往年还盼望地坛书市开张。颇显规模的地坛书市,新书打折,旧书充栋。相对于海淀的书市,贵是贵了不少,但每次收获绝对不小。前两年,地坛书市停办,据说是主办者亏不起本,不得已宣布停办。北京转而在朝阳公园办起了据说是堂皇不少的国际书市,名头大了不少,但一直参加地坛书市的部分旧书网的缺席,让朝阳书市逊色不少。即便如此,我还是经不起诱惑,逛了最近一期的朝阳书市,新书不少,旧书繁多。新书不太需要到书市购买,旧书价格令人咋舌,收获少许,打道回府。

于是,我败退到潘家园。败退到潘家园,一者是说购书地方的大大减少,二者是说购书之费时费力。但"敌退我进",败退到潘家园淘书,反让人生出一种不淘到一些需要的图书决不罢休的劲头。周六的淘书,常常是久久盘桓潘家园,不是消磨时光,而是与书较劲儿,誓要淘出几本有用的书来才善罢甘休。书市少了,劲头大了。淘书之乐,不降反增。多谢北京还有潘家园这么个地方。

常常在潘家园听书市老板聊起这块地方政府要另派用场,是耶非耶,不得而知。站在政府的立场上想,这块风水宝地,随便派个地产房产或做大型商业之用,都可能收到更为丰厚的税费回报。心里估摸,即便我这个书迷去从政,也会这么做吧?想到这里,暗自神伤。但愿最后的购书"圣地"潘家园,不要这么快地退出北京的文化天地。

惦记潘家园。周六又要早早去赶地铁十号线了……

乐此不疲的台湾淘书

在台湾淘书的经历甚是愉快，可圈可点之处不少。但尤为值得用文字记录下来的，是2010年和2015年两次做访问学者而有的淘书小高潮。

2010年最后一个季度，我受台湾大学人文社会高等研究院院长黄俊杰教授的邀请，去那里做三个月的访问研究员。此行在与台湾同行交流学问上颇有收获自不待言。这三个月还有一个意外惊喜，就是淘了整整16箱旧书。在此之前到台北开会，只是零零星星地买了些旧书，对台湾的旧书业印象不深，没觉得台湾的旧书业有什么胜于北京、香港的地方。

这次做访问学者给了我在台湾疯狂淘书的宝贵机会，也彻底改变了我对台湾旧书业的印象。台湾的旧书业，应该说是大中华地区最发达的，尤其是与其他城市明显衰落的旧书业相比而言，更是如此。彼时，不唯台北到处是旧书店，而且旧书店的扩张非常迅速。记得台湾旧书业的龙头老大茉莉二手书店，本来在台北就有三家分店了，即台大店、台大影音店、师大店，我去的时候正赶上它们新开两家分店，一家是台大出版社分店，一家是台中旗舰店，可见其生意之兴隆、业务拓展之迅速。台湾旧书业的集散地自然是台北。台北的旧书店简直可以说是星罗棋布，遍布全市。这不仅因为台北是台湾的政治中心,而且也是台湾的文化中心。关键还因为台北有一批专注于旧书业的书店老板和店员。也许这与台湾的经济结构有点关系,台湾的中小企业很多,构成经济发展的主体,类似于规模不大的旧书店这类各行各业都分布广泛的中小机构,很难说有大难不死的存活能力,但只要不遭受大的经济风浪,它们却都有经久不衰的秘方。我知道在台湾开办旧书店的人多是一些有情怀的人。茉莉老板的书情告白,大家是很熟悉的。一句话,他就是心里装着书。像胡思二手书店、雅舍二手书店、阿维的店、竹轩书屋等,书店老板对书的感情也有目共睹。而身患绝症的爱阅书房的创店老板,那种大陆人常说的"身残志坚",不仅留人以极其深刻的印象,简直常让人感动落泪!

台湾的旧书店不只是数量多而已。如果只是数量多,却让爱书人买不到自己心仪的书,那旧书店再多也不会让爱书人留恋不舍。台湾的旧书店说不上各有特色,但书店经营者几乎都使出浑身解数,尽力收罗买家想要购买的好书。所谓好书,自然是仁者见仁、智者见智了:有偏爱稀见书的,台北的旧香居、古今书廊可以大大满足出得起高价的淘书者的偏好;有偏爱流通很快的畅销书的,茉莉连锁店不会让人失望。像我这种以专业为主、兴趣为辅加入淘书大军的实用主义者,只要愿意花时间到处乱转,总是会买到自己喜欢的旧书。

我的职业是教书匠,从事的专业是政治学。台湾淘书,自然以政治学旧书为主。我的兴趣当然不只是政治学,举凡跟政治学思考相关的哲学、历史学、法学、社会学、经济学理论之类的旧书,尤其是相关领域的经典旧书,那是绝对不会放过的。这一年中,淘到的政治学旧书,真可谓补缺不少,填空甚多。一些书是大陆不太可能出的。这些书不是政治猎奇类的书,那些对中国当代史隐秘故事深感兴趣的淘书者,在台湾的旧书店里随手就可以买到心仪的书。我对这种政治时事、领袖人物的畅销书总是提不起兴趣,从来不买。

我这里所说的大陆不太可能出的政治学旧书，主要是一些学术图书。譬如我花不少工夫基本买全的殷海光全集。大陆出版有殷海光著作的选本，不敷专业研究之需。殷氏乃台湾政治转轨的重要先导人物，购买他的全集似乎是号称爱书的政治学者题中应有之义。殷海光全集是他的学生们主编的，成套的新书在殷海光纪念馆，也就是他的旧居附设的小书店里，但8年前台湾的新书价格是大陆的数倍，确实有些舍不得。我逛了台北、台中和高雄的几十家旧书店，大致凑齐了殷海光全集，那个兴奋劲儿就甭提了。徐复观是殷海光的论敌，但也是私人朋友。他的书大陆出了不少，甚至以全集命名。但徐复观有些大陆时政评论，其实没有收入其中。他曾经将这些时政评论出版了一个四卷集，台北三月，只有一次在旧香居发现过全套，但实在太贵，没敢出手；访学三月，我在大大小小的旧书店里愣是一本一本淘齐了，那心中怎一个爽字了得。

在台湾的旧书店里，可以购买的政治学旧书，当然不只是台港学者的著作了。一些知识性的书，因为大陆各种原因没有出版的相关专业书籍，不在少数，淘到这些书的满足感不言而喻。像著名政治学家帕特南的《政治精英的比较研究》，就是我和太太在台中的一家旧书店淘到的。《无国家民族》《政治学前沿议题》《比较宪政工程》等政治学专业书籍，也都满意地淘到了手。

哲学、历史学、法学方面的旧书，在市面上流通的也比较多。我知道现象学在现代西方哲学中的极端重要性，而莫伦的《现象学导论》据说是一本很好的研究著作，这本书的中译本我在台北三个月几乎都没在旧书店看到过，临近离台之际，终于下定决心买了一本新书，心疼好久。结果在离开台北的前两天，竟然在一家新开的旧书店发现一本五折的书，在手中翻来覆去，有些气不打一处来的感觉。跟着较劲儿似地把书买下，以发泄心头之愤。回京后将新书赠送给我的一个学生，以保持买旧书那种划算的怪诞奇妙感。回想一下,这样子的"变态"心理,兴许是淘书者的一种怪癖?

台湾旧书市上的历史书籍很多,让人困于选择。淘这方面的书,我确立了一个私人原则,就是买那些具有代表性的著作。西方历史学方面具有知识补课作用的书自然是买了不少。中国历史方面的书,也增量很多。其中买到杜正胜的几本书,让人有些兴味陡增。杜是台湾著名的中国史专家,尤其擅长中国上古史研究,但此人后来入阁,推出所谓"台独"中国史观。市面上,杜的小书名著《周代的城邦》倒是不难买到,但比较少见他部头较大的《编户齐民——传统社会政治结构之形成》与部头很大的《古代社会与国家》这两本书。这两本书还真是有见地。《古代社会与国家》也是我离开台湾前夕才买到的,略微浏览后发现给人启发之处不少。

法学方面的书在旧书市上亦多。知识上帮助我查漏补缺的著作买到不少。有趣的是,我也收集到台湾知名的宪法学家李鸿禧的几本书,他的宪法普及读物《宪法教室》到处都是,但不管是政治上还是知识上,与专业人士买书标准都有距离。他在台湾政治转轨时期的相关著作,倒给人好些启发。李本人后来是激进"台独"学者,让大陆学者对之心生排斥。但我在旧书市买到的《宪法与人权》《违宪审查论》倒还显示出他的学术训练与研究心得。从杜与李二人的著作与从政来看,还是他们作为学者时的著述显得更靠谱一些。

身在台湾,自然会引起我这个政治学者对台湾政治转轨的兴趣。跨越新世纪门槛十年了,台湾政治转轨的书籍在旧书市上已经不是太多。我对那种叙事性的相关书籍不是太感兴趣,倒是对论述政治转轨的理论图书甚感兴趣。在台湾政治转轨的关键阶段,也就是20世纪90年代,雨后春笋般出现的智囊机构出版了不少政治转轨的理论图书,慢慢淘来,竟也收集到十几本。这倒是对我的民主转轨与民主巩固的理论认知改善不小。

在台中淘书,记忆深刻的还不是淘到什么书,而是对安全感的体验。有闻台中是台湾黑社会聚集之地，游台中时，一天下午我和太太两人出去淘书，因为步行找书店最为方便，因此一直坚持走路找店寻书，结果晚上十点走在空无一人的街道上，两人心中颇有点惴惴不安，唯恐遭遇黑社会的为难，但最终没在街上碰到任何一个似乎心怀不轨的人士，平安回到旅馆才觉得，担心真是有些多余。

2015年我太太受邀担任台大高研院的访问学人，我以陪同身份也获得客座研究员资格，为期一个月。这一个月又有不少时间花费在淘书上，收获颇丰，寄回内地六箱书。最大的收获之一，就是在台北牯岭街一家规模很小的旧书店"新旧书屋"，淘到了张君劢的早期名著《立国之道》，这是一本力图兼综资本主义与社会主义优势的设计中国建国方案的专著，书是张氏所在的民主社会党自印的。同时还淘到了他的最后一部著作《中国专制君主政制之评议》，这部书是他专门反驳钱穆认定中国古代政治不是专制政治，而是优于现代民主政治的政治形式的论断而写的。两书在台湾旧书市上很少见，这家书店的老板要价很高。当时确实有些不愿出高价购买，在跟书店老板、一位年纪颇大的老先生砍价后，老先生给了不少优惠，同时告诉我，这书是他自己的私藏，不是因为眼力衰退无法专注读书，他是不会卖掉这些书的。念及书的价值，以及老先生的诚恳优惠、人生述说，我终于掏了腰包。这可是我在台湾淘旧书付出的最高价格了。

这一年只限在台北淘书。因为太太带着研究任务，不能抽空跑到台中、台南和高雄去淘书了，很是遗憾。这一个月，除开淘到一些稀见书外，也还淘到不少对专业研究颇为有用的图书，比如《政治联盟理论》《宪政独裁》《儒家政治思想与民主自由人权》(初版)、《张君劢1949年以后言论集》等好书。

从2010年以来，除开两次做访问学者而比较集中地广泛淘书外，几乎每一年我都会因为或开会或与家人台北自由行，而到台湾的旧书市去淘书。由于大陆最近几年的书价飙升，也让我在台湾淘书时出手阔绰起来。先前上了一千台币的书，哪怕是套书，我几乎都是不考虑的。这曾经让我痛失好书，后悔莫及。2010年时在台大出版社的茉莉店开张时，我发现了一套《胡适先生年谱长编初稿》，这对胡适研究来说，是一套必备的参考书。当时标价1500元新台币，优惠过后的价格，换算成当时的人民币，币值两百余元。那时大陆的书价尚低，百元以上的书不多，花两百余元买书，还是很奢侈的事情。犹豫再三，没有下手。待到即将返回北京的时候，终于下定决心，要去买下此书。结果别人已经先下手为强了。这是在台北淘书最为痛悔的一件事了，至今想起来还想捶胸口。到2015年以后，大陆书价跟台湾书价的差距是愈来愈小，随之我出手的价位也就相应提高。记得这前后，我在雅博客旧书店看到一套《政治科学大全》，也就是旧版的、多卷本的《政治学研究手册》，标价也是1500元台币，我几乎没有任何犹豫就出手拿下。买这书的同时，还心生一种出手大方的自我欣赏感。

打过交道的台湾同行都知道，我淘旧书有些狂热劲儿。尤其是到台北开学术会议的时候，我总是抽空去跑旧书店，以至于留给同行们一些"开会流氓"的"不良"印象。每每在参加会议的时候，只要我的发言议程完毕，就会趁会议休息时间跑去就近的书店，常常便遗漏了剩下的会议议程。这确实对同行不太礼貌。但如果强行留在会场上，也只怕是人在心不在。因此只好委屈同行，伸张自我。

淘旧书不是我一个人、几个人的爱好，似乎是大多数读书人的癖好。2010年到台大做访问学者时，老友、台大中文系教授陈昭瑛、蔡振丰就提供了不少旧书店的信息。近年去开会，同行、书痴钱永祥教授也积极推荐主营学术旧书的书店，还主动要求店主为我打折。这些都令我产生有同道不言谢的内在感激心情。

　　淘旧书有时候也是一种竞赛。2010年,曾经排广州私人藏书第一名的广州美院教授李公明、李行远夫妇,就既是我台北淘旧书的向导,同时也是竞争者,经常就自己低价淘到的心水书而相对剥夺对方的高价所得。公明自己是一个购书狂,我出手从来没有他大方,只要他认定需要的旧书,出手时没有丝毫犹豫。据说他在广州买了一套极大的房子,以便将藏书陈列出来,好在专业研究时派上用场。但即便如此,因为买的书实在太多,有时候一整天也找不到一本明明买了,但就是不知道放在哪里的图书。我的藏书量远远不及公明,但也常常有望书兴叹、不知踪迹的失落感。

　　台湾淘书之乐,岂止得到所想购买的图书,买书之余,游览了城市、体会了民情、观察了世相、丰富了知识、提升了品味、升华了人生。这才是乐此不疲的台湾淘书成为台湾行不可须臾缺少的环节最重要的理由。想象明年家人的台湾自由行,那几家熟悉的书店影子,便又在眼前晃悠起来……

　　只是让人叹息,台湾的旧书业受冲击极大,近两年明显有点衰落了……

旧书业与香港的吸引力

  20世纪80年代到广州读研究生,处处可见香港对广州的影响。流行歌曲《东方之珠》将香港描述得惊艳动人,心中便产生了到香港一游的强烈愿望。但机会似乎很渺茫,游览香港的愿望一直被压在心底。80年代末,研究生毕业留在中山大学任教。但数年下来,就是没有机会到咫尺之遥的香港一游,心里隐隐有一种遗憾。

  1994年,我接手中山大学辩论队的教练任务,紧张地为全国大专辩论邀请赛作准备。在一天到晚不分昼夜的辩论辅导中,偶然从中山大学学生处得知,两所中大(中山大学、香港中文大学)传统的一年一度、两地交换的辩论赛需要组队和寻找教练,而且这一年的比赛地点是在香港。我所在的辩论队是中山大学团委组织的队伍。得知学生处另起炉灶组织辩论队到香港辩论,虽然为之怦然心动,但也没有打算改投学生处的队伍。当时学生处恰好有一位朋友,一再向处里推荐我做教练,一者磨不过学生处同人的劝说,二者也确实极想在香港回归前到此地走一走。那时,我刚调动到政治学系工作不久,政治学者心中那种比较回归前后的香港社会的研究冲动,竟然也给挑激起来。冲动中便跟团委领导禀告,我不能继续待在国辩的队伍里了,我得去带赴港的辩论队。在被戴了个"叛徒"帽子的情况下,我转而组建和辅导香港辩论队。1994年,在香港回归前三年多,我就这么踏上香港这片心仪已久的热土。

辩论以我任教练的中山大学队获胜结束。这中间生出不少故事,留待今后另说。辩论结束后,我们辩论队一行数人在香港转悠开来。这一路逛商店、游街道、观名胜、品美食,到处留下良好印象。但留给我印象最深刻的是,旺角几家让我这个书迷收获颇丰的旧书店。记得辩论赛结束后,电台与电视记者采访我,问我对"香港是个文化沙漠"有什么评论,我基于政治正确,振振有辞地答道,香港怎么会是一个文化沙漠呢? 你看香港的大学办得不错啊!香港的文化设施很齐全啊!香港的文化活动很丰富啊!香港人的文化创作很活跃啊!但老实讲,当时心里还真不觉得香港的文化怎么了不得。如果说香港吸引我的原因,主要因素肯定不是文化,而是经济发达!从落后地区出来,到发达地区开开眼界,这才是我很想到香港一游的真实动力呢!

一脚踏进旺角的几家旧书店,香港的文化味儿真是扑鼻而来。这可不是与政治正确粘连在一起的文化味儿,而是真真切切在旧书堆中嗅到的文化芳香。当时,我印象很深很好的旧书店之一是神州书店。经营这家旧书店的是一位先生。神州书店既卖港台旧书,也卖大陆图书,但港台书明显多一些。大陆书新旧参半,我也在其中淘到一些20世纪80年代出版的旧书。但更重要的收获,还是买到不少港台思想文化方面的旧版书。那时我的视野还定在儒家思想上,而内地流行的思潮,正好是港台海外新儒学。其时内地也出版了一些港台海外新儒家的选集,但读起来总是有支离破碎的感觉。他们比较完整的著作,尚待引进。因此到香港逛旧书店,收集相关图书,就成为重中之重。牟宗三的"新外王三书"(《道德理想主义》《历史哲学》《正道与治道》)、徐复观的《中国人性论史》、唐君毅的《中国文化精神》等书,就都是在神州书店翻出来的。这对我后来做博士论文，发挥了不可替代的引导作用。

印象很好的另一家书店是新亚书店。坐店经营的是一位慈眉善目的老太太。书店里摆满了港台文史哲方面的旧书，价格适中。在这家店我买了不少港台新儒家的著作。当时社会学家金耀基在大陆影响不小，除开他的《从传统到现代》以外，大陆还没有出多少金氏的著作，在新亚书店，我收罗了不少金氏的港版旧书。这次买书，在选出好几本书以后，我跟老太太砍价，老太太嘟嘟囔囔，大讲经营一家旧书店多么不易，书价已经很平（便宜），不再打折了。但一边说，一边还是给打了折扣，真是个善心人！

由于当时对香港旧书店的信息所知不多，除开旺角的这几家旧书店，其它地方的旧书店就没能逛到了。只是因为机缘巧合，此后几年，因为陈方正和金观涛两位先生主政的香港中文大学中国文化研究所，以及刘青峰先生主编的《二十一世纪》杂志，每年都召集学者举办有趣话题的会议，我几次有幸与会，这便有了每年定期到香港淘书的机会。后来又受到凤凰卫视"环宇大战略"栏目主持邱震海先生的邀请，时不时参加他的专题节目，做对话嘉宾，也就趁此机会，又有了到香港的旧书店海淘旧书的时间。

梅馨书舍和毗邻的序言书室，逐渐成为赴港淘书的定点书店。梅馨书舍位于一幢大厦的七层，文史哲的旧书较多，间有一些新书，但数量不多。一进这家书店，便有一种沉入书海的舒适感。这种感情完全是因书而生。因为梅馨书舍其实相当逼仄，进门左手，就是一大壁顶天的单排书架，店主考虑周到，很有人情味，准备了两个小方凳，让购书客可以安顿疲倦的身体，安心坐下来选书。在这里我淘到了20世纪80年代大陆学者撰写，但由香港出版的一套政治学丛书。这几本书的作者在出版当时大多还是新锐，但如今已经在政界、学界名声赫赫了。徐中约先生的名著《中国近代史》也是在这里淘到的。这本书名声极大，而且有信史美誉，我淘到的是香港中文大学出版社出版的两卷本。在梅馨,还淘到很多大陆不太容易买到的大陆版旧书,每每遇到,让人有喜出望外的感觉。

序言书室是一间有格调的书店。说是一间旧书店有些"委屈"它了。书店经营的主业实际上是新书,一半是港台出版的学术著作,一半是英文版的文史哲、政经法方面的新书,只有两个书架的旧书而已。但书的学术品质都很高。港台的学术新书,除开那些非买不可,且纯属于学术类型的书,我偶尔会买三五本之外,其它纵然感兴趣的书也不敢问津。一者主要是太贵,二者是因为港台学术书不会顾忌大陆的禁忌,虽然是学术著作,但带回大陆还是有些犯险,因此只好作罢。这些书常常在我手里翻来覆去、掂量来掂量去,最后基本上只能忍痛割爱。序言书室是不卖政治秘闻、政客花边新闻类的图书的,不过即便是很学术的著作,想买而不便买的亦不在少数。这让人深感港台与大陆为学与著述的巨大差异。在序言书室,买新的英文专著也是颇费踌躇的事情,因为实在是太贵。偶有出手,那绝对是非用不可的专业书籍,譬如政治学经典或大陆一时半会儿不会出版译本的畅销著作。倒是序言书室的英文二手学术著作,让人有一种买英文专业书的满足感与畅快感。前几年写一本公共问题的政治哲学著作,就是在序言买到了《罗尔斯及其批评者》这本书,书中搜集了罗尔斯主要的批评者的大作,很方便读者按图索骥,找寻围绕罗尔斯问题展开的政治哲学争论名篇。桑德尔的《公共哲学》也在序言淘到,算是直接观览了社群主义者对相关问题的最新评论与理论阐释。

精神书局是香港资格最老的旧书店之一。可惜我直到最近几年才发现它的踪迹。前两年住在中文大学旁边的一家酒店,坐地铁转几趟车不说,哐当哐当地摇了近一个小时,出地铁又走了十几分钟,才找到它的北角店。书店店面不大,粗看进店摆放的虚构类图书,颇有些失望。往店里较深处走去,才发现人文社科类的旧书。有些书确实让人眼睛一亮。我在店里买到了彼时正感兴趣的两本基督教文选,这是大陆当时还没有出版过的选编本,一本是中世纪教父哲学文选,一本是理性主义哲学选集,都是精装,书品甚好,让人欢喜。在中国政治研究书架上,我发现一本香港中文大学出版社出版的《邓小平时代》全译本,刚出不久,书还簇新簇新的,半价出售,当即买下。这算是我买的唯一一本涉及大陆时政的书,好在大陆也批准三联书店出版了此书,因此不算违规。

在我调到北京工作之前,每年总有几次去香港的机会,淘书成为去香港开会、旅游或其它公干的一大乐子。买新书一向不成为预期的安排,预期的安排总是淘旧书。但记得跨世纪不久,大陆的重点大学有了985专项经费,经费的一部分只能用于购买图书或科研用品。那时我正兼任中山大学一个学院的院长,恰逢985经费必须在一个年底花完,因此就在院里征求意见,请各个专业的负责教师写出打算购买的港台地区或是海外专著的书名,我与院里几位负责人专程赴港采购。那次倒真是买了好些中英文的学术专著。这倒不是慷国家之慨,而是借国家之力,助大家研究之便。个人一己之力实在有限,有些事想做而实在是心有余力不足。可见,学术研究也真还是一件奢侈的事情,没有相当的物质实力,连起码的研究资料收集起来都困难。

调到北京工作以后,去香港的机会明显少了很多。无法如愿定期到香港淘书,心中常常有些怅然若失的感觉。但隔个年把,趁带小孩到香港迪斯尼乐园玩的机会,我便"打发"小孩和妈妈去玩,此时借机跑到旺角等旧书店集中的地方,躲进旧书店,尽情地享受淘书之乐。以至于小孩开初都抱怨,爸爸是为了淘书才来香港的,不是为了陪她游玩的!淘书的癖好,被我的宝贝女儿看着有点不可理喻。但在我数次带她淘书以后,她竟然也爱上了淘书。原来爱买新书的她,动不动就会说新书太贵,不如到旧书店买一本划算!

香港之于我的吸引力,从来不是它鳞次栉比的摩天大楼、琳琅满目的高档商品、华灯绽放的夜市街景。如果说在专业的角度我欣赏香港人的勤劳智慧、敢于表达、努力行动的品性,那么在城市的角度讲,我欣赏的就是香港发达的旧书业。一个城市旧书业的昌盛,既表明这个城市居民的曾经好学,又表明这个城市居民的总是好学:流通的旧书,大多是城市居民购买并阅读后再卖到市场上的,不好学,不会有那么多旧书;旧书的流通,说明城市居民愿意购买这些图书并将之作为精神食粮,没有好书者,旧书就只能是废品,只会经过废品收集渠道,拿到纸厂捣成纸浆。一个城市发达的旧书业是这个城市社会的招牌,也是这个城市的文气,更是这个城市的品位。香港的旧书业维系着城市的文化品质。

可叹的是,香港的旧书业也有点江河日下的感觉。近两年到香港淘书,所获日少,旧书店给人的感觉也在悄悄变化。如今说旺角是香港旧书的集散地,已经有些勉强了。神州旧书店已经搬到了遥远的柴湾,上了一家工业大厦的23楼。好不容易去一趟,穿过幽幽的工业大厦一层,登上直达书店的电梯,进入书店便已经难有当年那种买书的爽快感觉了。而且神州书店的书价不菲,让人不敢轻易下手。近年去了两趟,便不再去了。

新亚书店也上了旺角一座大厦的16楼,与居民混坐电梯上楼,到书店里一看,虽然还是老店里那种满目皆书的爽心悦目的感觉,但几乎清一色的大陆图书,很难买到港台出版的图书了。而且新亚在经营上不落后于时代,也在大陆孔夫子旧书网开店,让人进店购书的快感大打折扣。书价当然不用说地高企,买书冲动更是受到打击。

梅馨书舍的旧书流通速度明显慢了下来。去了两三次感觉没啥我要的新书,便以为梅馨没啥可买的旧书了。这是以往不会有的失望感。不知道是香港旧书业受到新书业的冲击?抑或是受到电子媒体的横扫?还是香港人买书的习惯不再?梅馨不但港台的旧书少了,大陆的旧书也似乎不多,我接连去了两次，竟然一本书也没买着，好生失望。

香港旧书业、香港吸引力、香港……

无处淘书：追怀广州的文化味

　　成年后，我待的时间最长的城市是广州，不计中间短时间的离开，前后算起来长达24年。整个中青年时光，几乎全给了广州。我于广州，可见渊源，可见忠诚，可见情深。

　　对广州有抑制不住的深厚感情，才让我如此长时间学习、工作、生活在这里。各种好感，不用细说——"食在广州"，养得好人的胃，留得住人的心！离开广州近十年，我还到处宣称，国内城市就吃的方面来说，没有哪个城市敢与广州媲美。广州显然是一座宜居城市，这个城市的规模不小，但却给人一种透里透外的熟悉感，行走在这座城市的街道上，不会有一种全然不相干的陌生感，而是绝对会有一种融入其中的亲切感。这样的感觉，即便对一座中等城市，都很难生发。因为中等城市常常会生成一种老居民的傲骄，新老居民之间很难相融无间。广州对新城市居民也会有歧视，"北佬""北妹"就让人听来十分不爽。但这些歧视性的说辞，并不影响外来者的生活和工作，因此也就一听了之罢了。

　　对我这个读书人来讲，广州物质生活方面的吸引力自然不小，但更重要的吸引力还是文化上的。这样说，首先与我的职业有关。教书匠属于文化中人,自然而然的便会优先关注文化方面的事情。其次也与我的兴趣有关。我爱买书,尤其爱买旧书,淘书是我的一大乐趣。这个兴趣是啥时养成的,一时也说不清楚。大约是在读大学的时候,因为学校附近有个市场,总有几家地摊书商,几毛钱就能买到一本专业书籍。于是随时随地就往那里跑,一来二去竟成了习惯。

广州是座老城市。老城市不只是说城市的历史悠久,还是说一座城市应有尽有的深厚历史积淀。老城市的文化底蕴,总比新城市强。老招牌、老店铺透露的老信息,会映衬出新城市的浅薄,显映出老城市的厚重。老文人、老典籍、老故事承载的老文化,会对比出新城市的漂浮,满溢出老城市的韵味。广州的文化古迹很多,耐看。但我爱书,淘书场所胜意。

广州古籍书店是我常年光顾之地。1985年初,我到中山大学进修,开始光顾广州古籍书店。这跟我的专业兴趣有点关系。我早期的兴趣点、后来所学的专业是中国古代哲学史,这就势必要到故纸堆中讨生活。到古籍书店的游逛,便是顺理成章的事情。可是我逛古籍书店,买的古籍并不是很多。在古籍书店流连忘返的固定地方,是放置古旧书的十来个书架。那时广州古籍书店在北京路,路的中段有一家铺面较小的门面。在路的北段,有一家面积较大的古籍书店。两个店面都卖古旧书。只是我专买旧书,不买古书或线装书。古书或线装书不是不值得买,而是奇贵,一个穷学生、一个穷教书匠,确实买不起。我只从导师李锦全教授那里听说,20世纪50年代,他经常从古籍书店花不多的钱就能买到心仪的明清版图书。到了80年代,这几乎是天方夜谭了。所以我只能买价钱便宜的旧书。那时买旧书,都是基于实用的目的。譬如老师上课指定的读物,手边正好没有,就赶到古籍书店买一本。又或者正在写个课程论文、赚钱短论,缺少个参考书,也就到古籍书店买它个一本。当时中大北门正好有船到北京路码头,那可真是方便了买书人。至于买下的书，如今回想起来，也没有买到过什么值得长期珍藏的书籍。以至于而今眼目下挖空心思地想写下个书名，都变得异常困难。

超出古籍书店范围的淘书，是20世纪末的事情。尤其是跨世纪之后，中山大学工会大楼一楼的中空场地，开办了一家新书折价店，这家店兼卖旧书。书店地址离我家比较近，因此几乎是一两天就会散步去那里看书、找书、买书。一些在新书店舍不得买的书，在这里都买了打折的回去。2005年个人生活的变故，个人藏书归零，一段时间就更是依赖这家书店回购我自己的一些藏书了，尽管买得心痛，因为是二次付钱，且前言后记大半撕掉，但有比无强，跟老板讲价后，回购价四到五折，也勉强说得上划算了。

开这家书店的老板是河南人，他的妹夫在一家市场内也开了一家书店。中山大学工会的那家后来迁到了校内一个自行车停车场内，起名"两脚书橱"，场地光线很暗，但书的品质还算不错。老板一段时间兼营港台书，价格自然蛮高。但在大陆算是奇货可居，有时候忍痛出高价，买上本把，亦算快意。记得台版的《中国宪政史资料选辑》就是在店里出价一百大元买到的，是书收集资料相当完整，尤其是民国阶段的宪政史资料基本被纳入，这对我探究这段专史帮助不少。他的连襟后来将书店搬到了暨南大学学生服务中心的二楼，书店名字好像叫"书农书屋"，二手教材占一半比例，但也有暨大老师代售的一些专业书籍，店主姓刘，因为跟他连襟较熟悉，也就在到店时跟他聊聊旧书，一来二去也就熟络起来。一些没来得及购买或购而复失的常备图书，在他家买了不少。

就着中山大学开办旧书店，知名度较高的有两家，一是文津阁，二是小古堂。文津阁老板陈平，开书店的历史不短。在中山大学西门外两层楼的科技一条街还在的时候，他就在开店了。在店里我买到不少常用书。后来书店搬到离中大西门不远的一处商住两用楼二楼，店面大了不少。这个时候的文津阁,旧书价格上去了,我也就买得少了。但打折的新书不少,有时候不舍得买的新书,在文津阁看到打折,便很兴奋地买下来。其中记忆深刻的一套书,就是《丁文江全集》。借这套书,我了解了那个时代科学主义的主张,对中国现代科学技术的兴起兴盛与艰难历程,有了一个切近的印象。不过有时候书店老板卖书有些机巧,譬如他明明有一整套六册的《发现葡萄牙》,但他先卖只得半套的三册不完整本,结果我买了之后发现他居然有完整本,心中好不气恼。但碍于人情,我又不好意思退换,结果现在那半套《发现葡萄牙》还躺在我的书架上,看着满心的不舒畅。

文津阁是我的一个学生开的。他主要做字画,旧书店算是兼营的生意了。书店主营的算是打折新书,但旧书也收罗了不少。在我写《建国之惑——留学精英与现代政治误解》一书的时候,出差广州到店里找到了留法学生的资料集,几本留日、留俄的资料也对我帮助不小。店主收集旧书很有心,一些不为人注意的书,他也会尽力收集、摆上架来,比如20世纪80年代编的那类词典,当时看真不咋的,但现今需要收集回望80年代的资料,这类书就不好找了。在小古堂这类旧书时不时都有上架,可见其收罗旧书的用心。我从广州调到北京工作后,每每会趁出差广州的机会,跑到小古堂看看,买书不多,但观感一直很好。说不定是师生情在其中发酵,抑或是小古堂办得真心不错?可能两者皆有吧!小古堂初开的时候,我的学生经常坐店,遇上我去买书,便总是打个八折。后来遇上的机会不多,看上的书如果嫌价格太高,就悄悄放回原处。不过,去一趟小古堂一般都会有所收获的。今春还在店里购到一本《里芬斯塔尔回忆录》,让我得以探入法西斯主义美学的堂奥。小古堂也上了孔夫子旧书网。一日在京上网浏览,发现可以购买的两本书,一看是小古堂的,便决定趁出差广州之机再去购买,就没在网上下单了。这样可保一次逛店的愉快!

广州淘旧书，最集中、最实惠、最畅快的，不是在旧书店，而是在露天书摊。早些年，中山大学附近，尤其是广医二院、广州美院交界的街心花园转盘处，一到晚上便是十数家旧书地摊开张，"文革"时期出版的一些"西方资产阶级哲学社会科学资料辑"就是在这些地摊上买到的，一套丘吉尔的《第二次世界大战回忆录》竟然在地摊上能一次买到全本。

最诱人的地摊淘书，是春节前后的三个地摊书市。从离我住地的近处说起，广州泰沙路的春节地摊书市，一般有十几、二十来家书档。各家的书，品质相差悬殊。有些地摊书档，满是盗版的港台武侠小说，印装质量很差。但有几档的旧书质量真还不错。也不知道这些书的来路，我在一档居然买到了三卷本的台湾版《中华大辞典》，用起来好方便。前年在地摊上发现了一套《中国兵书大全》，六册一套，收入兵书品种颇为齐全。但为20世纪80年代研究生动手编大全的不快记忆所累，没有出价购买。后来上网看网友对这套书的评价，颇有些后悔。

我总是在大年初一先逛泰沙路的地摊书市，然后再"长途"乘车，坐地铁、倒公交，到广州东圃公交车总站。沿街两边摆开的地摊书档起码有四五十家，不过书的品质基本没有保证，大多是摊主在收集破烂时收到的图书，质量可想而知。但偶尔也可以买到一些八九十年代的出版物，尤其是国内不再出版的一些算是那个年代的名著。虽说书摊的吸引力有限，不过从地坛书市的起摆处向远处望去，那个感觉却非常特别，直感浓浓的书香扑鼻而来。书市可以用盛况空前来形容，让人一扫心中久久挥之不去的广州文化沙漠的阴霾。

在东圃地坛书市逛上两三个钟头，我便会直奔棠下。棠德南路的地摊书市是最值得一去的。平时没有机会去逛的一些小型旧书店，这时都到棠德南路上来摆地摊了。规模最大的时候，棠下的地摊书市大约会有百档之多。一些大型的资料书,在这里可以很便宜地买到。我买的一套不完整的《中共中央文件选编》,一本仅两三块钱,你说有多划算?!"文革"时期出版的"机会主义、修正主义资料",在这里也淘到了七七八八。淘旧书,买还是不买,常在一念之间。这就必然留下不少遗憾,在棠下,我碰到一套国内知名学者编写的西方美学史。7大本,只要70元!但一时念想这套书的质量是否可靠,就放了下来。结果转回头去的时候已经被人买走,与一套至少是资料相当齐全的西方美学史书就这样失之交臂。

广州的地摊书市是最值得人留念的。可惜书市摆卖为时甚短,只是从春节初一到初七。为啥这七天会奇迹般出现地摊书市呢?追问书摊老板,原来是这几天工商、城管机构春节休假,不会出来查违法违章经营。他们都是趁空子出来卖书的。一个规模很大的地摊书市,原来是在政府强有力控制的夹缝中横空出世的。市场的力量多么顽强,多么会寻找生机!

在我看来,广州的文化味,从旧书店与地摊书市不经意地展露出来。广州这些年,为了祛除文化沙漠的恶名,花费不菲,修建了不少高大上的文化设施。博物馆、展览馆、音乐厅、图书馆、科技馆、文化馆不一而足。建筑富丽堂皇、展品底蕴丰厚、陈设相当讲究、上演阳春白雪……但这些地方,市民常常只是偶尔光顾次把,很难成为市民文化消遣的常到之所。与市民文化真真贴近的,还是存活在市民生活空间中的文化形式。旧书市、地摊书市,就是市民在可亲可近处感受文化的上佳场所。一个城市的文气、书卷气,常常就在这里透显而出,让人有一种"手之舞之足之蹈之"的快感,城市的文化升华也就水到渠成。所谓"人文化成",不过此意。

最近几年,广州的文化气氛在变。刻意追求气势宏伟的文化建筑,努力凸显立意高远的文化品位,全心打造比肩世界的文化制作,成为广州官方尽力而为的事情。这自然有其道理。不过,一个城市的文化,总是阳春白雪与下里巴人齐备，才算完整和真实。但可能广州受"北方"主流文化，实际上也就是权力文化的压迫太久、太深，要想在文化上喘一口气，就必须矫枉过正，把所有文化资源都投向高大上的文化实施和作品创作上。其实，下里巴人的文化似乎从来没有分享过什么文化资源，它几乎是自生自灭的。只要城市当局在致力于发展高尚文化的时候，留给旧书市、地摊书市一块小天地，它就有支撑城市一片文化天空的大作用。

中国有大一统的悠久传统。只要在文化理念上确定了向高大上看齐，人们就只能习惯那种鱼贯而入音乐厅、歌舞剧院和博物馆的场面。看起来不是那么整齐美观，却扎扎实实给人文化营养的旧书市、地摊书市，就得被强力整顿，一扫而光。这样子，城市就全是光鲜的文化景观了。广州似乎也逃不掉这个宿命。三年前的几乎每一年，我全家照例在春节乘机回广州过节。说"回"广州，有些勉强。我的户籍已经在北京多年，算是北京人了。用"回"字，全是因为对广州还保有的那种家园认同。其中最重要的因素之一，就是广州的旧书市，尤其是地摊书市，在向我发出强烈的召唤。三年前的那一年回穗，大年初一到泰沙路淘书，感觉就很诧异，书摊摊主用一张打开的大编织袋放书，一种随时准备收拢图书跑路的感觉。一问，果不其然！摊主被告知，因为要整顿市容，不能容忍地摊书市破坏市容市貌，因此特别盼咐工商、城管部门在春节七天加班，一律禁止地摊书市。摊主们像打游击一样，工商、城管一来，卷起图书就跑；一走，又卷土重来做买卖。但这给买主释放的信息再明显不过，地摊书市好景不长了。坐车到东圃、棠下，得到的消息是，地摊书市不会有明年了。加之之前，文津阁已经转战网店，中山大学的两脚书橱、暨南大学的书农书屋似乎也上网经营了，实体店早已关门大吉。哎……

去年起，我不再"回"广州过春节了。原因有好多，其中一条，绝对是旧书店的关档、地摊书市的消逝。大年初一到初七，无处淘书，那在广州干嘛？吃吗？北京哪里的菜式没有？住吗？北京早也不住狭小的房子了。玩吗？广州该玩的地方不止玩过一次。对我一个只想买书、读书的教书匠来说，没有淘书之乐的广州，这个城市就失去了在我心中的分量，我宁愿待在北京书房里，追怀广州的文化味，也不愿意回到广州，亲眼看到失去文化味的广州！念及于此，心中每有痛的感觉。

后　记

收入本书的文章,几乎都已经发表过。汇集出版,一是敝帚自珍,二是发愿交流。

按收入本书的先后排序,刊载拙文的报刊有:《光明日报》《新京报》《公共论丛》《语言战略研究》《探索与争鸣》《财经》《南方日报》《新世纪周刊》《中国青年报》《哲学动态》《现代哲学》《当代儒学》《南方周末》《博览群书》《南方都市报》《南方论丛》。此外,凤凰网等网站也刊用了其中一些文字。特向这些报刊与网站的编辑和记者诚致谢意。这些文字收入本书时,均用回本人的原标题,故有些篇章的题目与发表时的题目不大一样。

本来还有一些书评文字、读书报告,但因删改之后"华丽转身"成"学术论文",这里就不重复收入了。

读书之乐,乐在其中。一种自得其乐之乐,本难以分享。但既然行诸文字,便存分享意愿。私底下的愿望,是同好好之,不好者弃之无妨。这话有些不近人情,却是真心实意。毕竟,强扭的瓜不甜。

任剑涛

2018年8月13日于清华一隅